COUR DES SERPENTS ET DES SECRETS

REINE DE L'OMBRE

ELIZA RAINE

ELIZA RAINE

COUR DES SERPENTS ET DES SECRETS

REINE DE L'OMBRE

MARIÉES DE LA BRUME ET DES FAËS

Pour tous ceux qui n'abandonnent jamais.
Pour l'amour d'Odin, vous allez y arriver.

SHADOW
COURT
PALACE
SHRINE
ROCK
STAIRCASE
INSIDE
MOUNTAIN
YGGDRASIL
THE
AXEMAN
STATUE
CAVE
FOREST
ROOT
RIVER

Un bref rappel...

Reyna est une esclave humaine orpheline marquée d'une rune qui fabrique des bâtons pour les faës d'or, c'est-à-dire une *orfèvre*. C'est la seule humaine d'*Yggdrasil* à ne pas avoir les cheveux bruns : les siens sont cuivrés. Lorsqu'un faë d'or particulièrement violent et cruel, Lord Orm, décide qu'elle sera sa prochaine concubine, elle monte un plan d'évasion. Mais avant qu'elle ne puisse mettre ce plan à exécution, elle est kidnappée, avec ses deux amis, Lhoris et Kara, par le légendaire Prince de la Cour d'Ombre, Mazrith.

Les faës d'ombre sont capables de pénétrer dans l'esprit des gens, ce qui terrifie Reyna, qui a gardé un secret toute sa vie. Chaque fois qu'elle travaille l'or, elle souffre de terribles visions des monstres morts-vivants qui vivent dans les confins d'*Yggdrasil*, qu'on appelle les Affamés.

Mazrith a des projets pour Reyna et est obligé de se lier à elle par des fiançailles afin d'empêcher sa belle-mère folle, la Reine, de tuer les trois orfèvres. Le Prince emmène alors Reyna dans un sanctuaire secret sous la montagne, où se trouvent un anneau de statues et cette inscription : « *L'orfèvre aux cheveux de cuivre a la clé* ».

Entre une tentative d'évasion ratée, l'attaque d'un serpent venimeux et sa rencontre avec un hibou magique envoyé par une mystérieuse faë pour l'aider, Reyna se persuade peu à peu que le Prince n'est peut-être pas celui qu'elle croyait. Des runes d'or flottent autour de lui, ce qui devrait être impossible.

En réparant une statue en or dans le sanctuaire, elle a une vision, mais au lieu des Affamés, elle voit Mazrith et sa mère en train de parler. Elle lui dit que sa mort lui donnera assez de magie pour cinq ans et qu'il doit trouver un bâton de brume.

Quelqu'un la pousse alors du haut du sanctuaire, à sa mort, mais le hibou, Voror, lui sauve la vie. Elle se rend compte qu'elle a maintenant l'occasion de s'échapper, mais décide de ne pas le faire. Son destin est clairement lié à l'autel et au Prince, et elle accepte l'idée qu'elle ne pourra pas s'y soustraire. Sur le chemin du retour, elle est attaquée par des Affamés, qui en ont personnellement après elle. Le Prince arrive avec un ours géant et provoque une explosion avec son bâton qui les tue temporairement, mais se blesse en même temps. Il lui dit que la Reine arrive et qu'elle doit s'enfuir, puis il s'effondre.

Au lieu de fuir la Reine, Reyna réussit à sauver le Prince. Ils se cachent dans une grotte, et elle découvre que la blessure de Mazrith est grave et brille d'une lueur dorée. Il n'a d'autre choix que de lui avouer qu'il est maudit et qu'il a jusqu'à son trentième anniversaire pour rompre cette malédiction. Il ne veut pas lui donner plus de détails.

Ils sont secourus dans la montagne, et la Reine annonce un festival de jeux, connu sous le nom de *Leikmot*, entre toutes les Cours faës, à l'exception de la Cour de Feu, qui est recluse. La Reine annonce que la fiancée humaine de Mazrith devra faire ses preuves en devenant la championne de la Cour d'Ombre.

Trois autres champions arrivent, Lord Dakkar des faës de terre, Lady Kaldar des faës de glace et Lord Orm des faës d'or. La Cour d'Ombre organise trois épreuves. Reyna échoue aux deux premières, mais pendant la compétition, elle a des visions à travers les yeux de ses adversaires.

Entre les jeux, ils parviennent à réparer la statue du sanctuaire qui leur donne une énigme. Ils la résolvent et rendent visite à une ancienne statue d'un berserker légendaire, au cœur de la montagne. Avec l'aide de Voror, ils parviennent à arracher un morceau de jade à la statue folle.

Avant qu'ils ne puissent apporter le jade au sanctuaire, Mazrith laisse échapper quelque chose qui fait comprendre à Reyna qu'il a participé aux rêves induits par le vin faë qu'elle a eus à son sujet. Au cours de leur dispute, elle touche le morceau de jade et déclenche une vision de sa belle-mère tenant un bâton de brume.

Elle laisse échapper tout ce qu'elle a vu, racontant aussi la vision de la mère de Mazrith à sa mort. Mazrith est furieux, lui dit qu'il poursuivra la quête tout seul et s'en va. Lorsqu'elle part à sa recherche, elle apprend qu'il a été appelé pour repousser des Affamés. Elle participe à la course et gagne. Mais Orm se moque d'elle, et elle comprend que ses amis sont en danger. Lorsqu'elle court les retrouver, ils ont disparu.

Cour de monstres et de malice

La Reine ayant enlevé ses amis pour organiser un jeu cruel aux champions du *Leikmot,* Reyna est sur le point de perdre Lhoris lorsque Mazrith revient, avec un Affamé comme prisonnier. Elle lui parle de ses visions, et il l'emmène voir l'Affamé. Ils n'apprennent rien, mais cessent de se disputer. Ils réparent la statue et apprennent qu'ils ont besoin d'une pierre d'étoile, qu'on trouve uniquement sur une île secrète dans le ciel de la Cour d'Ombre. Le seul moyen d'y accéder a disparu avec le père de Mazrith.

Reyna a une vision montrant le vieux Roi cachant quelque chose dans le tronc d'*Yggdrasil*. Le prochain tour du *Leikmot* se déroule à la Cour de Glace, et Voror reste à l'intérieur de l'arbre pour chercher ce qui y a été dissimulé.

Reyna perd la première épreuve. Mazrith lui apprend

à nager dans une source d'eau chaude, et elle succombe à ses caresses. Elle comprend qu'il tient vraiment à elle.

Elle arrive deuxième au jeu suivant et est invitée à passer du temps avec Dakkar de la Cour de Terre, et sa famille.

Elle se blesse lors de la dernière épreuve, une course de traîneaux, et ils quittent précipitamment la Cour de Glace. Lorsqu'ils retournent à *Yggdrasil*, Voror a trouvé un passage secret dans la cascade derrière les statues. Reyna y répare un bibelot en or, et lorsqu'elle a terminé, elle a une vision d'un souvenir de Mazrith, qui a l'apparence d'un monstre, tenant un poignard planté dans la poitrine de sa mère.

Mazrith et moi nous dévisagions l'un l'autre, sans rompre le silence assourdissant. Mes mains tremblaient tandis que sa présence semblait enfler et durcir, de plus en plus terrifiante.

Le rugissement de rage qu'il avait poussé dans ma vision résonnait dans mes oreilles. L'image du sang de sa mère en train de se répandre sur sa peau tachetée de noir et de blanc tournait en boucle dans ma tête.

Je venais de l'accuser d'avoir tué sa mère et d'être un faë d'or, et il me fixait avec de la haine dans les yeux, tel le Prince féroce et mortel de la Cour d'Ombre.

— Dites quelque chose, finis-je par murmurer, éructant ces mots.

— Tu veux que je le nie ?

Sa voix n'était plus qu'un sifflement, et la fureur disparut de ses yeux, remplacée par un regard si froid que je ne pus le soutenir.

Je n'avais aucune idée de ce que je voulais qu'il dise.

Je savais déjà que c'était vrai.

Me frottant la figure, j'essayai de rassembler les pièces du puzzle, de donner un sens à ce que j'avais vu.

— Comment se fait-il que vous ayez de la magie d'ombre si vous n'êtes pas un faë d'ombre ?

La première vision que j'avais eue de lui me revint en mémoire. Sa mère avait dit qu'il aurait assez de magie pour cinq ans. Mais Mazrith était un faë d'ombre connu pour sa puissance depuis bien avant la mort de sa mère.

Et pourquoi avait-il mis fin à ses jours ?

— Je ne suis pas un faë d'or, cracha Mazrith.

— Alors qui êtes-vous ?

— Rien qu'*Yggdrasil* n'a jamais vu ou ne souhaite jamais voir, siffla-t-il en se détournant de moi. Il faut que nous partions.

— Quoi ? Non, il faut qu'on parle ! Mazrith, vous devez me dire ce que je viens de voir.

— Je n'ai rien à te dire.

La colère m'envahit, et je laissai tomber mes mains, me claquant la cuisse. Ce bruit sec le fit se retourner vers moi.

— J'ai tout dit, grognai-je en serrant les dents. *Tout.* Des secrets et des peurs que je n'avais avoués à personne.

Il fit un pas vers moi, si vite que je sursautai, et s'arrêta seulement lorsqu'il me toisa. Sa peau était parfaite, ses pommettes saillantes, son nez droit et ses oreilles pointues exactement comme ceux d'un beau Prince faë. Je ne voyais aucune trace de la chair marbrée et cicatrisée que j'avais vue dans la vision.

Était-elle là-dessous ? En ce moment même ? Cachée

sous de la magie ? Je tendis la main pour toucher son visage, mais il parla, et l'acier glacé de sa voix me glaça.

— J'ai tué ma mère.

Mon cœur battit la chamade dans ma poitrine, et je baissai la main.

Il continua à me fixer, aussi tendu qu'un roc.

— Je ne suis pas un faë d'or et je ne suis pas un faë d'ombre.

— Mais...

— C'est tout ce que tu sauras tant que nous serons à l'intérieur de l'arbre sacré et près de mes guerriers.

Je commençai à parler, mais je m'interrompis. Des ombres s'agitaient dans ses iris et autour de son bâton. Il avait dit tout à l'heure que rester trop longtemps à l'intérieur de l'arbre d'*Yggdrasil* rendait les faës plus sauvages. Et les autres étaient juste de l'autre côté de la cascade.

Il avait peut-être raison. Ce n'était pas le moment de parler.

Les mains encore tremblantes, je carrai les épaules.

— D'accord, mais vous devez promettre...

— Je ne promets rien. Retiens ta respiration.

Je poussai un cri d'alarme, puis je pris une inspiration désespérée lorsqu'il me saisit la main et fit un pas de côté, sous l'eau.

Il nagea avec force, nous entraînant tous les deux dans le courant beaucoup plus vite qu'à l'aller, mais je n'en étais pas moins désorientée. La panique et la colère m'envahirent alors qu'on me tirait dans l'eau.

Dès que nous émergeâmes de l'autre côté, je dégageai ma main pour lui donner un coup sur l'épaule, battant frénétiquement des jambes quand je me mis aussitôt à couler.

— *Veslingr*, stupide, puéril et égoïste ! lui hurlai-je à la figure, alors qu'il passait un bras autour de ma taille et commençait à nous propulser vers le bateau. J'avais accepté d'arrêter de poser des questions, vous n'aviez pas besoin d'essayer de me noyer, espèce d'égoïste immature...

J'entendis Frima dire :

— Tu l'as déjà dit.

Avant que des mains puissantes ne me hissent sur le pont du bateau.

Je jetai un coup d'œil à Mazrith qui se hissait sur le pont. Il ne voulut pas croiser mon regard.

— Eh bien, il mérite qu'on le traite d'égoïste deux fois, répliquai-je, encore essoufflée et secouée par le choc.

J'acceptais peut-être de mettre mes questions en veilleuse, mais les images continuaient de défiler dans ma tête, et l'adrénaline et l'incompréhension faisaient encore rage en moi.

J'avais besoin de temps pour comprendre ce que je venais de voir, mais il m'avait délibérément arraché le peu que j'avais.

Pourquoi ? M'avait-il traînée dans l'eau pour me punir d'avoir vu quelque chose que je n'aurais pas dû voir ? Ou était-il vraiment désespéré de sortir de l'arbre d'*Yggdrasil* ?

Il m'était difficile de le quitter des yeux pendant que je me séchais, et lorsque Voror descendit en piqué sur le pont, je fus soulagée qu'on détourne mon attention de ce colosse de colère froide.

— J'ai perdu ma plume, dis-je au hibou.

D'un air mauvais, Voror tourna la tête à un angle impossible, puis en cueillit une avec son bec avant de voler vers moi.

— Merci et désolée, dis-je en l'enfilant dans mon bandeau.

— Je serai nu quand tu auras fini, marmonna-t-il dans mon esprit. Je vois que ta quête a été couronnée de succès.

— Quoi?

Le hibou me regarda en clignant lentement des yeux.

— Chaque fois que je me dis que tu es plus intelligente que je le croyais, je suis obligé de réévaluer mon jugement.

Je lui lançai un regard noir.

— Tu voulais révéler l'escalier. Tu as réussi.

— Vraiment?

Voror poussa un soupir en pensée, puis s'envola vers une partie du tronc opposée à la statue de Thor. Là, à peine visible, se trouvait effectivement un escalier. Il montait en colimaçon à l'intérieur de l'arbre, disparaissant dans les hautes frondaisons qui recouvraient le bois à mesure que l'on montait vers les hauteurs. Le hibou se posa sur la rampe sculptée et cligna des yeux dans notre direction.

— C'est ce qui a fait tout ce boucan? demanda Svangrior, debout au bastingage.

Ses yeux dardaient de tous les côtés, et il était presque aussi tendu que Mazrith.

— Je pensais l'avoir imaginé.

Tait regardait fixement, tout excité.

— Oh non, tout cela est réel. Je savais que les rumeurs étaient vraies, dit-il en battant des mains. Les secrets de ce monde n'auront jamais de fin !

Mazrith le contourna, et des ombres s'écoulèrent de son bâton dans la voile du bateau, nous faisant flotter vers l'escalier.

Il ne me regardait toujours pas.

Saisissant la balustrade, je serrai les dents et fermai les yeux. J'avais besoin de chasser de mon esprit cette image de lui, la peau marbrée, la main autour du poignard plantée dans la poitrine de sa mère. Du moins pour l'instant.

Il ne voulait pas en parler ici, même si je brûlais de savoir ce qui l'avait poussé à mettre fin à la vie de sa propre mère. Quoi qu'il se soit passé, il *devait* y avoir une raison. Il l'aimait, il l'avait déjà dit clairement à plusieurs reprises, tout comme ses amis.

Les yeux noirs et sans âme, les plaies purulentes me reviennent à l'esprit, ainsi qu'une infime lueur de doute.

Je pris une inspiration et je lâchai la balustrade, ouvrant les yeux.

Je faisais confiance à Mazrith. À ma grande surprise, je le *respectais*. Il n'était *pas* un meurtrier de sang-froid. J'en étais certaine. Je n'aurais pas été capable de l'embrasser comme je l'avais fait, d'aimer ses caresses, de le laisser m'emmener dans un tel lieu de plaisir, de *vulnéra-*

bilité, si j'avais cru un seul instant qu'il était vraiment un monstre.

Il me raconterait ce qui était arrivé, à lui *et* à sa mère, et il y avait une explication logique. Il fallait qu'il y en ait une.

CHAPITRE 2

REYNA

Il ne fallut que quelques minutes au bateau pour atteindre l'escalier, et de près, il était tout aussi beau et sculpté de motifs complexes que je l'avais aperçu dans ma vision. Des feuilles et des lianes enroulées avaient été taillées dans le bois pour créer une haute rampe tout le long de l'escalier, et je pouvais facilement croire que c'était le travail de l'arbre lui-même plutôt que celui d'un artisan, tant c'était organique et naturel.

— Tout le monde attend ici, aboya Mazrith lorsque Frima utilisa ses ombres pour ancrer le bateau à l'escalier.

—Vraiment ?

De l'agacement, inhabituel venant de Frima, teintait ces mots, plus tranchant que son sarcasme habituel.

— Quel est l'intérêt d'être l'une des plus puissantes guerrières d'*Yggdrasil* si je me contente du baby-sitting, pendant que vous faites tout ?

Mazrith sursauta à ces mots, et elle recula précipitamment d'un pas.

— Je t'ai dit d'attendre ici, et tu feras ce qu'on te demande.

De l'acier trempait ces mots, et elle hocha la tête.

— Oui, Maz. Bien sûr.

— Toi, viens avec moi.

Son ordre s'adressait clairement à moi. Bien qu'il ne m'ait toujours pas regardée, ses ombres tourbillonnaient autour de mes jambes, me poussant vers le bastingage. Avec appréhension, je les laissai me guider, puis me stabiliser, alors que je sortais prudemment du bateau pour emprunter l'escalier. La forme imposante de Mazrith remplissait l'espace derrière moi, et je commençai à grimper.

Mes cuisses me brûlaient lorsque nous arrivâmes en haut de l'escalier en zigzag. En fait, ce n'était pas le sommet, mais la première corniche, taillée dans le bois du tronc d'*Yggdrasil* et envahie de feuillage. De petits buissons de fleurs violettes poussaient sur la corniche terreuse, et de jolies marguerites orange pendaient de lianes sinueuses.

Je reconnus ce que je vis de l'autre côté. Un grand coffre relié de fer, identique à celui de la vision du père de Mazrith.

S'il vous plaît, s'il vous plaît, faites qu'il ait caché le talisman de Thor ici, priai-je en m'engageant sur la plate-forme.

— Je t'avais dit qu'il y aurait quelque chose ici, dit

Voror en se posant sur la rampe de l'escalier. Et je me trompe rarement.

Si l'amulette se trouvait effectivement dans le coffre, l'arrogance que nous aurions à supporter de la part de ce hibou hautain serait intolérable. Mais cela en valait la peine.

Des lianes vertes serpentaient autour de la boîte, et je me demandai depuis combien de temps le Roi était venu ici.

Je tendis la main pour dégager le couvercle du coffre, et une douleur m'électrisa le bras. Avant même de pouvoir crier, j'eus le souffle coupé. Mes poumons venaient de... cesser de fonctionner.

Je serrai un poing sur ma poitrine, essayant d'émettre un son, avant de tomber sur le dos, prise d'une panique aveugle. Les ombres de Mazrith se précipitèrent sur moi, et la panique inonda mon corps lorsqu'elles s'appro-chèrent de ma bouche, puis de ma gorge.

Avec un bref éclair de douleur, la pression disparut dans mes poumons, et je pus respirer à nouveau. Les ombres repartirent aussi vite qu'elles étaient entrées et j'avalai de l'air, les doigts enroulés autour de ma gorge, les mains en sueur.

— Par les Nornes, qu'est-ce qui s'est passé ? hoque-tai-je, chassant les larmes de mes yeux tandis que Mazrith s'approchait de moi et s'accroupissait.

Il ne fit pas un geste pour me toucher et ne croisa toujours pas mon regard, mais j'étais sûre de lire de l'in-quiétude mêlée à de la fureur sur son visage. Du moins, je *voulais* y voir de l'inquiétude.

— Un piège, grogna-t-il. L'un des préférés de mon père. J'aurais dû m'en douter.

Je pris quelques inspirations profondes, et après que ma respiration se calma, les ombres de Mazrith se dirigèrent vers la boîte. Quand elles se précipitèrent tout autour du coffre, les lianes reculèrent. Il y eut un bruit sec, et le couvercle s'ouvrit en grinçant.

Lâchant ma gorge, je basculai sur mes genoux pour regarder dedans.

La plus belle hache que j'avais jamais vue scintillait devant moi. Elle était en métal argenté, et les deux lames étaient serties de la plus grande collection de pierres précieuses que j'avais jamais vue. Elles étaient aussi gravées d'arabesques complexes, si semblables aux sculptures des rampes d'escalier que je me demandai si la hache n'était pas liée à l'arbre de vie.

— C'est incroyable, soufflai-je.

— Elle a été volée, gronda Mazrith. Cela n'appartenait pas à mon père.

Presque à contrecœur, il la sortit du coffre. J'entendis le métal bouger et je regardai à nouveau. Des sacs et des sacs de pièces de monnaie tapissaient le fond du coffre, ainsi que d'autres objets plus petits. Un rouleau de papier, une petite boîte en fer, un bracelet de rubis d'un rouge intense et...

— C'est ça? C'est le Talisman de Thor?

Mazrith attrapa l'amulette en forme de marteau et expira longuement lorsque ses doigts se refermèrent sur le métal.

— Oui.

— Oh, les dieux soient loués.

Je me laissai tomber sur le dos, soulagée.

— C'est une griffe de loup, marmonna Mazrith.

Il avait ouvert la petite boîte, qui contenait une griffe abîmée et jaunie.

— Étrange de la cacher là où personne ne pourra la trouver.

Mazrith ne répondit pas, se contentant de refermer la boîte. Il commença à sortir tout ce qu'il y avait dans le coffre, chargeant les pochettes de sa ceinture et les poches de sa cape. Il me passa deux sacs de pièces et le bracelet de rubis pour que je les mette dans mes propres poches, et je clignai des yeux devant ce trésor.

Cela aurait suffi à m'acheter une vie entière de liberté.

Mais quelle liberté ? Une vie en fuite. *Une vie de solitude.*

— C'est tout. Il faut qu'on parte.

Mazrith se leva et se redressa, son bâton dans une main et la magnifique hache dans l'autre.

Je le regardai, émerveillée.

— Vous avez l'air d'un Roi avec ça, dis-je.

Les ténèbres envahirent ses yeux, sa bouche se crispa, il me regarda, puis détourna les yeux.

Ce n'est certainement pas la bonne chose à dire.

Il passa devant moi et descendit les escaliers. Lentement, je me levai et le suivis.

La tension de Frima et de Svangrior se dissipa presque aussitôt que nous quittâmes l'arbre et que nous empruntâmes la rivière-racine pour retourner à la Cour d'Ombre. Ce qui était frustrant, c'est qu'il n'en fut pas de même pour Mazrith. Il resta à la proue, l'air hargneux, raide, à regarder la rivière autour de nous pendant un court instant, puis s'enferma dans sa cabine, ordonnant à Frima de nous guider pendant le reste du chemin du retour.

Après une heure de pensées incohérentes, je frappai à sa porte.

— Mazrith ?

Il n'y eut pas de réponse.

Frima s'approcha alors que je m'appuyais contre la porte fermée en soupirant.

— Tu devrais dormir un peu. Il y a encore huit heures de route, et cette journée infernale a été longue.

— Je ne sais pas si je vais *pouvoir* dormir.

Elle jeta un coup d'œil à la porte, puis à moi.

— Je suis sûre que tu t'en sortiras. Quel que soit le pétrin dans lequel les Nornes vous ont fourrés.

— J'espère que oui. Il n'est pas très communicatif en ce moment. En fait, il refuse de me parler. C'est…

J'essayai de choisir un mot. Exaspérant ? Impossible ? *Terrifiant.*

— Agaçant.

Frima pouffa.

— Je ne me souviens pas que tu aies été particulièrement *communicative*, dit-elle en penchant la tête. Vous faites une paire des plus étranges.

— C'est toi qui le dis, marmonnai-je, en appuyant mon front contre le battant.

L'image que j'avais eue de lui dans ma vision s'imposa dans ma tête.

Il avait caché ce secret toute sa vie, sans jamais le partager avec qui que ce soit. Un fardeau qu'il portait seul. Était-il né ainsi? Quelqu'un ou quelque chose l'avait-il transformé ainsi?

Je poussai un nouveau soupir, souhaitant qu'il me parle. Souhaitant qu'il me laisse apaiser un peu de cette horrible tension rigide qui l'habitait.

— Dormez bien, Maz, murmurai-je. Et j'essaierai d'en faire autant.

CHAPITRE 3

REYNA

Je dormis, mais mal. Comme on pouvait s'y attendre, il hanta mon sommeil. Je ne rêvai pas de ses caresses de plaisir, comme j'aurais préféré, mais de sa peau rugueuse et couturée, et de ses yeux noirs. Je rêvai de lui sur le trône de sa belle-mère, faisant tout ce qu'elle avait fait, et léchant le sang de ses victimes sur ses propres lèvres blanches comme de la craie. Je rêvai qu'il se tenait à côté de l'Ancienne pendant qu'elle chantait, que les cicatrices de son visage s'ouvraient, noircissaient et laissaient couler une substance dorée sur son corps en décomposition.

Lorsque je me réveillai, j'étais trempée de sueur. Brynja s'affairait au pied du lit, sortant les objets des coffres pour les mettre dans de grands sacs.

— Madame ?

Elle se redressa quand je m'assis trop vite et gémis.

— Nous sommes presque arrivés. Voulez-vous du thé ?

— Non, merci, dis-je d'une voix épaisse. Un peu d'eau me ferait du bien, s'il te plaît.

Je me vêtis rapidement de mes vêtements de travail et je fus soulagée de voir la pénombre scintillante de la Cour d'Ombre lorsque je sortis sur le pont, juste au moment où le bateau glissait sur le sable sombre avec un léger bruit étouffé.

— Qui aurait cru que je serais un jour heureuse de revenir ici ? me murmurai-je à moi-même en marchant vers Tait, qui serrait la sphère gagnée à l'épreuve de la Cour de Glace. Où est Mazrith ? lui demandai-je.

Avant que le filombre ne puisse répondre, le Prince me contourna.

— Mazrith..., commençai-je.

Mais il agrippa la rambarde et sauta par-dessus la balustrade, ses fourrures sombres disparaissant avec lui. Je soupirai et serrai les dents.

— Tant pis.

Frima passa devant moi, trois énormes sacs sur ses épaules.

— Allez.

Le chariot qui nous avait fait descendre de la montagne nous attendait, mais Mazrith n'était plus là lorsque mes pieds heurtèrent le sable. Voror passa au-dessus de ma tête, et sa voix résonna dans mon esprit.

— Le Prince est parti avec l'ours stupide.

— Parti ?

— Oui. L'ours stupide...

— *Arthur.* L'ours qui m'a sauvé la vie, le corrigeai-je

en levant les yeux au ciel et en souriant à Frima qui fronçait les sourcils.

— Bon. Arthur, l'ours stupide, l'attendait à notre arrivée.

Je me tournai vers Frima alors que le chariot approchait de la forêt.

—Sais-tu où est parti Mazrith ?

—Ton hibou vient de te dire qu'il a retrouvé Arthur ?

—Oui.

Elle haussa les épaules.

—Je suis sûre qu'il sera au palais avant nous.

Lorsque nous entrâmes dans la Suite du Serpent, il n'y avait aucun signe de Mazrith. Kara, cependant, était assise dans le grand fauteuil près du feu, et elle laissa tomber son livre et se jeta sur moi avant même que je ne sois complètement entrée dans la pièce. Svangrior grogna et se dirigea vers la salle de guerre, et Frima sourit, déposa ses bagages et quitta la suite.

—Reyna ! Tu es revenue saine et sauve !

Kara me serra fort, et je lui rendis la pareille.

—Oui. Où est Lhoris ?

Le grand homme franchit la porte pendant que je parlais, et ses joues barbues se fendirent d'un sourire lorsqu'il me vit.

—Tu es en un seul morceau, dit-il.

—À peine, répondis-je avec un sourire gêné.

J'eus un sursaut de honte à l'idée de ne pas pouvoir

exhiber une nouvelle tresse, mais leur plaisir évident de me voir en bonne santé le chassa.

— Raconte-nous tout, dit Kara en m'attirant vers le feu.

— Je vais le faire, mais je dois d'abord m'assurer que Voror est là. Il faut qu'il entende tout cela aussi.

Je levai les yeux vers le plafond.

— Il n'était pas avec vous ?

— Non, il fait trop froid pour lui à la Cour de Glace. Il est resté à l'intérieur d'*Yggdrasil*. Voror ?

Il y eut un battement d'ailes blanches, puis le hibou descendit en flèche et se posa sur le dossier du fauteuil.

Je leur racontai tout ce qui s'était passé depuis mon départ, en omettant les détails à propos de ce qui s'était passé pendant la leçon de natation et dans l'arbre sur le chemin du retour. Voror connaissait déjà la plupart de ces détails, et mes amis ne pouvaient rien savoir de notre quête du bâton de brume.

Kara avait les yeux écarquillés lorsque j'eus terminé.

— Orm t'a sauvée ? dit-elle en secouant la tête. Il y a un jeu secret derrière tout ça, Reyna. Il faut que tu sois prudente.

— Je suis prudente. Mais je ne pense pas qu'Orm nous souhaite simplement, à Mazrith et moi, un sort pire que celui d'être écrasés par de la glace. Il est juste cruel et tordu.

— J'aurais préféré qu'il ne survive pas à l'attaque de Lady Kaldar sous l'eau, murmura Lhoris.

— Moi aussi. Mais malheureusement, il a survécu.

— Tu fais confiance à Dakkar ? demanda Lhoris dont les yeux s'assombrirent.

— Pas confiance, non. Mais je ne peux m'empêcher de l'aimer, lui et sa famille.

— Hmm.

— L'autre chose étrange…, dis-je en jetant un coup d'œil autour de moi dans la pièce pour m'assurer qu'elle était vide, avant de me retourner vers Kara. C'est que je n'ai pas vu à travers les yeux de quelqu'un d'autre pendant que j'étais là-bas.

Si c'était possible, ses yeux s'écarquillèrent encore plus.

— *Ça,* c'est intéressant, dit-elle.

— As-tu appris quelque chose à la bibliothèque pendant mon absence ?

— En quelque sorte. J'ai appris beaucoup de choses sur la magie.

— Quelque chose qui expliquerait comment quelqu'un pourrait me donner accès à sa magie ? Peut-être quelqu'un qui n'était pas à la Cour de Glace avec nous ?

Kara secoua la tête.

— Les faës doués d'une forte magie de l'esprit, généralement des faës d'ombre, peuvent te faire voir des choses dans la tête, ou même ressentir des choses, mais ils ne peuvent pas te donner accès à la tête de quelqu'un d'autre. Et les faës ne peuvent pas donner de magie à d'autres personnes.

Les paroles de la mère de Mazrith me traversèrent l'esprit. *Je peux te donner assez de magie pour cinq ans.*

— Tu en es sûre ?

Kara me regarda.

— Sauf si tu as tué un faë d'une manière si honorable qu'il a décidé de te donner sa magie en poussant son dernier soupir, alors oui. Je suis sûre que personne ne t'a donné sa magie.

Je restai bouche bée.

— Répète ça.

Elle fronça les sourcils.

— J'ai lu que la seule façon de transmettre de la magie, c'est de le faire volontairement, et à la personne qui a mis fin à nos jours. C'était comme cela que les dieux reconnaissaient le courage au combat. Si tu éprouvais assez de respect pour la personne qui t'avait tué, tu pouvais la rendre plus forte. Mais si tu avais été tué sournoisement, ton meurtrier ne recevait pas ton pouvoir. C'est un peu dépassé dans le monde d'aujourd'hui, où ceux qui sont au pouvoir n'ont pas d'honneur, mais je suppose que cela avait un sens jadis.

Les éléments du puzzle trouvaient leur place dans ma tête.

La seule façon pour la mère de Mazrith de lui donner sa magie, c'était qu'il la tue.

Elle s'*était* sacrifiée pour lui.

J'eus mal au cœur en me souvenant de son cri de rage et de douleur. Plus que tout, je voulus aller le retrouver, et j'étais à moitié levée quand je me rappelai que je n'avais aucune idée de l'endroit où il se trouvait.

— Reyna, ça va ?

— Oui.

Je clignai des yeux en me rasseyant.

— Je suis désolée, cela... cela explique quelque chose d'autre.

— Quoi ?

Je secouai la tête et lui adressai un regard d'excuse.

— Je ne peux pas le dire.

Kara haussa les épaules.

— D'accord, mais pour en revenir à tes visions, qu'est-ce qui a changé à la Cour de Glace ? Qu'est-ce qui a provoqué ce changement ?

— Je n'étais pas avec toi à la Cour de Glace, dit Voror.

Je me tournai vers le hibou, me reconcentrant.

— Es-tu en train de dire que c'est toi qui me donnais les visions ? Ou le pouvoir d'avoir des visions ?

— Si c'est le cas, je n'en suis pas conscient. Mais je n'étais pas avec toi. C'est peut-être pertinent.

Je transmis ces paroles à Kara.

— C'est possible, je suppose.

Après quelques instants de réflexion, elle dit :

— Je me suis renseignée à propos d'autres êtres magiques qui ne sont pas des faës, comme tu me l'as demandé.

— Et est-ce qu'il y en a qui ressemble à...

Je cherchai les mots justes.

— Ce que *je* pourrais être ?

La question semblait étrange, mais je ne savais pas comment la formuler autrement.

Elle me jeta un regard d'excuse.

— Pas vraiment, non. Il n'y avait pas beaucoup d'êtres humanoïdes, et ceux qui l'étaient étaient soit des loups, soit des êtres de lumière, soit ils mesuraient un mètre vingt.

— Oh.

— Si tu as de la magie, alors...

Mes tripes se nouèrent, et Lhoris prit une longue inspiration.

— Je n'aime pas dire ça, Reyna, mais tu es probablement une faë.

— Non. Je ne suis pas une faë. Je ne peux pas en être une.

Ou était-ce possible ?

— Reyna, si tu ne sais pas qui sont tes parents, tu n'as aucun moyen de savoir ce que tu pourrais être.

Je m'étais attendue à ce que Kara prononce ces mots, mais ce fut Lhoris.

Je le regardai avec surprise, une sensation de malaise dégoulinant dans mes veines.

Lhoris détestait les faës. Ils l'avaient arraché à son clan, l'avaient battu et gardé prisonnier. Pendant plus d'une décennie, je n'avais entendu que fureur et dégoût de sa part à chaque fois qu'on parlait d'eux.

Mais il n'y avait ni colère ni haine dans ses yeux lorsqu'il me regardait. Ils étaient remplis de compassion.

— J'ai su, la première fois que tu m'as raconté ce que tu voyais après avoir travaillé l'or, que tu étais différente.

Je le regardai fixement.

— Mais... une faë ?

— Tu utilises une sorte de magie. Il n'y a pas lieu de le nier. Mais cela ne fait pas de toi une personne différente de celle que j'ai aimée ces quinze dernières années.

Sous le coup de l'émotion, j'eus l'impression d'être à l'étroit dans ma peau, et des frissons dans le ventre. Sans hésiter, je me penchai en avant, entourant le grand homme de mes bras.

— Tu ne me détesterais pas si j'étais une faë? murmurai-je dans ses cheveux épais.

— Rien au monde ne pourrait me forcer à te haïr, Reyna.

Je pris une inspiration tremblante.

Une forte détonation me fit sursauter.

Je me retournai entre les bras raides de Lhoris. Kara sembla rétrécir.

La détonation était celle du Prince Mazrith qui venait d'ouvrir la porte de sa suite. Et il me regardait enfin.

CHAPITRE 4
REYNA

— Reyna, il faut que tu viennes avec moi.

Ces mots aboyés et dénués d'émotion résonnèrent dans la pièce.

— Je parle avec mes amis, dis-je froidement, en essayant de me remémorer la version de lui que j'avais vue dans la piscine avec moi, au glacier.

Cette version-là de Mazrith aurait même pu dire bonjour à mes amis. Celle-ci, en revanche... Cette version était celle qui m'avait enlevée. Le guerrier féroce, colérique et dominateur.

— Cela peut attendre. Nous partons.

Il se retourna et sortit de la pièce, laissant la porte ouverte derrière lui.

Je grinçai des dents.

— On se verra dans... quelques heures, j'espère.

J'embrassai Lhoris sur la joue.

— Merci.

Il sourit.

— Où allez-vous ? chuchota Kara, qui fixait toujours la porte ouverte.

— Faire une quête secrète, dis-je en haussant les épaules et en souriant. Mais pas très loin. Et je ne pense pas que ce soit dangereux.

— Sois tout de même prudente, dit-elle avec un câlin rapide.

Mazrith était debout, rigide, dans le couloir. Il se mit à marcher dès qu'il me vit et je me hâtai de le rattraper.

— Nous allons à *Corvétoile*, je suppose ?

— N'en parle pas ici.

Je ne pus retenir une grimace de contrariété.

— Est-ce qu'on va parler de quoi que ce soit ?

— Si oui, ce ne sera pas ici.

— J'ai l'habitude, marmonnai-je, avant de me taire.

Lorsque nous arrivâmes en haut des escaliers menant au pont entre les tours, j'étais tellement essoufflée que je n'aurais pas pu parler même si je l'avais voulu.

La Cour au-delà des tours était d'une beauté si époustouflante que je fis une pause sur le pont. Je m'étais sentie heureuse lorsque le navire était retourné à la Cour d'Ombre, songeai-je, en contemplant le manteau bleu marine piqueté d'argent étincelant.

Est-ce que cela deviendrait un jour mon foyer ?

Je regardai Mazrith, cette bulle d'espoir plongeant dans mon estomac. La dernière fois que nous nous étions retrouvés sur ce pont, il s'était confié à moi comme jamais auparavant. Cette fois-ci, tout ce que je voyais, c'était son dos recouvert de fourrure tandis qu'il avançait à grands pas.

· · ·

Lorsque je le rattrapai, il était en train de presser l'amulette de Thor contre la petite gravure du serpent et de la couronne, tout en marmonnant quelque chose dans des mots anciens que je ne saisis pas, pour la plupart. Après quelques secondes, il repassa l'amulette autour de son cou. Je regardai la gravure, puis je reculai d'un pas précipité lorsque la pierre du pont commença à se fissurer et à bouger.

— Viens, dit Mazrith lorsque les bruits se turent et que le mur eut disparu à l'endroit de la gravure.

Mon cœur bondit dans ma gorge lorsqu'il fit un pas dans les airs.

— Mazrith !

Mais il planait, soutenu par quelque chose d'invisible.

Je regardai fixement, en secouant la tête.

— Non. Non, je ne marche pas sur un pont invisible, balbutiai-je.

— Lorsqu'on marche dessus, il devient visible. Viens. Tout de suite.

Sans un autre mot d'encouragement, il commença à marcher vers la constellation d'étoiles qu'il m'avait montrée.

— Mazrith, je ne monterai pas sur ce putain de pont maudit par Odin ! criai-je derrière lui.

Il marqua une pause, puis, sans se retourner, agita son bâton. Des ombres en jaillirent et se solidifièrent pour former des serpents. Ceux-ci se précipitèrent vers moi, puis restèrent suspendus à mes côtés comme des rampes.

Il envoyait ses ombres pour m'aider, au lieu de venir lui-même.

Il reprit sa marche dans le ciel vide, et je poussai un autre juron.

— Que Freya me vienne en aide, car ce gros lourdaud ne le fera pas.

Je m'approchai du trou dans la pierre. En m'agrippant de chaque côté, je tendis prudemment un pied par-dessus. Une lueur bleue se forma sous ma botte. Je la baissai avec prudence, et lorsqu'elle entra en contact avec quelque chose de dur, le miroitement s'intensifia, et une grande marche d'un bleu marine étincelant apparut.

En sueur, je pris mon courage à deux mains. Je me propulsai vers l'extérieur, en poussant sur mon autre jambe. Des étincelles bleues apparurent, et je décollai mes doigts rigides de la pierre pour empoigner aussitôt les serpents d'ombre de part et d'autre. Ils étaient d'une solidité rassurante, et je pris une grande inspiration en retrouvant mon équilibre.

— On y va, Reyna. Tu peux le faire.

Mes jambes tremblaient, mais je soulevai celle de derrière et fis un pas. Le pont bleu brillant était large, ce qui aidait, mais l'espace devant moi était totalement vide, le palais et le flanc de la montagne visibles en contrebas. Ravalant nausées et vertiges, je me forçai à lever les yeux et les fixer sur la silhouette de Mazrith. En respirant profondément et en suivant les douces ondulations des serpents d'ombre, je suivis un rythme. *Pied gauche, pied droit. Pied gauche, pied droit.*

Cela prit un temps interminable, mais je finis par lever les yeux au ciel, adressant à Freya une prière de remerciement pour m'avoir conduite à l'île céleste de *Corvétoile.*

Et le paysage étincelant était à couper le souffle.

Une église se dressait devant moi – le seul bâtiment de l'île. Le sol semblait fait de la même lumière bleue scintillante que le pont, recouvert d'herbe et de marguerites blanches scintillantes, faites de poussière scintillante et étincelante.

L'église semblait plus solide, mais lorsque je bougeai la tête et qu'elle capta la lumière, j'aurais pu jurer qu'elle n'était faite que de lumière. Elle ressemblait aux églises traditionnelles que j'avais vues à la Cour d'Or, faites de triangles empilés les uns sur les autres, mais les tuiles qui recouvraient les multiples toits inclinés étaient faites de quelque chose de nacré et de brillant au lieu d'or ou d'ardoise. Cela m'évoquait de la neige.

Tous les piliers et les arches étaient décorés de serpents, dans le même style organique, fluide et imbriqué que l'escalier à l'intérieur de l'arbre d'*Yggdrasil.* Toutes les pointes sur le toit étaient coiffées d'un serpent brillant qui sifflait un rayon étincelant de lumière stellaire.

Il n'y avait aucun bruit, aucune odeur, mais ce n'était pas sinistre. C'était plutôt apaisant.

Mazrith s'inclina un instant dans l'embrasure de la porte, puis entra. Bouche bée d'admiration, je le suivis, m'arrêtant pour passer mes doigts sur les images exquises, sculptées dans la matière brillante et scintillante. Elle était fraiche au contact, mais ce n'était pas de la pierre. Si j'avais dû lui donner une couleur, j'aurais dit bleu, mais elle brillait d'un gris pâle, d'un ivoire étincelant, d'un éclat de glace – elle ne cessait de changer de nuance et de luminosité. Les ombres qu'elle projetait changeaient aussi, d'opacité et de forme, au gré des mouvements de la lumière.

Les faës d'ombre avaient autant besoin de lumière que nous autres, pensai-je en restant bouche bée, fascinée. Il n'y a pas d'ombre sans lumière.

Ma contrariété à l'égard de Mazrith pour m'avoir laissée traverser le pont toute seule m'avait quittée.

— En quoi est-ce fait ?

— Personne ne le sait. C'est un secret de la famille royale, un don des dieux, et il n'existe nulle part ailleurs une substance semblable.

— Pensez-vous que les autres cours ont un équivalent ?

— Oui.

Une allée courait au milieu du bâtiment, des bancs alignés de chaque côté. Le plafond montait haut entre les triangles, les angles et les poutres jetant des ombres plus chatoyantes et changeantes sur les aplats étincelants.

Des tapisseries étaient accrochées aux murs, toutes tissées de fils d'argent brillants qui captaient également la lumière, bien qu'elles n'aient pas la nature éthérée de l'édifice lui-même. Un autel se dressait au bout de l'allée, et au-dessus, des faisceaux de lumière se rejoignaient pour créer une sorte de lustre, des lignes de poussière scintillante formant des baleines, des dragons, des serpents et des loups.

Je n'avais jamais imaginé qu'un endroit aussi beau puisse exister.

Mazrith s'arrêta devant une tapisserie représentant sa mère, et je me détournai, pour lui laisser de l'intimité. Mes yeux se posèrent sur une autre tapisserie, manifestement un arbre généalogique.

L'arbre généalogique de la famille royale de la Cour d'Ombre, confirmai-je en me penchant plus près, suivant avec le doigt sur le tissu scintillant des noms que je ne reconnaissais pas.

Mon regard s'arrêta sur un nom. Erik. Mais ce ne fut pas le nom qui m'interpela, ce fut la petite marque à côté du nom. C'était la rune de l'ombre. La même que celle qui était tatouée sur le poignet de Tait, et de tous les autres *filombres* du monde. Un petit frémissement m'agita le ventre, et je fronçai les sourcils.

Pourquoi un membre d'une famille royale faë aurait-il un symbole runique à côté de son nom ?

Je regardai partout et j'en trouvai deux autres, un homme et une femme.

Cela devait signifier autre chose. Après tout, la rune de l'ombre devait être importante pour les faës d'ombre, en plus de marquer ceux qui fabriquaient leurs bâtons. Mais il y avait quelque chose d'étrange, et je ressentais une drôle de palpitation dans l'estomac.

J'entendis un bruit derrière moi et je me retournai pour voir les ombres de Mazrith s'écouler de son bâton et une table s'élever derrière l'autel. Trois grands gobelets y étaient posés, et il se dirigea vers celui de droite. Je le suivis, quittant à regret la tapisserie.

La coupe était remplie de cailloux. Ils étaient nacrés, presque translucides, mais lorsque j'en saisis un, il devint aussitôt aussi sombre que le ciel de la Cour d'Ombre, rempli de mille petites étoiles.

Je laissai échapper un soupir appréciateur.

— C'est une pierre d'étoile ?

— Oui.

Il tendit la main et en prit une dans le gobelet.

— C'est magnifique.

De mauvaise grâce, je tendis le bras pour reposer la pierre, et il me fit un signe de la main.

— Garde-le. Ça ne peut pas faire de mal d'en avoir une de rechange.

J'acquiesçai, et je la mis dans ma poche.

— Cela vous semble-t-il trop facile ? Il n'y a pas d'énigmes à résoudre ni de statues à combattre. Jusqu'à présent, rien ici n'a essayé de nous tuer.

Mazrith se renfrogna.

— Cela n'a rien eu de facile de trouver le talisman de Thor. Nous avons eu une chance inouïe.

Je secouai la tête.

— Ce n'était pas de la chance. *C'était* facile de trouver l'amulette, contrairement au morceau de jade : ma vision nous a montré où le trouver.

Il me regarda, puis parcourut des yeux la magnifique église. Son regard s'attarda sur la tapisserie de l'arbre généalogique.

— Quelqu'un doit t'envoyer ces visions. Quelqu'un qui connaît notre quête et qui savait que le Roi avait caché ses biens dans le coffre d'*Yggdrasil*. C'est probablement la même personne qui a écrit l'inscription dans le sanctuaire et qui a envoyé ton hibou.

— Pensez-vous que les visions de souvenirs *et* les visions d'espionnage me sont envoyées ?

— Oui.

Ma conversation avec Kara à propos de partager sa magie me revient en mémoire.

— On peut envoyer des visions comme ça ?

Il darda son regard sur moi, mais pas longtemps.

— Aucun faë ne pourrait t'envoyer une telle aide. Une magie aussi puissante, une telle connaissance du passé et des secrets de mon père... C'est au-delà de ce que peuvent faire les mortels.

Je fronçai les sourcils.

— Vous voulez dire... les dieux ?

Il se retourna vers l'allée.

— Cela n'a pas d'importance. Ce qui compte, c'est que nous continuions à avancer et que nous trouvions le bâton de brume.

Je me renfrognai.

— Bien sûr que c'est important. Vous suggérez que les anciens dieux, qui ont disparu il y a des siècles, pourraient s'intéresser à nous ?

— Les dieux ont toujours joué avec les mortels. Si je ne suis qu'un simple pion dans un jeu, je préfère ne pas le savoir.

Il commença à redescendre l'allée, et j'eus un sursaut

de réticence à quitter l'église. Son ton était toujours aussi sec et froid, mais il n'avait plus rien de dangereux. C'était peut-être le bon moment pour essayer de lui parler.

— Vous souhaitez contrôler votre propre destin ? demandai-je en m'empressant de le rattraper.

— Je souhaite trouver le bâton de brume, dit-il.

— Afin de contrôler votre destin, insistai-je.

— Oui. C'est pourquoi j'ai besoin de toi et de tes visions.

J'éprouvai un frisson quand il dit qu'il avait besoin de moi, mais aussi une brûlure cinglante, car il avait le dos tourné. Aucune attention ou compassion. Clinique et précis. Il avait besoin de moi parce qu'on m'envoyait les informations dont nous avions besoin pour trouver le bâton de brume.

— Dites-moi ce qui s'est passé avec votre...

Mazrith sortit de l'église à grands pas avant que je n'aie pu terminer ma question.

CHAPITRE 5

REYNA

Voror m'attendait de l'autre côté du pont, que Mazrith me laissa à nouveau traverser seule, me soutenant avec ses serpents d'ombre plutôt que ses propres bras.

— Si je tombais, ça lui donnerait une bonne leçon.

Je répétai mon mantra : un pied après l'autre.

— Et alors, comment ferait-il pour trouver son stupide bâton de brume ?

— La magie m'a empêché de te suivre, dit Voror dès que j'eus de nouveau mes pieds sur la pierre.

J'appuyai vivement les mains par terre, adressant à Freya une nouvelle prière de remerciement pour m'avoir fait traverser.

— Oui, je crois que seuls les membres de la famille royale sont invités, dis-je au hibou en me redressant.

— Alors pourquoi as-tu pu traverser ?

— Bonne question.

Mazrith marchait déjà vers la tour du palais.

— Pourquoi ai-je été autorisée à aller sur l'île alors que je ne suis pas de la famille royale ? l'interpelai-je en me précipitant à sa suite.

— Tu portes ma marque.

Je jetai un coup d'œil à la rune noire à mon poignet. Une vague d'émotion indésirable m'envahit, et je laissai retomber mon bras.

Personne ne pouvait nous entendre ici. Je voulais des réponses. Je *méritais* des réponses.

— Je crois savoir ce qui s'est passé, dis-je, suffisamment fort pour que Mazrith puisse m'entendre.

Il ne ralentit pas.

Je continuai.

— Votre mère s'est sacrifiée pour vous.

Ses pas s'arrêtèrent. Ses épaules se soulevèrent et ne retombèrent pas. Elles restèrent hautes, tendues. Solides. Un mur impénétrable de colère et... de déni ? De regrets ?

— Vous aviez besoin de sa magie pour cacher ce que vous êtes vraiment, et elle a donné sa vie pour vous la donner.

Lentement, il se retourna vers moi. Son expression était dénuée de toute compassion, et lorsqu'il parla, sa voix était glaciale.

— Je comprends que tu n'aies pas choisi de voir mon passé. Mais cela ne te donne pas le droit d'en savoir plus.

Ses mots me heurtèrent. Je lui avais confié tous mes secrets.

— J'ai raison ? demandai-je.

Il se contenta de me fixer.

— Si oui, ce n'est pas du tout une malédiction que

vous voulez briser. C'est un moyen de remplacer ce qu'elle vous a donné lorsqu'il n'y en aura plus.

Sa poitrine se soulevait et s'abaissait, mais il ne parlait toujours pas.

— Comment vous cachait-elle avant, quand vous étiez plus jeune ? Pourquoi fallait-il en arriver à...

L'image de lui et de la dague me revint à l'esprit.

— Ça ?

— Tout ce que tu as besoin de savoir, c'est que je deviendrai ce que tu as vu lorsque la dernière rune d'or quittera ma peau, siffla-t-il. Le reste n'a aucune importance.

Ma bouche s'ouvrit.

— En quoi est-ce sans importance ? C'est ce que vous êtes !

— Ce n'est pas important, déclara-t-il.

— Et vous m'avez traitée d'hypocrite ? Vous avez poussé et poussé pour savoir ce que je suis, mais vous refusez de me dire ce que vous êtes ?

— Ce que *vous* êtes pourrait nous permettre d'accomplir cette quête. Je sais ce que je suis, et j'ai besoin d'un bâton de brume pour survivre. Pour l'obtenir, j'ai besoin de vous. C'est aussi simple que cela.

Ses yeux flamboyants se plantèrent dans les miens, et une douleur me traversa.

— C'est tout ce que je suis pour vous ?

Des ombres tourbillonnaient dans ses yeux. Il ne répondit pas.

— Cette fois, c'est vous qui mentez, crachai-je. Je sais que vous pensiez chaque mot que vous m'avez dit depuis que je suis ici. Vous vous souciez de moi au-delà de ce que je peux vous apporter dans cette quête.

Au fur et à mesure que ma bouche formait ces mots, mes tripes se tordaient. Je n'avais pas réalisé à quel point je voulais y croire avant d'entendre la supplication dans ma propre voix.

— Rien de tout cela n'est pertinent, répéta-t-il, moins convaincu, la voix plus grinçante.

— Non, dis-je en croisant les bras sur ma poitrine et en essayant de garder une voix calme. Le bassin, vos mots, vos *caresses*... C'était réel. Je sais que c'était réel.

Il eut l'air d'avoir envie d'approcher, et je me plantai sur mes pieds, mais il resta là où il était.

— Ce qui est *réel*, c'est ce que tu as vu dans cette vision. Je suis un meurtrier et un monstre.

— Non...

Je secouai la tête, essayant de l'interrompre, mais il parla par-dessus ma voix, plus fort, ses dents serrées, éjectant les mots de ses lèvres.

— Tant que nous n'aurons pas corrigé cela, il n'y aura pas de nous. Pas de mots. Pas de caresses. Tu m'as compris ?

J'inspirai de l'air, essayant de contrôler mes émotions.

— Corrigé ? Que voulez-vous dire ?

— Je dois venger sa mort et honorer son sacrifice.

— En trouvant le bâton de brume ?

— Oui.

— Et ensuite ?

— Et ensuite, on recommence.

Je levai les bras en l'air, gagnée par la frustration.

— Mais rien n'a changé ! Vous n'êtes pas différent de celui que vous étiez dans le bassin, il y a à peine un jour. Pourquoi est-ce que vous vous comportez comme ça maintenant, si froid, si dur, si...

Une émotion illumina ses yeux.

— Tout a changé !

Il hurla ces mots, perdant son sang-froid.

— Non, j'en sais juste plus sur vous maintenant, cela ne veut pas dire...

Il me coupa à nouveau la parole, faisant jaillir des ombres de son bâton.

— Je suis un meurtrier et un monstre, et il n'y aura pas de nous tant que cela ne sera pas corrigé !

Ses ombres avaient modelé un serpent pendant qu'il criait, et celui-ci s'enroulait autour de ses épaules, comme pour le protéger.

De moi ? De mon jugement ?

Les larmes me brûlaient les yeux, mais je savais qu'elles ne couleraient pas.

— Maz, je ne crois pas que vous soyez un monstre.

Je gardai la voix calme, aussi plate que possible.

— Je vous en prie. Rien n'a changé.

Le serpent se resserra autour de lui.

— Tu vas m'aider à trouver le bâton de brume ?

— Bien sûr que je le ferai.

— Il n'y a donc plus rien à discuter.

Il se détourna de moi et se dirigea à grandes enjambées vers la tour.

Je foudroyai son dos du regard, m'efforçant de contrôler ma colère.

Je ne pouvais pas le forcer à me parler. Mais cela ne m'empêcherait pas d'essayer de le convaincre que je ne pensais pas qu'il était un monstre.

Je sentis remonter à la surface le souvenir de ce qu'il avait fait au garde après que le serpent m'avait mordue.

Et l'homme de Slaithewaite qu'il avait rendu fou.

Pire encore, l'image de lui, enragé et serrant le poignard, me revenait sans cesse à l'esprit.

Je m'étais sentie différente toute ma vie, et les réactions de mon entourage m'avaient changée ; elles m'avaient rendue colérique et méfiante. Plus forte, peut-être, mais pleine de haine et de peur.

Mazrith avait connu pire que des cheveux cuivrés dans un océan de brun.

Quel effet cela avait-il eu ?

CHAPITRE 6

REYNA

Même si j'en avais envie, je n'essayai pas de parler à Mazrith pendant le trajet jusqu'au sanctuaire. Son silence pesant, les quelques claquements de bec de Voror et mes tics nerveux rendirent le voyage pénible. Au moins, le cube le rendit plus court.

Il ne fut pas plus facile que la dernière fois de traverser le bras au-dessus du gouffre, surtout après mon aventure sur l'horrible pont invisible. Je traversai sur mon arrière-train et je fus un peu soulagée que Mazrith m'aide à me relever lorsque j'arrivai à la paume où se dressait l'anneau de statues. Ce qui me soulagea moins, ce fut qu'il ne me regarda pas quand je lui décochai mon sourire de remerciement.

— Quelle statue faut-il réparer ?

Il regardait les huit figures de pierre solennelles.

La rune « pierre d'étoile » que j'avais vue flottait au-dessus de la statue centrale sans visage. Je m'en approchai prudemment. Le bâton que tenait le personnage était un amas de pierre brisée, usée, parfois dentelée et tranchante. Je ne voyais nulle part où une pierre étoilée, ou même une gemme quelconque, aurait pu s'insérer. Je frottai le haut du bâton, essayant de voir s'il y avait de l'or en dessous, mais la pierre ne révéla rien.

Mazrith se déplaça derrière moi, et une envie de me blottir contre lui me prit par surprise. Est-ce que j'arriverais à le convaincre de s'ouvrir à moi grâce à un contact physique ?

Avant que je puisse décider si c'était une bonne ou une mauvaise idée, il tendit la main par-dessus mon épaule et appuya un doigt sur la statue, dans le creux entre les clavicules.

— Il y a une encoche, ici.

Il avait raison. Sa main disparut derrière moi, puis réapparut quelques instants plus tard, avec la pierre étoilée entre les doigts. Avec précaution, il posa la pierre contre l'empreinte.

Un éclair de lumière aveuglante me fit lever les bras devant les yeux et reculer contre son corps énorme. Ses mains agrippèrent mes épaules, et je l'entendis pousser un sifflement de douleur. Il était plus sensible à la lumière que moi, mais il m'avait rattrapée au lieu de se protéger les yeux.

La lumière diminua assez pour que je puisse retirer mon bras, mais lorsque je regardai la statue, elle n'était plus qu'une boule de lumière incandescente qui m'arrachait les yeux.

— Qu'est-ce qu'on est censés...

. . .

« Celui qui cherche ce bâton, est-il sincère ?

On les sait peu nombreux, ceux qui s'en montrent dignes.

Ne doivent être injustes, ou cruels, ou amers.

Et si je me refuse, il faut qu'on s'y résigne. »

La voix tonnante retentit dans la caverne, puis, avec un bruit sourd, la pierre se détacha autour du bâton de la statue, révélant une simple hampe de bois. Je plissai les yeux, la lumière encore trop vive pour que je puisse en distinguer les détails.

— Est-ce que… est-ce que c'est le bâton ? murmurai-je dans le silence qui suivit ces mots.

Mazrith ne répondit pas, il me contourna lentement, se protégeant les yeux, et attrapa le bâton en bois.

Mon cœur chavira dans ma poitrine lorsqu'il referma ses doigts sur la hampe en bois et la souleva pour l'arracher à la statue.

Est-ce qu'on l'avait vraiment fait ?

Avions-nous trouvé le bâton tout-puissant qui lui permettrait de renverser sa belle-mère, de sauver sa vie et de mettre fin au *Leikmot* ?

Il tourna le dos à la lumière, leva le bâton de brume d'une main et le sien de l'autre, puis ferma les yeux. Les ombres tourbillonnèrent autour de son propre bâton, de plus en plus vite. Il renversa la tête en arrière, et je vis ses poings se resserrer sur les deux bâtons.

Puis, les ombres s'arrêtèrent.

Précipitamment, elles retournèrent au crâne au sommet de son bâton, et Mazrith ouvrit les yeux.

Je ne pus pas m'empêcher de tressaillir.

Il avait l'air furieux. Peut-être aussi furieux que lorsque j'avais eu ma dernière vision, derrière la cascade.

— Qu'est-ce qui ne va pas ?

— C'est le bâton que nous cherchons. Et il ne m'obéit pas.

J'avais fabriqué des bâtons toute ma vie d'adulte, et il n'y avait qu'une seule raison pour laquelle un bâton n'obéissait pas à un faë.

— Il ne vous reconnaît pas comme son propriétaire.

Mazrith se contenta de grogner une réponse.

— Comment allez-vous faire pour le revendiquer ?

— Je ne sais pas, dit-il entre ses dents.

— D'après l'énigme, celui qui cherche le bâton doit être sincère, et rejeter l'injustice et la cruauté. Peut-être devez-vous lui prouver que vous en êtes digne ?

Le visage de Mazrith se tordit.

— Je ne suis pas sincère ! Je suis l'incarnation d'un mensonge infernal !

Il me lança le bâton, la rage gravée sur chacun de ses traits.

— C'est une putain d'énigme impossible à résoudre, imaginée par des divinités tordues qui aiment torturer leurs jouets !

Je lui pris le bâton, ne sentant rien de magique dans la hampe de bois.

— Mazrith, calmez-vous...

— Cette quête infernale était vouée à l'échec dès le départ.

Des ombres jaillirent à nouveau de son bâton et tourbillonnèrent autour de lui. Je voulus poser ma main sur son torse, mais il recula, hors de ma portée.

Ses yeux étaient plissés à cause de la lumière de la statue, et il avait le cou et les épaules si tendus qu'il semblait sur le point d'exploser, de se briser en morceaux.

— Comme la dernière fois, une vision viendra nous montrer ce qu'il faut faire, dis-je, aussi calmement que possible.

— Tu ne sais même pas qui t'envoie ces visions, et pourtant tu leur fais aveuglément confiance ! Tu es une imbécile.

— Ne vous défoulez pas sur moi, répondis-je en essayant de contenir ma colère. J'essaie de vous aider. Et vous savez parfaitement que les visions sont dignes de confiance : elles nous ont menés jusqu'ici.

Il grogna et frappa son bâton par terre, sur la paume.

— Tu n'es pas ce que tu sembles être. Je ne suis pas celui que je semble être. Tout ceci n'est que mensonges, tromperies et secrets. J'en ai assez.

— Maz, s'il vous plaît, calmez-vous. Nous sommes si près du but. Nous avons le bâton.

— Et nous ne pouvons pas le manier, insista-t-il.

J'essayai d'ignorer le fait qu'il me parlait comme si j'étais stupide. C'était la seule personne qui m'avait dit qu'il ne pensait pas que j'étais stupide.

— Une vision nous montrera ce qu'il faut faire, répétai-je.

— Je ne reste pas plus longtemps près de cette putain de statue, dit-il en pointant son bâton vers la statue brillamment éclairée. Nous partons.

~

— Vous savez, je commence à comprendre à quel point c'était agaçant quand je ne faisais aucun effort pour être aimable, dis-je à voix basse tandis que nous remontions le cube jusqu'au palais.

Mazrith prit une inspiration sifflante, mais ne parla pas.

— J'essaie de vous aider. Je suis là, avec vous. Parlez-moi, s'il vous plaît. Quand on travaille ensemble, on se débrouille bien.

Je me tus lorsque le cube s'ouvrit devant nous et qu'il sortit sur la corniche dans la montagne. Il faisait sombre, et je lui attrapai le bras, le faisant se retourner pour que je puisse voir son visage dans la pénombre. J'avais besoin qu'il me regarde, qu'il sache que je pensais ce que j'allais dire.

— Vous savez que je me fiche de votre apparence, n'est-ce pas? Ce monde de beaux faës tout scintillants dans lequel vous avez grandi, ce n'est pas le mien. Je m'intéresse à vos actes, pas à votre visage.

De la douleur brilla dans ses yeux. Pas de l'espoir, ni du soulagement, ni aucune autre émotion que j'avais espéré susciter par ces paroles.

— Mes actes ne valent pas mieux que mon vrai visage.

J'entendis à peine ces mots, tant ils étaient silencieux.

— Je n'y crois pas. Que vous est-il arrivé ? Êtes-vous né comme ça ?

— Personne ne naît comme ça, cracha-t-il. Et même si c'était le cas, aucune cour du pays ne laisserait vivre une telle créature.

— Ce n'est pas vrai non plus, dis-je, mais avec moins de conviction.

Le peuple d'*Yggdrasil* aurait-il laissé quelqu'un qui ressemblait à cela prouver sa valeur ? Ou bien la cupidité et la vanité qui s'étaient répandues à travers *Yggdrasil* comme un fléau auraient-elles anéanti toutes ses chances ?

Le visage de Mazrith se tordit d'amertume.

— Ma Cour ne m'acceptera pas lorsque la magie de ma mère sera épuisée. La Reine régnera. Tu mourras.

Les ténèbres envahirent ses yeux, le danger lui suintant par tous les pores. Tous mes instincts me disaient de courir. De me cacher.

Je resserrai ma prise sur son bras.

— Nous trouverons un moyen d'utiliser le bâton de brume, et cela n'arrivera pas.

Il dégagea son bras.

— Mazrith...

Mais une fois de plus, il se détourna de moi.

CHAPITRE 7

REYNA

Mazrith refusa de me parler davantage pendant tout le trajet jusqu'à la Suite du Serpent. Lorsque nous entrâmes, il se dirigea vers la salle de guerre, prit un sac et partit.

J'attrapai un coussin sur la chaise et le lançai sur la porte qu'il venait de claquer.

— Heureuse de voir que tu te défoules sur quelque chose qui le mérite, dit Frima en entrant dans la pièce, regardant le coussin, puis le bâton en bois toujours serré contre mon flanc.

— Contrairement à ce *heimskr*, grognai-je en pointant mon menton vers la porte. Par les Nornes, moi qui pensais que j'étais têtue.

Elle rit.

— Tu veux t'entraîner ?

— Oui, répondis-je instantanément.

Ce n'était probablement pas ce que j'aurais dû faire —

il fallait que je discute avec mes amis et Voror, et que je trouve le moyen d'accorder Maz au stupide bâton de brume qui ne lui obéissait pas. Mais ce que je voulais, c'était m'entraîner.

Nous nous entraînâmes au tir à l'arc jusqu'à ce que je puisse plus soulever les bras, et je mis toute ma colère, ma frustration et ma détermination dans chacun de mes mouvements, me délectant du contrôle et du pouvoir que je ressentais lorsque j'avais l'arme entre les mains. J'avais appris à me battre dans les tavernes, en regardant les humains se battre pour de la bière, ou des amants, ou un jeu, mais j'avais toujours été limitée par ma taille et ma force. Ma seule véritable arme qui m'avait peut-être distinguée des autres, c'était ma capacité à énerver les gens et à les pousser à commettre des erreurs ou à perdre leur sang-froid.

Mais l'arc... Avec ça, je me sentais encore plus puissante qu'avec le bâton. Le bruit sourd de la flèche touchant la cible était définitif, dangereusement satisfaisant. La puissance de la flèche ne se mesurait pas à la force de mes bras ou à la vitesse de mon coup, mais à ma capacité à viser et à contrôler mon corps.

— Tu as atteint neuf des dix cibles mobiles lors du dernier tour, dit Frima en balayant la salle d'entraînement pour chasser les débris de paille. La prochaine fois, nous sortirons à cheval et nous nous entraînerons dans la forêt.

— Pourquoi n'avons-nous pas fait ça aujourd'hui ?

L'idée de monter Rasa me remplissait d'une excitation fébrile.

— La prochaine fois. Maz t'emmènera faire du cheval avant que nous allions à la Cour de Terre, j'en suis sûre.

— Je ne parierais pas là-dessus. Quand partons-nous ?

— Rien n'a encore été annoncé, dit-elle en haussant les épaules.

Brynja me fit couler un bain à notre retour, et cela me fit du bien de tremper dans l'eau chaude. Je lui demandai si je pouvais manger seule dans ma chambre et, quand on m'eut apporté un tourteau au fromage de la taille de ma tête et une carafe de vin d'ortie, je levai les yeux vers les chevrons.

— Voror ?

Il descendit en voltigeant et se posa sur le montant du lit.

— Peux-tu manger et parler en même temps ? demanda-t-il avec un ton dégoûté, alors que j'enfournais dans ma bouche un morceau de pâtisserie succulente recouverte de fromage fondu gluant.

— Oui, répondis-je en avalant une bouchée de nourriture.

— Je vais reformuler. *Devrais-tu* manger et parler en même temps ?

— Désolée, Voror. Si tu veux savoir ce qui se passe, il

faudra que tu partages mon attention avec ce sympathique tourteau.

Je lui racontai tout ce qui s'était passé de l'autre côté de la cascade, dans l'arbre, et je comblai ses quelques lacunes à propos de ce qui était arrivé depuis lors, y compris la conversation à l'intérieur de l'église. Je ne cachai rien, et bien que je me sente coupable de partager les secrets de Mazrith, je me consolai en me disant qu'il fallait bien que j'en parle à quelqu'un, et que Mazrith s'était retiré lui-même de la liste des interlocuteurs potentiels. S'il ne m'évitait pas avec une telle assiduité, je ne serais pas en train de tout déballer à un hibou magique.

— Alors, le Prince n'est ni un faë d'ombre ni une faë d'or ? dit Vor, pensif.

— C'est ce qu'il a dit.

— Et il n'est pas né comme ça. Cela implique que quelqu'un ou quelque chose l'a changé. Intéressant. Et il semble avoir perdu tout espoir après avoir été rejeté par le bâton de brume. Sans espoir, la peur prospère.

J'avalai un peu de vin, me cramponnant à mon optimisme.

— Penses-tu qu'il a vraiment été rejeté ? Ou que le bâton ne l'a pas encore reconnu comme son propriétaire ?

— Je ne sais pas grand-chose à propos de ces choses-là.

Il tourna lentement la tête vers là où le bâton était posé contre ma coiffeuse.

— Je ne le quitterais pas des yeux, même un instant. Et tu devrais parler à cet ennuyeux *filombre*.

J'acquiesçai.

— Oui. Bonne idée.

— J'en ai beaucoup.

Je ne protestai pas. Il avait de bonnes idées, pour être honnête.

— Penses-tu que Mazrith a raison et que les dieux m'envoient des visions ?

Si c'était le cas, alors j'étais peut-être humaine, en fin de compte.

— Ce n'est pas un dieu qui m'a rendu visite.

— Tu en es sûr ?

Il marqua une pause avant de répondre.

— Je suppose qu'un dieu peut prendre la forme qu'il souhaite.

Je soupirai.

— Qui que ce soit, espérons qu'il m'enverra bientôt quelque chose d'utile. Par exemple, comment faire pour qu'un bâton de brume devienne plus utile qu'un simple bâton de bois.

Mais aucune vision ne me vint. Trois jours passèrent, et après le premier, je commençai à m'inquiéter. Je passai du temps avec Kara à la bibliothèque, parcourant tous les livres susceptibles de parler de bâtons de brume ou de la fabrication des bâtons. Je ne trouvai rien d'utile.

Ellisar nous accompagnait à chaque voyage, et j'eus

l'impression qu'il avait apprécié d'être le chaperon de Kara lorsque j'étais partie à la Cour de Glace. Je le voyais lui jeter de longs regards qui pouvaient expliquer qu'elle rougisse et glousse lorsqu'il trouvait une raison de lui parler. Je voulais lui poser des questions sur l'immense guerrier, mais Lhoris ou Ellisar lui-même semblaient toujours être dans les parages.

Le premier soir, Mazrith vint dîner avec tout le monde dans la salle de guerre, mais il ne parla à personne. Lorsque Frima lui servit les mêmes plaisanteries bon enfant qu'elle lui avait toujours servies à table, il prit son assiette et quitta la pièce, les épaules tendues et carrées. Je frappai à la porte de la chambre qu'il occupait depuis qu'il m'avait cédé la sienne, mais il ne répondit pas.

Le lendemain, Frima et moi nous entraînâmes à nouveau, cette fois avec des bâtons et des épées. Je lui demandai de m'emmener tirer à l'arc à cheval, mais elle était réticente, et j'étais sûre que c'était parce qu'elle savait que Maz m'avait déjà emmenée chevaucher.

— Maz n'y verra pas d'inconvénient, lui dis-je. Il ne va pas m'emmener lui-même. C'est une vraie tête de cochon, un *heimskr* têtu.

Mais elle insista pour que nous nous entraînions plutôt avec le bâton.

J'avais suivi les conseils de Voror, emportant le bâton de brume partout avec moi, soulagée que la seule magie qu'il semblait posséder soit la capacité à se compacter comme les autres bâtons d'*Yggdrasil*. J'avais passé du temps à l'observer, mais n'avais remarqué rien d'autre que du bois. Pas de pierres précieuses, pas de sculptures, pas d'empreintes. Juste un morceau de bois qui rétrécissait lorsque je le portais à ma ceinture.

Quand Mazrith ne vint pas dîner le deuxième soir, je tambourinai à sa porte jusqu'à ce qu'il finisse par ouvrir.

— Qu'est-ce que tu veux ?

Ses cheveux n'étaient pas aussi bien coiffés que d'habitude, et des cernes sombres sous ses yeux ternissaient son beau visage. Il ne portait pas de fourrure, mais juste un pantalon noir et une chemise ouverte de même couleur. A son cou pendaient ses nombreuses amulettes, dont le talisman de Thor. Je forçai mes yeux à remonter de son torse vers ses yeux.

— Vous devez essayer de vous lier avec le bâton de brume, dis-je sans ambages. Pour autant que je sache, il n'est pas dans votre chambre, alors pourquoi vous y enfermez-vous ?

Des ombres tourbillonnèrent dans ses yeux crispés.

— Pars. Je ne souhaite pas te parler.

— Il faut que vous me parliez. Je suis la seule à pouvoir vous aider, et pour l'instant, je suis la seule à essayer.

— Tu n'en sais rien.

— Vous avez raison, parce que vous ne voulez pas me parler, putain.

Son visage reflétait ma frustration.

— Qu'avez-vous fait depuis que nous sommes rentrés ?

— Cela ne te concerne pas.

Je restai bouche bée et me retins de justesse de le frapper.

— Tout ce qui vous arrive me concerne, Mazrith. Qu'est-ce qui ne va pas chez vous ?

— Tu sais exactement ce qui ne va pas chez moi. Et le bâton aussi. Maintenant, laisse-moi tranquille.

CHAPITRE 8

REYNA

L e lendemain, je rendis visite à Tait. J'aurais aimé descendre au village avec Rasa, mais Frima avait insisté pour que nous allions en calèche ; elle attendit dehors lorsque nous arrivâmes à son atelier.

Je trouvai le chaos du bâtiment de Tait étrangement apaisant. Le désordre aurait dû me rendre claustrophobe, avec tous ces objets suspendus au plafond, par terre et sur les bancs, mais au lieu de cela, j'eus l'impression que je ne pourrais jamais m'ennuyer dans ce lieu.

— Tu es venue voir ce que contenait la sphère de la Cour de Glace ? dit Tait lorsque je refermai la porte derrière moi.

— Non, répondis-je en secouant la tête. Mais si tu as quelque chose à me dire, je t'écoute avec plaisir.

— J'ai bien peur que non. Je ne sais pas du tout comment ouvrir cette chose infernale.

Un air renfrogné remplaça son sourire habituel.

—Tu vas t'en sortir, Tait, j'en suis sûre.

— Alors, à quoi dois-je le plaisir de votre visite ? Tu es venue m'observer filer ?

Son visage s'illumina.

— Ou est-ce que tu es venue me montrer comment tu travailles l'or ?

— Encore une fois, non, désolée, Tait. Je suis venue poser des questions sur les bâtons de brume.

Son visage s'illumina de plus belle.

— Tu es sur le point d'en trouver un ?

La prudence me fit hésiter. Si Mazrith ne lui avait pas déjà parlé, je devais être prudente.

— Tait, je suis sûre que tu comprendras si je suis vague.

Son nez tressaillit, mais il hocha la tête.

— Je comprends.

— Nous avons trouvé une énigme concernant le bâton.

— Une énigme ?

— Si le demandeur du bâton est sincère

Ceux qui sont dignes d'un tel pouvoir sont peu nombreux

L'injustice et la cruauté rejetées

La magie de l'âme se mérite.

Tait remonta ses lunettes le long de son nez, puis mordilla son petit doigt dans sa bouche, fronçant les sourcils d'un air pensif.

— Je suppose qu'il en va de même pour les bâtons des faës d'or, mais pour posséder un bâton de faë d'ombre, il suffit d'être riche.

J'acquiesçai.

— Oui. Quand on fournit le matériau, on possède le bâton. Je n'ai vu qu'une seule fois un bâton rejeter quelqu'un, parce qu'il avait été utilisé pour tuer une femme, puis transmis à son veuf. Nous avons fondu l'or et l'avons réutilisé, mais le bâton avait dû en garder la mémoire.

— Oui, oui, j'ai eu des expériences similaires lorsque j'ai réutilisé des matériaux. Mais un bâton de brume... Ils ont été créés par les dieux eux-mêmes, avec des matériaux issus des brumes de la création.

C'est ce que j'avais lu à la bibliothèque, bien que les références soient incroyablement rares et en parlent comme de légendes.

— Ils en ont donné un à chaque cour faë.

Tait se retourna et commença à fouiller dans des affaires posées sur une table. Il finit par lever la main d'un air triomphant. Ses doigts serraient un livre relié de cuir vert.

— Je l'ai reçu il y a dix ans d'un noble de la Cour de Terre en exil.

Ses yeux brillaient.

— Il avait volé beaucoup de choses au palais avant de s'enfuir.

Je m'approchai, tendant la main pour l'attraper. Les mains de Tait se crispèrent un instant, puis il relâcha sa prise.

— Il contient tout ce que je sais sur les bâtons de brume, ainsi que d'autres histoires sur le départ des dieux d'*Yggdrasil*.

La curiosité m'envahit.

— Je te remercie. Je te le rendrai dès que j'aurai terminé.

— Assure-toi de le faire. En attendant, je peux te dire que dix bâtons de brume ont été fabriqués. Comme tu l'as dit, chacune des cours en a reçu une au départ, ainsi que les autres races d'*Yggdrasil*.

Je levai la main, lui faisant signe d'arrêter.

— Les autres races ?

— Oui. Les nains, les loups et les hauts-faës, ou Vanir, comme les dieux les appelaient. Cela fait huit. Puis la déesse Freya et le puissant Thor en ont chacun pris un.

— Et maintenant, nous ne savons où se trouve qu'un seul d'entre eux, dis-je.

Deux, si l'on compte celui que j'ai à la hanche.

— En effet, mais je soupçonne qu'ils sont dissimulés dans tout *Yggdrasil*.

J'avais vu le bâton de la Reine de la Cour d'Or et j'étais certain qu'il ne s'agissait pas d'un bâton de brume. Les familles royales des Cours de Terre, de Glace et de Feu avaient-elles pu garder les leurs ? Ou bien l'un de leurs bâtons était-il accroché à ma ceinture ? Je me demandai combien de personnages puissants de l'histoire d'*Yggdrasil* avaient pu le brandir.

— Tu penses qu'un bâton de brume est capable de choisir ou de rejeter son propriétaire ?

— Cette énigme le suggère.

Tait me regarda attentivement dans les yeux.

— Vous l'avez trouvé, n'est-ce pas ? Sinon, pourquoi auriez-vous cette énigme à résoudre ?

Je fis un pas en arrière.

— On m'a donné beaucoup de choses à résoudre.

— Tes visions ?

J'acquiesçai.

— Quelqu'un m'aide.

Tait pencha la tête et ne dit rien, mâchonnant à nouveau le bout de son doigt.

— Si le bâton a rejeté Mazrith, je crains qu'il n'y ait de graves conséquences.

Mes tripes se nouèrent.

— Tu penses que Mazrith n'est pas digne ? Tu penses qu'il est cruel ou injuste ?

Le *filombre* secoua tristement la tête.

— Non, Reyna. Je ne t'aurais pas donné ce livre si ce n'était pour aider mon plus vieil ami. Le Prince n'est pas cruel. Mais il n'est pas sincère. Il y a des ténèbres en lui.

Il y avait aussi des ténèbres en moi. Tait ne savait rien de mon lien avec les Affamés ni de l'intérêt de l'Ancienne à mon égard. Pendant un instant, j'envisageai de tout lui dire. Mais, de leur propre chef, mes lèvres restèrent hermétiquement closes.

Tait soupira.

— Je prie pour que les Nornes vous guident vers la réponse, Reyna, pour votre bien à tous les deux.

— Qu'est-ce qui lui est arrivé ?

La question m'échappa avant que je ne puisse l'arrêter.

— Ce n'est pas à moi de le raconter. Et puis, je ne sais pas. Je devine seulement.

Je réprimai un grognement de frustration et changeai de sujet.

— Mazrith pense que mes visions me sont envoyées par les dieux, parce qu'elles dévoilent des choses qu'un mortel n'aurait pas pu voir.

— Comme le Roi cachant ses objets de valeur à l'intérieur d'*Yggdrasil*?

— Exactement.

— C'est possible, réfléchit Tait, mais votre quête ne se limite pas à écarter la Reine du pouvoir et à sauver la vie du Prince, si c'est vrai.

Mon estomac se tordit. Les paroles de la mystérieuse faë de Voror et mon lien avec les Affamés, quoi qu'il puisse être, envahirent mes pensées.

Mazrith était-il censé trouver le bâton pour m'aider? Peut-être qu'avec le bâton de brume, Mazrith pourrait découvrir pourquoi les créatures hideuses me recherchaient. Peut-être que, pour sauver *Yggdrasil*, nous devions les vaincre une fois pour toutes?

De l'espoir surgit en moi à cette idée, bien qu'il s'accompagne d'un sentiment d'inquiétude au fond de mes tripes. C'était moi qui étais lié à eux, pas Mazrith. La certitude sinistre que mon destin était lié au leur s'éveilla en moi, et ma vision s'obscurcit un instant. Je m'agrippai à la table la plus proche, mais la lumière filtra à nouveau, et la pièce redevint claire.

— Ça va?

La voix de Tait était pleine d'inquiétude.

Avais-je été sur le point d'avoir une vision des Affamés, après avoir pensé à eux? *Ou bien avais-je été sur le point d'avoir une vision qui aurait pu nous aider?*

Je ressentis un mélange de soulagement et de regret

que la vision ne m'ait pas emportée, et je clignai des yeux en direction de Tait.

— Oui, je vais bien. Désolée.

Je levai le livre.

— Je ferais mieux de me mettre à lire. Merci pour ton aide, Tait.

— Si cela peut aider le Prince, je t'en prie.

— Oh, encore une chose, avant de partir, dis-je, me souvenant soudain. La marque à ton poignet.

Je la montrai du doigt, et il leva le bras en regardant devant la rune.

— Oui ?

— A-t-elle une autre utilité ou une autre signification dans la Cour d'Ombre ?

Il secoua la tête.

— Non. Cette marque est réservée aux seuls runés. Il en va de même à ta cour, n'est-ce pas ?

— Oui, dis-je lentement. Je suppose.

Il y avait plus d'une douzaine de runes pour désigner l'or, tant c'était important pour les faës d'or, mais celle que j'avais au poignet n'apparaissait que sur les personnes marquées par d'une rune.

— Y a-t-il déjà eu des filombres dans la famille royale ?

Tait me regarda comme si j'avais perdu la tête.

— Des filombres royaux ? Les runés sont humains, Reyna, et la Cour d'Ombre n'a jamais eu d'humain dans sa famille royale. Jusqu'à présent, ajouta-t-il en penchant la tête à mon attention.

— Nous ne sommes pas encore mariés, murmurai-je.

Pourquoi cette rune figurait-elle sur la tapisserie ? J'étais sûre que cela signifiait quelque chose. En haussant les épaules, je remerciai Tait à nouveau.

— Prends soin de toi, Reyna, dit-il.

Mais alors que je faisais un pas vers la porte de son atelier, le noir s'abattit devant mes yeux.

Quand ma vision s'éclaircit, j'étais dans la caverne du berserker, sous la montagne. Ce n'était pas un souvenir, me rendis-je compte. Je regardais à travers les yeux de quelqu'un. *Les yeux de Mazrith.*

Est-il là maintenant ?

— Pourquoi ?

La voix du Prince tonna dans la caverne, et un torrent d'émotions déferle en moi tandis qu'il lançait des ombres magiques sur la hache colossale de la statue.

Des regrets, du chagrin, de la peur.

Mais surtout de la rage.

La statue restait immense et silencieuse, tandis que Mazrith la martelait de sa puissance.

— Pourquoi elle ? hurla-t-il, sa voix diminuant au fur et à mesure que la vision se dissipait.

J'aspirai de l'air, les mains serrées en poings et le cœur battant la chamade.

Quelle rage. Assez forte pour que je la sente en moi et qu'elle me rigidifie tout le corps.

— Reyna, qu'as-tu vu ?

Tait s'accrochait à la manche de ma chemise et me regardait.

— Mazrith.

— Quel genre de vision était-ce ? Est-ce qu'il va bien ?

— Non, je ne pense pas.

Savoir qu'il était pris au piège d'une telle tourmente émotionnelle, c'était trop. J'en avais fini de le laisser tranquille.

Le Prince de la Cour d'Ombre me révélerait ses secrets, ou que Freya me vienne en aide, j'allais le tuer moi-même.

CHAPITRE 9

REYNA

Il me fallut peu de temps pour retourner au palais, mais ma détermination à en découdre avec Mazrith ne cessa de croitre au cours du trajet. Quoi qu'il en coûte, je ferais comprendre au Prince d'ombre que j'étais son alliée. Qu'ensemble, nous trouverions un moyen d'utiliser le bâton de brume.

Ce ne fut qu'une fois de retour à la Suite du Serpent que je me rendis compte que je ne pouvais pas descendre à la caverne du berserker sans magie d'ombre. J'envisageai brièvement de demander à Frima, mais Mazrith m'avait dit que les cavernes dans la montagne étaient son secret, et je ne voulais pas trahir sa confiance.

À contrecœur, je décidai de l'attendre dans sa chambre. Je pourrais lire le livre de Tait jusqu'à son retour et j'aurais peut-être même quelque chose d'intéressant à lui dire.

Frima s'arrêta net au milieu du couloir. Je m'arrêtai aussi, à bout de nerfs.

— Qu'est-ce que…

Je ne terminai pas ma question.

Des ombres m'enveloppèrent, et je ne vis plus rien. Des gémissements et des cris emplirent mes oreilles, puis des images se formèrent derrière mes paupières, qui s'étaient fermées pour se protéger des ombres brûlantes.

C'étaient des images de Lhoris et de Kara, suspendus dans la salle du trône de la Reine, aux supports qui pendaient du plafond caverneux. Du sang coulait de leurs deux corps, sur *ma* peau, *mon* visage, *mes* lèvres. Dans l'image, je me vis lever une main, et Kara convulsa en hurlant.

La bile me monta à la gorge, l'horreur et le dégoût s'emparant de mon corps face à ce que je voyais.

Je ne le voyais pas seulement, je le *vivais*, comme un rêve éveillé.

Je me vis faire un geste de la main, et des os craquèrent.

J'avais la tête qui tournait, et je ressentais une telle horreur que j'en étais nauséeuse.

Je ne pouvais pas vivre cela dans mon esprit. Je ne pouvais pas.

J'essayai de crier, mais je ne sais pas si je parvins à faire un son.

Les images se brouillèrent alors que j'essayais désespérément de les chasser, de les arrêter, de les faire disparaitre de mon cerveau.

Mais elles déferlaient malgré tout. Moi, torturant les deux seules personnes que j'avais jamais aimées. Et s'en délectant.

— Arrêtez ! S'il vous plaît, arrêtez !

Je rugis ces mots, et cette fois, je les entendis déchirer ma poitrine.

Une partie consciente de moi se réveilla, et je cherchai la réalité.

De la magie d'ombre me faisait voir cela.

Une douleur me traversa la tête, me transperçant comme une flèche. J'eus vaguement conscience que mes genoux heurtaient la moquette, puis j'entendis d'autres cris.

Pendant une seconde, je crus que les cris étaient ceux de Kara, ou les miens. Mais dans un éclair de lumière, les images disparurent, et la douleur dans mon crâne s'évanouit.

Le cri continua.

J'ouvris les yeux.

Une silhouette encapuchonnée était, comme moi, agenouillée au sol.

Mazrith se tenait au-dessus de lui, et des ombres jaillissaient de son bâton et enveloppaient l'homme, s'engouffrant dans ses yeux, ses oreilles, sa gorge.

Ma vision s'obscurcit à nouveau, et je crus que le faë encapuchonné m'avait envoyé d'autres images. Mais au lieu de cela, je voyais par ses yeux.

Des enfants. *Ses propres enfants ?*

Ils se noyaient dans le sang.

— Stop ! hurla-t-il.

Sa peur et son horreur me submergèrent avant que la vision ne disparaisse de ma tête.

Je compris la situation et je clignai des yeux pour

chasser des larmes brûlantes.

Mazrith faisait ce que la faë venait de me faire. Il le torturait, lui faisant voir ses pires craintes.

— Mazrith, arrêtez !

Je me levai d'un bond, mais Mazrith ne se tourna pas vers moi. Le faë encapuchonné continuait de crier, et je vis une porte s'ouvrir dans le couloir, et Svangrior en sortir en courant. Frima se tenait sur le côté, le bâton levé et les yeux remplis d'incertitude.

— Arrêtez ! criai-je à nouveau.

— Il a été envoyé pour te torturer et te tuer, dit Mazrith dont la voix ressemblait à un sifflement de serpent. Il ne mérite pas de respirer le même air que toi.

— Alors, faites-le enfermer et découvrez qui l'a envoyé ! Vous n'avez pas besoin de le torturer !

Ses yeux dardèrent vers les miens, et j'aspirai une bouffée d'air. Ils étaient remplis de noir. Pas des ombres, mais un noir opaque, sans âme. Il brandit son bâton, et un claquement se fit entendre. Le cou de l'homme se tourna à un angle impossible, arrêtant brusquement son cri avant que son corps ne s'effondre sur le sol.

La nausée me souleva l'estomac quand je revis Orm dans ma tête, tuant la guerrière sur le tapis du palais de la Cour d'Or.

— Vous n'êtes pas l'un d'entre eux, m'étouffai-je, non pas pour qu'il y croie, mais pour moi-même.

— Occupe-toi de ça, aboya Mazrith à Svangrior, qui s'arrêtait devant lui.

Il nous regarda tour à tour, puis le corps. La capuche

du faë était retombée lorsqu'il s'était brisé le cou. C'était un faë d'ombre, jeune et beau.

Mazrith se dirigea vers ses appartements, suivi par ses ombres.

— Qu'est-ce qui s'est...

Je ne restai pas pour répondre à Svangrior, me propulsant plutôt sur Mazrith.

— Tout le monde dehors ! hurla-t-il en entrant dans la Suite.

Personne n'hésita à obéir, et j'étais tellement concentrée sur Mazrith que je ne pris pas une seconde pour lancer un regard rassurant à mes amis ou à Brynja qui sortaient en trombe de la salle.

— Vous n'êtes pas l'un d'entre eux, répétai-je à voix haute, alors que la porte se refermait. S'il vous plaît, Mazrith, dites-moi que vous n'êtes pas l'un d'entre eux. Parce que la seule fois où j'ai vu quelqu'un prendre la vie avec une telle insouciance, c'était Lord Orm.

Il se retourna, de la rage sur le visage.

— Oh, Reyna, bien sûr que je suis l'un d'entre eux ! En fait, je suis pire. Je suis tout ce que tu as entendu dire, et plus encore.

— Mensonges !

Il écarta les bras.

— Cet homme allait te tuer. Il t'aurait torturée et tuée sur l'ordre d'un autre. C'est ce que font les faës. Ce sont des vermines sans valeur, avides et sans honneur. Et je suis un Prince faë. Plus que cela, je suis un *véritable* monstre, un produit du mensonge, de la haine et de la cupidité.

Je le regardai fixement, les larmes aux yeux.

— Non. Non, vous êtes le premier faë que je rencontre qui n'est rien de tout cela.

—Je suis tout cela. Tu as même eu le privilège de me voir tuer ma propre mère.

La rage et l'amertume déformaient son beau visage, et de pâles cicatrices commençaient à se dessiner sur sa peau.

— Mazrith, arrêtez. Arrêtez tout ça. Vous êtes en colère parce que vous ne vouliez pas que je voie ça. Je comprends. Mais cela ne veut pas dire...

— Écoute-moi, grogna-t-il, la voix pleine de puissance. Ce n'est qu'une question de semaines avant que ce monde ne voie ce que je suis vraiment. Et je ne me cacherai pas. Je ne les laisserai pas me brûler ou me tuer. S'ils ne m'acceptent pas, ils apprendront à me craindre.

Tout en lui avait changé.

La froide rigidité de ces derniers jours avait été déconcertante, mais là ? C'était une rage débridée, une puissance dangereuse qui frisait la folie.

—Vous deviendriez comme votre belle-mère ?

—Je deviendrai ce que je suis censé être.

— Vous étiez censé être *bon*. Honorable. Digne du respect des dieux, de la loyauté et de l'amour de votre Cour, et non de leur peur. Ce n'est pas vous.

Il fit un pas vers moi et je ne pus pas m'empêcher de reculer. Tout le courage du monde ne pouvait résister à la puissance furieuse qu'il dégageait.

—Tu ne me connais pas, petite humaine.

Je me sentis mal alors que je fixais son regard fou.

— Je ne vous soutiendrai pas si c'est le chemin que vous choisissez.

— Tu n'as pas le choix.

Il leva le poignet, montrant la marque noire gravée sur sa peau. La même marque sur ma propre peau me brûlait vive.

Les larmes coulaient de mes yeux, et mes tripes se nouaient.

Il avait raison.

Je ne le connaissais pas. Tout ce en quoi j'avais cru se déchirait à chaque mot qu'il prononçait.

— Partez.

Ma voix était étouffée.

Il me jeta un regard, ses yeux noirs fixés sur mon visage. Comme il ne bougeait pas, je me retournai et courus vers la porte de la chambre. Douloureusement consciente qu'il *s'agissait de sa* chambre et que je n'avais nulle part où aller, j'ouvris la porte d'un coup sec et la refermai derrière moi.

Un bruit de verre brisé et de bois volant en éclats me fit sursauter, puis le silence s'installa.

CHAPITRE 10

REYNA

Lorsque les sanglots commencèrent, je fus anéantie de découvrir qu'ils ne s'arrêtaient pas. Il dut s'écouler une heure avant que l'on frappe à la porte.

Je ne répondis pas, mais la porte s'entrouvrit quand même. J'espérais voir Kara, mais mon estomac se noua lorsque Frima passa la tête par la porte.

Elle haussa les sourcils en me voyant, puis ouvrit la porte complètement pour révéler deux grands verres dans chaque main.

J'aspirai de l'air, essayant d'arrêter mes larmes alors qu'elle s'asseyait sur le lit à côté de moi et me passait un verre.

— Whisky, dit-elle. Tu sais que le faë qu'il a tué était un assassin ?

Je bus une petite gorgée de la boisson, n'appréciant pas vraiment la brûlure qui se faufila le long de ma poitrine.

— Ouais. Mazrith a dit qu'il avait été envoyé pour me tuer. Avant qu'il... tu sais. Qu'il lui brise le cou.

— La mort, ça arrive, dans ces contrées, Reyna. Surtout aux assassins connus et recherchés.

Je fronçai les sourcils.

— Je ne pleure pas la morte de quelqu'un qui a essayé de me tuer.

— Oh. Bien.

Je bus une autre gorgée.

— Je pleure parce que je pensais que Mazrith était quelque chose qu'il n'est pas. Ou parce qu'il est en train de devenir quelque chose qu'il ne devrait pas être. Je ne sais pas.

Frima ne dit rien, et je poursuivis.

— Il sait que je tiens à ma liberté plus que tout. Et il a brandi cette putain de marque sous mes yeux comme une brute et un... un ravisseur. Il ne vaut pas mieux que le chien qui a essayé de se lier à moi avant lui.

— Je pense que ce chien voulait se lier à toi pour des raisons différentes de celles de Maz, dit-elle doucement.

C'était vrai. Les motivations de Mazrith étaient de me protéger, j'en étais presque sûre. Mais cela ne changeait rien au fait qu'il venait de personnifier tout ce que je détestais à propos d'Orm ou de sa belle-mère.

— Il a menacé de faire régner la terreur au sein de la Cour d'Ombre.

Cette fois, Frima fronça les sourcils.

— Alors je peux répondre à ta première question. Il est en train de devenir quelque chose d'autre. Parce que le Maz que je connais ne ferait pas ça ou ne dirait pas ça.

Je fus soulagée de ne pas avoir été dupée pendant le peu de temps que j'avais passé ici, d'avoir bien cerné sa personnalité et sa relation avec ses guerriers.

— Depuis combien de temps tu le connais ?

— Près de cent ans.

Je poussai un soupir. Il était si facile d'oublier la longévité des faës.

— A-t-il toujours été honnête et honorable ?

— Peut-être un peu colérique et violent parfois, mais oui, il a toujours été honorable. Il est comme sa mère. Cela a été incroyablement dur pour lui quand elle est morte.

Je le regardai, les yeux piquants.

— De quoi est-elle morte ?

— D'une maladie. L'une des rares à pouvoir tuer les faës. Il a toujours cru que sa belle-mère en était la cause.

— Qu'elle avait causé une maladie ?

Frima expira longuement.

— Ne le dis pas à Mazrith. Mais Svangrior, Ellisar et moi en savons plus qu'il ne le croit. Nous savons que le bâton de sa belle-mère est imbattable. Et nous savons qu'elle s'est probablement arrangée pour tuer sa mère, puis son père. Il est possible qu'elle soit assez forte pour avoir déclenché une maladie.

— Que sais-tu d'autre ?

— Que quelque chose ne va pas depuis sa mort. Son tempérament, son humour, son obsession de te retrouver qui devenait si pressante.

Je marquai une pause à ces mots.

— Il a commencé à me chercher quand sa mère est morte, n'est-ce pas ?

— Non.

— Quoi ?

Il m'avait dit que sa mère lui avait montré le sanctuaire et l'inscription avant de mourir, et que c'était à ce moment-là qu'il avait commencé à chercher l'*orfèvre aux cheveux de cuivre*.

— Il cherchait une humaine rousse depuis longtemps. Ces dix dernières années peut-être. Il y a cinq ans, à la mort de sa mère, il nous a dit qu'il avait découvert que tu étais une *orfèvre*, ce qui a quelque peu réduit le champ de ses recherches.

Il y avait donc encore d'autres secrets qu'il m'avait cachés.

— Frima, il avait l'air fou aujourd'hui. Ses yeux sont devenus noirs, comme ceux de la Reine.

— J'ai vu.

— Qu'est-ce qui a rendu sa belle-mère folle ?

— Personne ne le sait. Elle était démente lorsqu'elle s'est introduite à la cour. Il n'est pas surprenant que son père soit tombé dans son piège... Il n'était pas exactement un exemple de santé mentale.

— Mazrith m'a dit qu'il n'aimait pas son père.

— C'est en dessous de la réalité. Son père était cruel, avide de pouvoir... rien à voir avec sa mère. Je... je ne devrais probablement pas en parler, mais Mazrith a souvent été victime de la cruauté de son père.

Mon estomac se tordit lorsque je me souvins du

jeune Mazrith, caché derrière la hache berserker sous la montagne.

Toutes ces cicatrices... Son père était-il le responsable ? Je me sentis malade.

— Comment, par les Nornes, a-t-il pu rester si normal ?

J'avais marmonné les mots à haute voix, et Frima répondit.

— Sa mère. Des amis comme moi, Svangrior et Ellisar. Tait. Il est intelligent, aussi. Il lit, il apprend. Il a trouvé du réconfort dans les anciens enseignements de l'honneur et de la bravoure.

Sans le vouloir, je lui pris la main.

— Frima, je t'en prie. On ne peut pas le laisser devenir comme sa belle-mère ou Orm. Il croit qu'il est... quelque chose qu'il n'est pas.

Le suivrait-elle encore, l'aimerait-elle comme son chef, si elle voyait ce qu'il y avait sous la magie de sa mère ?

— Il faut qu'on veille sur lui, même si.... Même s'il change.

Ses yeux se remplirent de la compassion que j'avais espéré voir dans ceux de Mazrith.

— Tu l'aimes, dit-elle doucement.

Je secouai la tête.

— Non, je ne peux pas.

— Tu parles comme une personne amoureuse.

— Je suis liée à lui. Contre ma volonté. Cela ne peut pas être de l'amour. Mais je ne peux pas le laisser devenir un monstre. Il mérite tellement plus. Tout comme toi, tes amis, cette Cour. *Yggdrasil.*

Elle me serra dans ses bras, me faisant renverser mon verre.

— Je le soutiendrai, Reyna. Et je te soutiendrai. Vous avez ma loyauté.

Heureusement, elle ne put voir les nouvelles larmes qui me montèrent aux yeux à ses mots.

— Je m'estime heureux que mon corps ne produise pas les mêmes substances que celui des humains, flotta la voix de Voror dans ma tête.

Puis il descendit en piqué vers le montant du lit.

Frima mit fin à notre étreinte et lui jeta un regard méfiant, puis reporta son attention sur moi.

— Il faut que j'y aille. Ça va aller si tu discutes avec ton... hibou ? Je peux envoyer Kara.

— Non, merci. Je dois parler à Voror.

Elle acquiesça et se leva.

— Quoi que vous fassiez, Maz et toi, j'ai confiance en vous. Ne l'oublie pas.

Elle serra ma tresse et me sourit, puis elle partit.

— As-tu confiance en vous deux ? demanda le hibou.

— Je ne sais plus quoi penser. Penses-tu qu'il pourrait mettre ses menaces à exécution ? Devenir... comme les autres ?

— Oui, je crois qu'il le pourrait.

— Penses-tu qu'il le fera ? demandai-je, reformulant la question.

Je n'avais aucun doute sur le fait qu'il *puisse le faire.*

— Je ne sais pas.

— Voror, penses-tu que la mère de Mazrith était déjà mourante ? De cette maladie dont Frima vient de parler ? De cette façon, quand Mazrith a mis fin à ses jours.... Ce n'est pas la même chose, si elle était déjà mourante.

Voror claqua lentement du bec.

— Oui, je pense que c'est très probable. Un meurtre de pitié qui a permis à sa mère de lui transmettre son pouvoir.

Mon cœur saignait pour lui, et c'était tellement plus fort que la colère qu'il m'avait fait ressentir.

— Ce n'est pas un meurtrier. J'en suis sûre.

Le corps de l'assassin apparut dans ma tête.

— Cette créature méritait la mort, dit Voror, les plumes hérissées. J'ai entendu les deux guerriers parler pendant qu'ils emportaient son corps. Il était bien connu pour avoir commis des actes odieux dans toute la Cour.

— Il ne méritait pas d'être torturé, murmurai-je.

— Au contraire. On dirait qu'il a eu exactement ce qu'il méritait.

— Freya, aide-moi, soupirai-je, m'effondrant sur le matelas et frottant mes mains sur mes yeux brûlants. Comment puis-je l'arrêter ? Est-ce ainsi que je suis censée sauver *Yggdrasil* ? En empêchant Mazrith de devenir un tyran ?

— Je ne crois pas que ce soit ton seul objectif, mais cette tâche t'incombe peut-être.

— Comment puis-je l'atteindre ? Il est tellement impénétrable.

Je tapai du poing sur les couvertures, inutilement.

— Il a besoin de pardon. D'absolution. Et je ne peux

pas lui donner tout ça. Enfin, je peux, mais ça n'a pas assez d'importance à ses yeux.

Voror hulula doucement et je me redressai. Il ne hululait presque jamais.

— *Corvétoile*, dit-il, la voix lointaine.

— Quoi ? L'île ?

— Oui.

Voror me regarda en clignant des yeux.

— Nous ne sommes pas seuls dans cette affaire, Reyna.

Avant que je puisse lui demander ce qu'il voulait dire, il s'envola.

— Voror !

Mais il avait disparu.

CHAPITRE II
MAZRITH

— Mazrith !

La voix de Frima retentit dans la salle d'entraînement. On pouvait faire confiance à cette femme infernale pour me trouver. Je savais que j'aurais dû me réfugier sous la montagne, là où personne ne pouvait me suivre.

Je lançai mes ombres sur le mannequin.

— Je suis occupé.

Elle regarda la cible rembourrée, qui tombait en morceaux.

— Je vois. J'ai juste besoin d'une minute.

— Je n'ai pas une minute.

J'avais quelques semaines. Et puis, tout allait changer.

— Elle vous aime.

Je me retournai.

— Comment ?

— Elle dit que non, mais d'après ce qu'on dit, vous

l'avez traitée comme de la merde sous vos souliers, et vous savez ce qu'elle a fait ? Elle m'a supplié de rester à vos côtés si vous changiez. Elle m'a supplié de vous aider à ne pas sombrer dans la folie comme votre belle-mère.

Je gardai le regard fixe, mes émotions détruisant mon sang-froid aussi sûrement que mes ombres avaient détruit le mannequin d'entraînement.

— Elle… a supplié ?

— La femme qui n'a pas dit « s'il vous plaît » une seule fois depuis son arrivée a réagi à votre bêtise en me suppliant de vous promettre ma loyauté.

La voix de Frima s'adoucit.

— Maz, elle a dit que vous n'étiez… pas vous-même.

La question n'était pas directe, mais c'en était une quand même.

— Tu ne sais pas qui je suis. Elle non plus.

Elle se renfrogna.

— Je vous connais depuis que nous sommes enfants.

— Tu sais ce que tu étais censée savoir. Tu as vu ce que tu étais censée voir.

Je me retournai vers le mannequin.

— Foutaises.

J'eus du mal à contrôler l'éclair de rage.

— Pars.

— Maz, que se passe-t-il ?

— J'ai dit : pars.

Je maudis la petite partie au fond de moi qui souhaita qu'elle me désobéisse. Qu'elle reste. Elle était mon amie la plus proche, la plus ancienne. Mais même elle ne savait pas ce qui se cachait sous la magie de ma mère.

Reyna le savait seulement parce qu'elle avait volé l'information. Elle me l'avait prise, sans mon consentement.

La porte se referma derrière moi.

Je rugis, renvoyant mes ombres sur le mannequin.

Le pouvoir noir tourbillonnant ne m'obéirait plus très longtemps. Ma mère ne m'avait jamais appris à utiliser ma vraie magie, elle n'en était pas capable.

Peut-être serait-elle plus forte.

Je pouffai amèrement. Peu probable. Et rien ne serait assez fort pour vaincre ma belle-mère. Tout ce discours à propos de régner sur une cour qui ne m'accepterait pas ? C'était du vent. La Reine était trop forte. Nos destins seraient pires que la mort si elle vivait.

J'aurais emmené Reyna, et nous aurions pris la fuite. Nous nous serions cachés.

Elle ne voudrait pas de moi, mais nous étions liés. Je serais son chien de garde, comme Orm m'avait appelé. Son *monstre* de garde. Celui qui se cachait dans l'ombre. Qui la protégeait, qu'elle le veuille ou non.

« Elle m'a supplié de rester à ses côtés si vous changiez. »

Les mots de Frima me revinrent en mémoire.

Y avait-il une chance qu'elle m'aime ?

La rage en moi monta. Bien sûr que non, elle ne pouvait pas m'aimer. Qui pourrait aimer une créature comme moi ? Je l'avais toujours su. Si elle m'avait accepté sans jamais voir ce que j'étais vraiment, alors je l'aurais dupée. Et une éternité de vérité à propos de tous les autres aspects de mon existence n'aurait pas compensé le fait qu'elle aurait été mariée à un mensonge.

C'était peut-être mieux ainsi.

La rage me tordait les entrailles.

Une plume blanche flottait jusqu'au sol devant moi. Je la ramassai, jetai un coup d'œil aux poutres sous le plafond caverneux et ne vis rien.

— Votre île *Corvétoile* vous appelle.

La voix qui parla dans mon esprit était hautaine et arrogante.

— Voror ?

— Oui. Il y a là une magie ancienne. La magie des dieux.

— Aucune magie ne peut m'aider.

— C'est la magie des *Disir*.

Je me figeai, et mon cœur s'emballa. Les *Disir* étaient les déesses des fantômes. Ceux des femmes tombées hors du champ d'honneur. Ma mère avait toujours dit qu'elles hantaient l'église de *Corvétoile*, mais je pensais qu'elle affabulait.

Lentement, mes ombres revinrent à mon bâton.

Peut-être que cela ne ferait pas de mal de visiter l'île. C'était un endroit apaisant, et mon esprit était en ébullition.

— Prince Mazrith Andask, Seigneur des Serpents ?

Je fis une pause et jetai un coup d'œil au plafond.

— Oui ?

— La féroce guerrière a raison. Reyna vous aime. Elle ne le sait pas et ne le comprend pas. Mais il ne s'agit plus seulement de votre propre destin, maintenant. Souvenez-vous-en.

L'église était parfaitement silencieuse. Pour la première fois depuis cette maudite cascade, je sentis la tension déserter mes muscles.

Je remontai lentement l'allée, sans pouvoir m'empêcher de jeter un coup d'œil à la tapisserie de l'arbre généalogique.

Des mensonges.

Tant de mensonges.

Qui aurais-je pu être, si je n'étais pas né dans la famille royale de la Cour d'Ombre ?

Un guerrier ? Un érudit ? Un cuisinier ?

Rien de tout cela n'avait d'importance. J'étais destiné à devenir un monstre de garde.

Je m'agenouillai devant l'autel, appuyant mes mains sur mes cuisses, et je baissai la tête.

Selon les mythes, les *Disir* pouvaient communiquer avec les âmes des défunts. Non pas celles qui allaient dans le monde froid et sombre de *Hel*, ou celles qui étaient mortes assez vaillamment pour honorer les couloirs du *Valhalla*, mais celles qui parcouraient les champs de Freya dans l'au-delà. Les femmes qui avaient fait leur devoir en dehors du champ de bataille et qui étaient mortes avec un honneur différent.

— Mère. Si vous m'entendez... j'ai échoué. Je l'ai trouvée. Et vous aviez raison, elle était la clé. Mais la quête est trop grande, et le temps trop court. Je... je ne suis pas digne.

De faibles carillons retentirent autour de moi, et je

relevai la tête. De la lumière se massait devant moi, des centaines d'étoiles minuscules modelant une silhouette que l'on aurait pu qualifier d'humanoïde.

— Les *Disir* vous souhaitent la bienvenue ici, Prince Mazrith, chanta une voix dans une brise venue de nulle part.

La silhouette étoilée devant moi se déplaça, puis une voix que je n'aurais jamais cru entendre à nouveau fit vaciller mon cœur.

— Tu ne pourrais jamais me décevoir, Mazrith.

— Mère ? Comment... Comment est-ce possible ?

— Toi et la jeune fille, vous avez l'attention de ceux qui peuvent m'accorder cette audience. Je n'en ai plus pour longtemps.

Les questions se bousculèrent dans ma tête. Mais un seul mot quitta mes lèvres.

— Désolé.

Mes mains en sueur agrippaient mes cuisses assez fort pour laisser des marques tandis que je fixais la lumière de la silhouette venue d'un autre monde. Je ne voyais aucun trait, ne distinguais aucune forme. Mais je la *sentais*. L'esprit de ma mère.

— Mère, je suis tellement, tellement désolé.

— Mon fils, c'est moi qui te dois des excuses. Toutes ces années, tout ce qui t'est arrivé, c'est ma faute, parce que je n'ai pas pu l'arrêter. Et te forcer à faire ce que tu as dû faire, c'était une abomination. Ma seule preuve que mon raisonnement était juste, c'est que je n'aie pas été jetée à *Hel*.

— Tout cela n'a servi à rien. Je ne peux pas terminer la quête. Et Reyna... Elle a vu ce que je suis vraiment.

— Ce que tu es vraiment, c'est ce que tu es devenu, et non ce que tu caches. Tu as vécu une vie sincère, juste et honorable. Ta peau, tes yeux, ton visage, rien de tout cela ne fait de toi un monstre. Ce sont tes actes qui font de toi ce que tu es.

— C'est... C'est ce qu'elle a dit.

— Tu l'aimes ?

— Je l'aime depuis des années.

— Il faut alors la laisser t'aimer en retour. Refuser son amour que tu désires ardemment serait une cruauté qu'aucune femme ne mérite.

— Mère, elle aspire à la liberté par-dessus tout. À cause de moi, parce que je ne pourrai pas chasser la Reine du trône, le mieux que je puisse lui offrir, c'est une vie qu'elle détestera, une vie de cavale. Je ne peux pas lui infliger ça.

Le ton de ma mère était ferme lorsqu'elle répondit.

— Si tu avais le choix, souhaiterais-tu rester un faë d'ombre ?

— Oui, j'aime ma Cour.

Une émotion m'envahit, et heureusement, ce n'était pas de la rage. Un peu de regret, peut-être, mais pas de colère.

— Nous avons visité la Cour de Glace, mère. Vous auriez adoré.

Sa réponse fut douce.

— Je n'en doute pas. Tu as l'intention d'unifier les cours, si tu reprends le pouvoir ?

— Bien sûr que oui. Nous avons parlé si souvent de ce que notre monde pourrait être. Je ne l'ai pas oublié.

— Mon fils, tu ne comprends pas le pouvoir que tu pourrais avoir. Des faës unis… Cela signifierait beaucoup pour *Yggdrasil*. Peut-être même assez pour qu'un jour, les dieux reviennent. Tu as le potentiel de guérir tant de choses, mon fils.

— J'aimerais pouvoir me guérir moi-même. Mais le bâton m'a rejeté.

La colère retournait dans ma poitrine.

— Mazrith, écoute-moi. La guérison dont tu as besoin ne viendra pas de la magie. Elle viendra d'elle. Elle viendra de l'amour. Tu dois te débarrasser de cette rage qui te consume, et de cette idée que tu n'es pas digne.

— Mais le fait que le bâton me rejette *prouve* que je n'en suis pas digne.

— Je ne parle pas du bâton. Je parle de Reyna. Tu es digne de son amour.

— Elle mérite plus. Mieux. Je suis le fruit de mensonges, de haine et de fureur.

— Ça suffit, aboya-t-elle.

Et la lumière brilla si fort que je fus obligé de fermer les yeux.

— Je ne t'ai pas élevé comme ça, pour que tu sois têtu ou aveugle à la vérité. Ouvre les yeux et vois ce qui se passe. Tu as dit qu'elle tenait à sa liberté par-dessus tout ?

Je clignai des yeux.

— Oui.

— Alors, donne-la-lui.

— Je l'ai liée à moi, sous la menace. Je ne peux pas défaire un lien faë. Pas sans que l'un de nous meure.

— Et quelle magie as-tu utilisée pour tisser ce lien ?

Je fronçai les sourcils.

— La vôtre. Toute ma magie est la vôtre.

— Aux dernières nouvelles, Mazrith, je ne vis pas.

— Q... quoi ?

Je me redressai, sans comprendre, une sorte d'espoir naissant en moi.

— Comment puis-je...

— Je ne peux plus t'aider. Il est temps pour moi de partir.

La lumière n'était plus qu'un scintillement, et je ne perdis pas de temps à discuter.

— Je vous aime, maman. Vous me manquez.

— Je t'aime aussi, mon fils. Sois fort. Sois bon. Et sois celui qu'elle croit que tu es.

CHAPITRE 12

REYNA

— Reyna ? Réveille-toi.

Je me réveillai en sursaut, me tortillant de panique quand j'entendis la voix grave juste à côté de moi. J'avais mis des heures à m'endormir, la tête pleine des yeux noirs de Mazrith et des images horribles que l'assassin m'avait imposées à l'esprit.

— C'est bon, Reyna, c'est moi. J'ai besoin que tu t'habilles et que tu viennes avec moi.

C'était la voix de Mazrith.

Le soulagement inonda tout mon corps. Il avait l'air calme, pas tendu et enragé. Je clignai des yeux dans l'obscurité, distinguant sa silhouette à côté de mon lit, ses traits s'affinant lentement au fur et à mesure que mes yeux s'ajustaient à la luminosité. Ses iris étaient clairs, pas noirs.

— Qu'est-ce que vous voulez ?

J'essayai de paraître sévère, et non désespérément soulagée qu'il soit venu me voir.

— T'emmener faire du cheval.

Ma mâchoire s'ouvrit.

— Quoi ?

— Habille-toi. On se voit dans une minute.

Il se retourna et quitta la pièce, et je vis que la tension avait quitté ses épaules.

— Au nom de Freya...

Je ne perdis pas de temps pour revêtir mes vêtements de travail et enfiler mes bottes.

Il s'était passé quelque chose, visiblement. Je ne savais pas pourquoi nous allions chevaucher au milieu de la nuit, mais s'il était prêt à me parler sans entrer dans une colère noire, il était hors de question que je proteste.

Lorsque je sortis de ma chambre pour aller dans le salon, il se tenait près de la porte, vêtu d'un pantalon noir et d'une ample chemise de même couleur. Il ne portait ni cape ni fourrure, et ses nombreuses amulettes brillaient sur son torse dur. La lueur résiduelle de la cheminée rendait la pièce plus lumineuse que ma chambre, et je regardai son visage pour en avoir le cœur net. Les ombres avaient bel et bien disparu. Une tension persistait dans son expression, mais elle tenait plus de l'appréhension que de la colère.

— Qu'est-ce qui s'est passé ?

— Ton hibou, murmura-t-il. Il est peut-être aussi sage qu'il le pense. Et il a de bonnes relations.

Je fronçai les sourcils.

— De quoi parlez-vous ?

— Voror m'a conduit à une rencontre éclairante. Je sais ce que je dois faire, maintenant.

L'espoir m'envahit, effaçant la confusion.

— Pour que le bâton vous réponde ? Je l'ai ici.

Je tapotai la ceinture autour de mon pantalon.

Il soutint mon regard un long moment, puis fit un signe de tête en direction de la porte.

— Pas ici. Les chevaux attendent.

Les chevaux étaient effectivement sellés et prêts lorsque nous arrivâmes aux écuries, Jarl tenant des sacoches chargées de fourrures et de sacs. Mazrith m'aida à monter sur Rasa sans un mot, et elle secoua sa crinière et piaffa tandis qu'il montait Jarl.

— Où allons-nous ?

Mazrith jeta un coup d'œil aux palefreniers, puis fixa ses yeux sur moi.

— Suis-moi. Ne pars pas devant.

Je faillis plaisanter sur le fait de faire la course avec lui, mais je me tus. Je n'allais pas le provoquer.

Au lieu de cela, je hochai la tête.

— D'accord.

Nous traversâmes la forêt hantée autour du palais, et je m'attendis à ce que Mazrith ralentisse lorsque nous arrivâmes à Slaithewaite, car je devinais que nous allions rendre visite à Tait. Mais il traversa le village, les sabots des chevaux martelant le hameau endormi. Il conduisit

Jarl à travers la forêt au-delà, s'arrêtant finalement dans une clairière qui me sembla familière.

— C'est ici que nous avons appris à sauter, soufflai-je, une fois que j'eus convaincu Rasa de s'arrêter.

L'exaltation me submergeait, comme toujours lorsque j'étais sur le dos puissant du cheval.

— Oui.

Mazrith sauta à terre, attachant sa monture à un arbre, avec les rênes. Je lui emboîtai le pas, descendant avec un peu plus de précautions que lui n'avait su le faire.

— Que faisons-nous ici ?

— Je voulais que nous soyons loin du palais. Loin de quiconque pourrait nous entendre ou nous interrompre. L'esprit de l'assassin était protégé par la magie. Seul un puissant faë d'ombre est capable de faire cela. Quelqu'un à l'intérieur du palais.

Je déglutis.

— Nous savions déjà que quelqu'un de proche était impliqué. Le sanctuaire, le serpent...

— Ce n'est pas de cela que je veux parler. Le fait est qu'il n'y a personne près de nous maintenant. Reyna, je veux te donner quelque chose.

Mes sourcils se froncèrent.

— Qu'est-ce que c'est ?

— Écoute-moi. Ne m'interromps pas et ne discute pas. Le bâton de brume ne m'acceptera pas.

— Maz...

— Je t'ai dit d'écouter.

Il s'approcha de moi, et je le regardai fixement. Le ciel

constamment étoilé de la Cour d'Ombre projetait une lumière crépusculaire à travers la canopée des arbres au-dessus de nous, et son regard intense me captiva.

—J'écoute, chuchotai-je.

— Je t'ai menti. Ou plutôt, j'ai omis la vérité. Je te cherche depuis bien plus longtemps que je ne te l'ai laissé croire. Je ne savais tout simplement pas où cher-cher. Tu as fait partie de ma vie pendant des années, même si je réalise maintenant que tu n'as jamais su que tu en faisais partie.

Je le regardai fixement.

—Je vous ai rencontré le jour où vous avez fait irrup-tion dans mon atelier. Comment ai-je pu faire partie de votre vie avant cela ?

— Tu m'as rendu visite dans mes rêves pendant près de dix ans.

—Vos rêves ?

— Oui. Et je sais depuis la première fois que j'ai vu ton visage dans mon esprit que tu causerais ma fin. Pour-tant, j'ai continué à te chercher.

Il leva une main, effleurant d'un pouce ma mâchoire béante.

—Non, Maz, je ne causerai jamais votre fin. Jamais.

Il déplaça son pouce vers mes lèvres.

—Je réalise maintenant que la fin est inévitable. Ma fin. Cette quête n'a jamais été la mienne. Il a toujours été question de toi. J'étais l'outil destiné à t'aider, et non l'inverse.

Je le regardai d'un air ahuri.

—Vous ne pensez tout de même pas que je puisse

manier ce bâton, n'est-ce pas ?

Mazrith pencha son visage vers le mien.

— Reyna, pour l'amour d'Odin, veux-tu bien te taire et m'écouter ?

Je pinçai les lèvres lorsqu'il retira sa main de mon visage, puis recula d'un pas.

— Nous ne pouvons pas gagner, Reyna.

Il leva la main alors que ma bouche s'ouvrait à nouveau.

— Ne discute pas. *Yggdrasil* saura ce que je suis vraiment, et ma belle-mère régnera sur la Cour d'Ombre. Si elle est de mèche avec Orm, comme nous le soupçonnons, qu'ils ont une quelconque alliance, ils seront d'une force incroyablement puissante. Tu avais raison, Reyna, je ne gouvernerai pas par la peur ou la force. Je pensais que c'était le seul moyen de te protéger, mais ce n'est pas la vie que tu mérites. La vérité, c'est que nous sommes destinés à une vie dans la clandestinité, à nous cacher de faës cruels assoiffés de vengeance.

Je secouai la tête, prise d'une émotion féroce.

— Non, soufflai-je.

Mais Mazrith continua à parler.

— Je ne te ferai pas cela. Tu es une lumière trop brillante pour qu'on te garde dans l'obscurité. Tu es trop audacieuse, trop tenace pour être cachée. Tu ne mérites pas de passer ta vie liée à un monstre.

— Vous n'êtes pas un monstre, Mazrith.

Il me fit un sourire triste.

— Je suis très heureux de te l'entendre dire. Mais le

reste du monde ne sera pas d'accord. Il n'y a plus de valeurs ici-bas. L'honneur est mort.

— Non.

Un sentiment de malaise m'envahit.

— Je vais te libérer de notre lien. Il a été créé avec la magie de ma mère. Et elle n'est plus de ce monde.

Mon souffle se bloqua dans ma poitrine et, pendant un instant, j'aurais juré que mon cœur s'était arrêté de battre.

— Mazrith, que dites-vous ?

Sa voix se réduisit presque à un murmure.

— Ma mère a dit que c'était possible. Et je sais comment. Mais Reyna, sache ceci. Même si tu ne voudras pas me voir, je serai toujours là si tu as besoin de moi. Toujours.

— Maz, c'est de la folie !

La panique me gagnait à présent, le calme étrange qui l'avait pris étant presque pire que la rage.

— Vous ne pouvez pas avoir parlé à votre mère, elle est morte ! Qu'est-ce qui ne va pas ?

— J'ai parlé à son esprit dans l'église de *Corvétoile*. Elle t'aurait aimé. Et toi, tu l'aurais aimée, dit-il douce-ment. Les chevaux essaieront de fuir quand je me serai révélé. Rasa t'appartient désormais ; elle a fait ce choix clairement. Mais veille sur Jarl pour moi.

Les larmes me coulèrent des yeux.

— Mazrith, s'il vous plaît. De quoi parlez-vous ?

Mon appel désespéré resta sans réponse.

Il brandit son bâton, et des ombres jaillirent du crâne.

Mon bras se leva tout seul, et les ombres tournoyèrent autour de la marque sur mon bras.

— Mazrith !

La couleur bronzée de sa peau s'estompait sous mes yeux, remplacée par des marbrures noires et blanches. Les cicatrices blanches s'étendirent, se plissèrent et brillèrent d'un éclat doré. L'énorme blessure au centre de sa poitrine irradia de lumière, boursouflée et bordée de noir. C'était comme si les ombres jaillissant de son bâton aspiraient la magie de son glamour. Mon poignet me brûla, et lorsque j'arrachai mes yeux de Mazrith, je vis la marque s'estomper.

Il renonçait à la magie de sa mère pour supprimer le lien.

Les implications de ce qu'il était en train de faire me frappèrent de plein fouet.

Il renonçait. Il abandonnait toute la quête, sa maison, son peuple, sa magie.

Pour moi. Tout cela pour que je sois libre.

— Mazrith, je veux le lien !

Les ombres s'agitèrent. Ses yeux tristes et résolus s'écarquillèrent. Je levai le poignet, rappelant la marque noire.

— Je veux être liée à vous !

— Regarde-moi, dit-il, la voix claire et dure, tandis qu'une tornade d'ombre et de lumière dorée hurlait autour de nous. Tu ne peux pas être liée à cela.

— Je le suis déjà ! Je t'aime.

Les ombres s'arrêtèrent. Des larmes ruisselaient sur mes joues tandis que je le regardais droit dans les yeux.

Du noir opaque les envahissait, mais c'étaient toujours les siens.

— Tu ne peux pas.

Sa voix était écorchée.

Je fis un pas vers lui, pressant mes mains sur sa chair cicatrisée et boursouflée.

— Je ferai tout ce qu'il faut pour guérir la douleur que tu as endurée. Tout ce qu'il faut, Maz. Tu le sens ?

Je poussai fort, enfonçant mes doigts dans sa peau.

— Cela ressemble-t-il à du dégoût ou à de la peur ?

Je me hissai sur la pointe des pieds et pressai mes lèvres sur son torse, jusqu'à sa mâchoire. Il était rigide sous mes lèvres. Je lâchai son épaule et j'utilisai mes mains pour tirer sa tête vers le bas, les mains sur ses joues, le forçant à me regarder, à voir ma sincérité. *Mon amour.*

Lentement, il leva sa propre main, passant un doigt noir dans les larmes qui coulaient encore sur mes joues.

— Tu ne pleures pas.

— Je pleure pour toi.

— Reyna, je te servirai jusqu'à la fin de tes jours, je le jure. Que nous soyons liés ou non.

— Je n'ai pas besoin que tu me serves, Maz. J'ai besoin que tu te battes. Que tu gagnes. Que tu sois tout ce que ta mère voulait que tu sois.

— Je vis pour toi. Je t'aime. Je t'aime depuis des années.

Ses yeux étaient brillants et féroces, zébrés d'éclairs dorés.

— Tu sais combien il a été difficile de lutter contre

cela ? De te mettre en colère, de te repousser ? De te forcer à me haïr pour ne pas tomber à genoux devant toi et te vouer mon cœur et mon âme ?

Je fixai l'énorme Prince guerrier, dont les taches noires d'encre tourbillonnaient sur la peau crayeuse, et dont les cicatrices boursouflées balafraient son visage.

— Tu as lutté pour ne pas tomber à genoux devant moi ?

— Je savais que mon amour pour toi serait ma fin. D'abord, je n'avais pas confiance. Je pensais que c'était une ruse, que je pouvais combattre mes sentiments pour la femme aux cheveux cuivrés que je désespérais de voir dans mes rêves chaque nuit. Mais ensuite, quand tu as été là... Tu étais mieux qu'elle. Tu étais le feu et l'or, dans un monde d'ombre et de sang. J'ai compris que je devais me battre pour une autre raison. Pour te garder en vie.

De nouvelles larmes coulèrent sur mes joues.

— Mazrith, il faut continuer à se battre.

Il me prit doucement le poignet, éloignant à contre-cœur ma main de son visage. La marque était pâle, mais toujours là.

— C'est... c'est vraiment ce que tu veux ?

— Et toi ?

— Plus que la vie même.

Il venait de le prouver. De prouver que mon bonheur, ma liberté, comptaient plus pour lui que sa propre vie.

— Redonne-moi la marque, Mazrith.

— Tu ne dis pas ça parce que tu ne veux pas me regarder comme ça ?

Je lui saisis la nuque et l'attirai à moi, pressant mes

lèvres contre les siennes. La tension déserta son corps, et il me serra fort, m'embrassant à son tour comme si sa vie en dépendait.

Et d'une certaine manière, c'était le cas.

C'était plus qu'un baiser. C'était une promesse. Ma promesse que je ne lui mentirais jamais, que chaque mot que j'avais dit était vrai.

Sa promesse de continuer à se battre, de ne jamais devenir le monstre qu'il menaçait de laisser l'envahir.

Les ombres refluèrent, tourbillonnant autour de nous si vite que je crus que nous allions être emportés. La marque se grava sur mon poignet, et je savourai la sensation intense, resserrant mes bras autour du cou de Mazrith.

— Je t'aime, soufflai-je entre deux baisers enfiévrés, mes mots se perdant sur ses lèvres. Je t'aime.

Cette épiphanie était comme une drogue, qui prenait possession de chaque parcelle de mon corps et de mon esprit.

Et il m'aimait.

Cela ne ressemblait à rien de ce que j'avais envisagé, de ce que j'avais osé espérer. Tout le reste du monde semblait à mille lieues de nous, et pas à cause d'une passion désespérée, comme quand j'avais connu son étreinte.

C'était plus que ça. Plus profond. Aussi profond qu'une émotion puisse l'être. Il faisait partie de moi, son âme se mêlant à la mienne. Au-delà de lui, il n'y avait rien.

Rien.

— Tu sens ça ? hoquetai-je, bouleversée.

— Le lien.

Il recula, les yeux fous, ses cicatrices s'estompant, la couleur revenant à sa peau.

— Je suis à toi, pour l'éternité, Reyna.

— Et je suis à toi.

Je n'avais jamais prononcé quatre mots aussi puissants.

CHAPITRE 13
MAZRITH

Elle m'aimait.

Elle me désirait.

Elle savait ce que j'étais, *ce que j'étais vraiment,* et elle m'aimait quand même.

La passion me consumait alors qu'elle m'embrassait, si fort que je pouvais sentir sa faim. Son désir.

Nous étions liés. Véritablement, magiquement, et au plus profond de nos âmes.

Elle était à moi, et moi à elle.

Mes bras se tendirent pour l'attraper, la soulevant facilement. Elle enroula ses jambes autour des miennes, serrant fort, comme si elle avait besoin de mon corps encore plus proche du sien qu'il ne l'était déjà.

J'avais encore plus besoin d'elle. J'avais besoin d'être en elle, de la revendiquer, de la faire mienne.

Je reculai de quelques pas, retirant mes lèvres des siennes pour les presser sur sa mâchoire, son cou, sa poitrine. Elle tira sur sa chemise, ses jambes serrées autour de ma taille, et j'arrêtai de bouger quand mon dos heurta l'écorce de l'arbre derrière moi.

Je la reposai suffisamment longtemps pour qu'elle tire fébrilement sur son pantalon, et j'eus à peine le temps de détacher le mien que ses mains le tiraient déjà sur mes cuisses.

Elle fixa ma queue enragée, puis leva les yeux vers mon visage.

Le désir consumait son expression et, avec un grognement, je tendis la main vers elle, la soulevant à nouveau.

Sa peau nue sous mes mains me submergea de désir, ses seins se pressant contre ma poitrine tandis que j'agrippais son dos, la soulevant contre moi.

— Je t'aime, dis-je alors qu'elle passait ses mains autour de mon cou, croisant les chevilles sur mes reins alors que je la faisais lentement descendre, m'arrêtant avec un sifflement lorsque ma queue douloureuse trouva son entrée.

Elle était si mouillée, et je ne l'avais pas touchée.

—Je t'aime. J'ai besoin de toi. Je suis à toi, Mazrith.

Ses yeux brillants étaient remplis d'émotion, et je l'embrassai, fort.

Quand je m'enfonçai dans son corps chaud et désespéré, le monde disparut autour de moi. Tout ce que je pouvais sentir, c'était elle, tout ce que je pouvais goûter, c'étaient ses lèvres, tout ce que je pouvais entendre, c'étaient ses gémissements.

Aussi lentement que je le pus, je la fis descendre, m'enfonçant plus profondément, la sentant se resserrer autour de moi, jaugeant ce qu'elle pouvait supporter. Ce qu'elle attendait de moi.

— Encore, hoquetai-je.

Et je la fis descendre jusqu'à ce que ce ne soit plus possible.

Ses mains se cramponnaient à mes cheveux, ses dents mordaient mes lèvres. Elle tremblait contre moi.

Elle était prête.

Je soulevai son corps, la faisant glisser sur toute ma longueur, et cette fois, le gémissement était le mien, long et désespéré contre ses lèvres.

— Je suis à toi, Mazrith. À toi. Prends-moi.

Ces mots étaient tout ce dont j'avais besoin pour perdre le contrôle.

Je la pilonnai, et elle cria, assez fort pour réveiller les morts.

Mes doigts plantés dans la chair de son dos, ses ongles griffant mes épaules, je poussai, encore et encore, de plus en plus fort, son corps serré palpitant autour de moi, ses cris résonnant dans la forêt.

— À moi, soufflai-je.

Et ses lèvres retrouvèrent les miennes.

— À toi, souffla-t-elle contre moi, entre des baisers fiévreux et des cris.

J'étais fait pour elle, moulé dans son corps comme s'il avait été conçu ainsi, *à la perfection*.

Le plaisir montait en moi, s'amplifiant à chaque poussée, et elle se resserrait à mesure que je la remplissais, que je l'étirais.

Ses hanches commencèrent à onduler contre moi

tandis que je poussais, ses respirations plus courtes, ses cris plus aigus.

— Oui, lui dis-je, me laissant emporter, me perdant dans son désir. Maintenant, ma Reine.

Ses mains s'enfoncèrent dans mes cheveux, sa tête bascula en arrière et elle se tortilla contre moi, me prenant en elle aussi profondément qu'elle le pouvait. Un long cri haletant accompagna des spasmes de crispation, puis je la remplis de ma libération, grognant dans son cou, enfonçant mes doigts dans son dos.

— À moi.

Elle était à moi. Elle m'aimait.

Le plaisir m'envahit, et elle s'effondra contre moi, couvrant mon visage de baisers, haletante.

— À toi. Pour toujours.

CHAPITRE 14

REYNA

—Tu peux regarder dans ma tête. Si tu veux.

La poitrine de Mazrith se figea sous ma joue à ces mots.

Le sol de la forêt était plus confortable que je ne l'aurais imaginé, et je n'avais aucune idée du temps que nous avions passé là.

— Pourquoi voudrais-tu que je regarde dans ta tête ?

Je me déplaçai, posant mon menton sur son torse nu et dur, et je le regardai dans les yeux.

— Je veux que tu me croies. Tout ce que je t'ai dit, je veux que tu saches que c'est vrai, que tu n'aies aucun doute.

Il me regarda fixement.

— *Ástin mín,* chuchota-t-il.

— Qu'est-ce que cela signifie ?

— Mon amour.

La chaleur inonda mon corps déjà rassasié.

— Ça me plait.

Ses yeux brillèrent.

— Plus que *gildi* ? Parce que je sais que ça te plait aussi, quoi que tu veuilles me faire croire.

— Peut-être que je ne veux pas de toi dans ma tête, finalement.

Son sourire taquin s'effaça.

— Je te crois. Je n'ai pas besoin de preuves. Au contraire, j'aimerais que tu puisses entrer dans *ma* tête.

Il lâcha mon regard, fixant plutôt la voûte de feuilles au-dessus de sa tête.

— Cela m'éviterait de te dire tout ce que tu as besoin de savoir.

Je me redressai, et son regard se posa sur ma poitrine nue. Je lui donnai une petite tape sur le bras.

— Si tu veux dévoiler tes secrets, tu ne le feras pas en reluquant mes seins.

Il me regarda longuement, puis s'assit à son tour. Je fis exprès de regarder entre ses jambes, et il aboya un rire avant de me serrer contre lui. Son pouce caressa ma joue tandis qu'il me regardait dans les yeux.

— Si tu joues avec le feu, *gildi*, tu te brûleras.

— Je le sais bien.

Il m'embrassa, et j'étais plus que prête à l'enfourcher, mais il m'arrêta quand je fis mine de bouger.

— Non. S'il te plaît. Je dois te dire qui je suis et ce que je suis.

— Je sais ce que tu es. Mon homme.

Il grogna de satisfaction, puis m'embrassa à nouveau, plus fort.

— Et tu es ma femme, dit-il contre mes lèvres, avant

de s'éloigner. Et c'est pourquoi que tu dois savoir. Je te le dois.

Il se leva, prit une fourrure dans la sacoche de Jarl et la jeta sur moi, avant de s'installer à nouveau à mes côtés.

— Le Roi de la Cour d'Ombre n'était pas mon père.

Je ne savais pas exactement à quoi je m'étais attendue, mais ce n'était pas ça.

— Ma mère ne l'a jamais aimé. C'était un mariage de convenance. Un mariage politique.

— Alors qui est ton père ?

— Elle n'a jamais voulu me le dire. Ce que je sais, c'est qu'il était faë d'or. Et les bébés qui naissent de faës différents ne peuvent pas choisir leur magie. Je suis né avec la magie des faës d'or.

J'acquiesçai, mes yeux se posant sur son torse encore nu, sur la grande cicatrice zébrant la plaie que je savais être d'or luisant sous son déguisement glamour. Je savais qu'il avait un rapport avec l'or depuis le début, quelque part au fond de moi.

— Mon père était furieux. Il n'aurait pas plus être plus évident qu'elle lui avait été infidèle, et il ne voulait pas que le monde entier le sache. Ma mère l'a convaincu de ne pas me tuer, mais de me doter de sa propre magie, en utilisant son bâton de brume. Mais cela n'a pas fonctionné.

Ses yeux s'assombrirent, et il lâcha mon regard.

— Cela ne l'a pas empêché d'essayer. Pendant de très nombreuses années.

La bile me monta dans la gorge.

— Les cicatrices. La peau tachetée.

— Oui. C'est le résultat des tentatives de mon père de faire entrer sa magie d'ombre dans mon corps. Pour l'en empêcher, ma mère a commencé à utiliser sa propre magie pour le convaincre que j'avais fini par absorber suffisamment de sa magie d'ombre pour être un véritable faë d'ombre. Je ne sais pas s'il l'a crue ou non, mais il a fini par me laisser tranquille.

Le souvenir que j'avais vu de Mazrith enfant, se cachant derrière la hache berserker, envahit mon esprit.

— Mazrith, je suis désolée.

Ses yeux se posent sur les miens.

— La pitié n'est pas quelque chose que j'aime recevoir. Mais je te remercie pour ta sincérité.

— Ce n'est pas de la pitié, Maz.

Et ça n'en était pas.

— C'est du regret et de la colère. Du chagrin pour un enfant qui a été forcé de subir quelque chose d'abominable. Si ton père était encore en vie, je voudrais le tuer moi-même.

— Je regrette de n'avoir pas eu ce plaisir, soupira-t-il. Mais il honorera les couloirs de *Hel*, s'il y a une justice dans le monde.

— Qu'il souffre longtemps, dis-je en resserrant les fourrures autour de moi. Penses-tu que ce bâton de brume peut faire ce que celui du Roi n'a pas pu faire, et te transformer en faë d'ombre ?

— Cela ne me surprend pas que cela n'ait pas fonctionné, ses intentions étaient de nuire, de se venger.

— Contre un enfant sans défense ?

Mes poings étaient serrés, et Mazrith tendit la main, posant la sienne sur la mienne.

— Il est mort. Nos ennemis ont changé.

Nous restâmes silencieux pendant une minute, et je m'efforçai de maîtriser mes émotions déchaînées. Optant pour un changement de sujet, je pris la parole.

— Parle-moi de ces rêves.

Il haussa un sourcil.

— De toi ?

J'acquiesçai.

— Oui. Des années, as-tu dit ?

— Oui.

— Et qu'est-ce que je fais dans ces rêves ?

— Ce que tu fais toujours. Tu te bats.

Je fronçai les sourcils et il poursuivit.

— Je te voyais interagir avec les autres. Jamais assez pour savoir où tu étais, mais suffisamment pour apprendre à te connaître. J'ai senti ta détermination et ta force. Ta passion.

Il laissa échapper une longue respiration.

— Assez pour commencer à tomber amoureux de toi. Et puis, quand j'ai fini par te trouver...

— Maz...

— Tu étais tout ce que j'avais vu, et plus encore. Une voix pleine de défiance dans un monde de folie et de cruauté.

Il fit tourner une mèche de mes cheveux roux autour de son doigt.

— Rousse, dans une mer brune. La bravoure, dans un monde de lâches.

— Je ne suis pas courageuse. J'ai été terrifiée toute ma vie. J'ai fui toute ma vie. Et j'ai réalisé que je fuyais ma propre tête seulement lorsque tu me l'as fait remarquer, il y a quelques jours. Il n'y a rien de courageux là-dedans.

— Reyna, je t'ai vue offrir ta vie à tes amis le jour où je t'ai amenée ici. Sais-tu combien de personnes auraient fait la même chose ?

— Tu sous-estimes les humains, Maz. Ton monde est rempli de faës. Des faës cupides et sans honneur. Il y en a beaucoup dans les clans humains qui feraient ce que j'ai fait. Y compris Lhoris et Kara.

Je pensais qu'il allait protester, défendre son espèce, mais il me regarda d'un air pensif.

— Peut-être as-tu raison. Ou peut-être avons-nous tous les deux tort.

Il se pencha en avant et m'embrassa.

— Je ne savais pas si tu faisais exprès de m'envoyer ces rêves. Jusqu'à ce que je te rencontre. Et même à ce moment-là, je n'étais pas sûr de savoir si tu mentais.

— Alors, la nuit où je t'ai tout avoué...

— Oui. Je m'attendais à ce que tu reconnaisses que tu étais venue dans mes rêves.

Je secouai la tête.

— Je ne sais pas ce que je suis, ni qui s'intéresse suffisamment à moi pour m'envoyer ces visions, mais je jure que, jusqu'à mon arrivée ici, je n'avais eu que des visions des Affamés après mes transes d'or.

— Je sais. Je te crois.

J'acquiesçai, puis je déglutis et posai la question à laquelle je ne voulais pas de réponse.

— Tu as dit que tu savais que je serais ta fin. Qu'est-ce que cela signifie ?

Il posa la main sur ma joue.

— Je le savais, c'est tout. La terreur, l'intensité, tout dans mes rêves à propos de toi. Le danger. Le destin. La fin. Je ne peux pas l'expliquer, mais ma certitude est profonde.

Je connaissais ce sentiment. J'en avais fait l'expérience moi-même, plus d'une fois.

— Je pensais tout à l'heure que cela signifiait que tu serais la fin de la supercherie. Ce simulacre de moi. Que je pouvais sacrifier cela pour ta liberté.

Je passai la main sur sa poitrine, le long des cicatrices presque effacées.

— Et maintenant ? chuchotai-je.

— Et maintenant, je me fiche de ce que cela signifie.

Il m'attira vers lui, sur ses genoux, les fourrures tombant de ma poitrine alors que je couinais. Il pressa ses lèvres contre les miennes, avalant le bruit, et la chaleur se répandit délicieusement dans mon corps.

Je posai une main de chaque côté de sa tête et je le fis reculer.

— Mazrith, je veux que tu m'écoutes. Je me fiche de ton apparence ou de ce que les autres pensent de toi. Ce qui m'importe, c'est que tu es la personne avec qui j'ai passé ces dernières semaines à essayer de sauver le monde.

Il me regarda dans les yeux.

— Alors, laisse-moi être cela pour toi. Je me souviens d'un de tes rêves où tu as vu l'homme en moi. Un côté de ma personne que tu ne connais pas encore.

La chaleur s'intensifia à mesure que sa voix devenait basse et rauque.

— Je me souviens avoir promis de te faire me supplier, *Gildi*.

— Je ne le supplierai jamais, lui dis-je, désespérée qu'il me prouve que j'avais tort.

Sa main couvrit ma bouche, réduisant mes paroles au silence. Je me tortillai contre lui, sentant à quel point il bandait.

Il se pencha, et je sentis sa langue sur mon mamelon. Je gémis, enroulant les mains autour de son cou, et il passa sa main dans mes cheveux, tirant fort.

Il m'écarta les jambes avec l'une des siennes, et son autre main glissa le long de mon ventre, me caressant.

— Alors je vais devoir te faire souffrir. Je vais te torturer.

Une légère caresse effleura ma chaleur et je sursautai à cette sensation.

Sa tête se dégagea de mes seins, sa main quitta mes cheveux et il me souleva de ses genoux, me posant dans les fourrures.

Il glissa le long de mon corps tout en m'embrassant. Je regardai, à bout de souffle, quand il arriva à mes jambes écartées.

Je sentis sa langue darder sur mon clitoris, puis son doigt contre mon entrée serrée et humide. Lentement, la langue toujours en mouvement, il enfonça son doigt à l'intérieur de moi.

Je ne pus pas retenir mon cri et il se figea.

J'ouvris la bouche pour protester, pour en demander plus, mais je pinçai les lèvres.

Il leva les yeux vers moi, avec un sourire malicieux, puis il baissa de nouveau la tête.

Un autre coup de langue, puis je hoquetai lorsque son doigt s'enfonça et se crocheta, faisant palpiter mes muscles autour de lui.

Je gémis son nom involontairement, et il se figea à nouveau, interrompant les sensations.

Je me tortillai contre lui, autour de lui, et il poussa un petit rire guttural avant que sa langue chaude et large ne recommence à bouger contre moi. Son doigt fut rejoint par un autre, qui se recourba en moi, et la pression monta rapidement, comme si je pouvais jouir avant qu'il ne s'arrête à nouveau. Mais alors que je commençais à palpiter, que je perdais ma concentration, que le monde commençait à basculer, il grogna contre moi.

— Supplie-moi. Supplie-moi de te soulager ou je m'arrête.

J'obéis. Je ne pus pas retenir les mots.

— S'il te plaît ! Laisse-moi jouir !

Sa langue accéléra l'allure, ses doigts réguliers, durs, *parfaits*, et des vagues de plaisir me submergèrent alors que je jouissais fort, ruant contre lui, mon corps palpitant de désir. Il s'empressa de me retourner sur le ventre. Je sentis ses mains puissantes sur mes hanches me tirer sur les genoux. Je gémis lorsqu'il me caressa les fesses et se pressa contre moi.

— Tu veux ma queue, *gildi* ?

— Oui.

Il se pressa contre moi, mais resta là, à mon entrée. Dur, chaud, énorme.

— Alors, accroche-toi aux fourrures, me dit-il. Et supplie-moi de te donner ma queue.

J'eus beau essayer, je ne pus pas contrôler mes hanches pendant qu'il me taquinait, le bout de ses doigts mouillés encerclant mon entrée et effleurant la peau délicate.

Son autre main glissa le long de mon dos, me poussant vers le bas. Je gémis. La sensation me rendait folle et, sans le vouloir, je ruai contre lui. Il jura en m'attrapant par les hanches. Je me mordis la lèvre, et mes yeux se fermèrent.

— Je prendrai ton plaisir, autant de fois que je le pourrai, me dit-il, ses mains remontant le long de mon dos pour s'emmêler dans mes cheveux, pour s'accrocher à mon cou. Mais pas avant que tu me supplies. Dis-moi s'il te plaît, *gildi*.

— S'il te plaît, murmurai-je, ma tête devenant légère, mon corps tremblant lorsque je sentis sa queue glisser contre moi.

Elle était luisante de mon humidité.

— Plus fort.

— S'il te plaît, lui dis-je, la voix désespérée.

Il poussa en moi et je criai son nom, mon corps se contractant instantanément autour de lui. Il me serra contre lui et je le sentis devenir encore plus dur et s'enfoncer plus profondément en moi.

— Encore, dit-il, la voix dure.

— S'il te plaît, gémis-je.

— S'il te plaît quoi ?

Il me tira les cheveux, me serra encore plus fort contre son corps, me remplit plus profondément que je ne l'aurais cru possible.

Je le suppliai.

— S'il te plaît, prends-moi. Fais-moi tienne.

Son contrôle se brisa avec un grognement, et il s'enfonça en moi – un coup de reins profond, dur et revendicateur. Je hoquetai, puis je criai lorsqu'il se retira et se renfonça en moi.

— S'il te plaît, le suppliai-je, mon corps bourdonnant à mesure que son rythme s'accélérait.

Mes mains se tordirent dans les fourrures et j'ondulai avec lui, en gémissant son nom.

— À moi, grogna-t-il, ruant plus rapidement, ses mains agrippant mes hanches, s'enfonçant en moi.

— À toi, répondis-je, mon corps palpitant autour de lui.

Il grogna, accélérant l'allure, me remplissant jusqu'à ce que je craigne de me briser.

J'ondulai contre lui, sentant le plaisir intense monter en moi, la chaleur s'intensifier, mon esprit se vider de tout sauf de la sensation de lui dominant mon corps. J'enfonçai mon visage dans les fourrures, les yeux étroitement fermés, et je repoussai mes hanches contre lui, gémissant tandis qu'il poussait. Je sentis sa main glisser entre mes jambes et je criai lorsqu'il passa son pouce sur mon clitoris.

—Jouis, maintenant, *gildi*. Jouis pour moi.

Une fois de plus, j'obéis. Mon corps se resserra autour de lui, et ma tête devint légère alors que je tombais, tête la première, par-dessus le précipice. Des vagues de plaisir me secouèrent le corps, et ses poussées ralentirent, mais se durcirent. Il passa un bras puissant sous mon ventre, me soulevant pour que mon dos soit pressé contre sa poitrine, sa bouche sur mon cou, ses mains tendues vers mes mamelons serrés.

—Je t'aime, souffla-t-il contre ma peau.

Il se pressa contre moi, sa queue pulsant alors qu'il trouvait sa propre libération.

Et d'une manière ou d'une autre, je basculai à nouveau, parvenant à peine à souffler une réponse alors que je voyais des étoiles.

—Je t'aime aussi.

CHAPITRE 15

REYNA

— Reyna, réveille-toi. Nous devons retourner au palais avant que les gens de la ville ne nous trouvent ici.

Elle remua, puis se retourna, pressant son visage contre ma poitrine. Son souffle chaud me chatouilla quand elle gloussa.

— Pas très princier, d'être surpris nu dans la forêt.

— C'est ma forêt. J'y fais ce que je veux.

Elle rit à nouveau, puis se releva.

— Par les Nornes, tu es magnifique, soufflai-je quand je la vis debout, glorieusement dévêtue.

— Tu viens de me dire que nous devions partir, sourit-elle en repoussant ses cheveux loin de son visage, puis en jetant un coup d'œil à ma queue déjà en train de se raidir.

Elle fit mine de s'approcher de moi, et un flot de runes dorées s'échappa de mon corps. Elles s'envolèrent de ma figure, devant mes yeux, se détachèrent de ma poitrine, de mon ventre, et même de mes cuisses.

— Oh, mon Dieu, murmura Reyna, en se figeant.

Je jurai à mon tour, en espérant que les runes s'arrêtent. Aucune ne s'était détachée de mon corps pendant que nous étions unis, mais il semblait que ma magie se rattrapait.

— Pourquoi est-ce que la magie de ta mère te quitte-rait plus vite quand nous sommes ensemble ? demanda Reyna, d'une voix douce et triste.

— Je ne sais pas. J'aurais dû lui demander.

Je me levai, le flux de runes maintenant réduit à un ruissellement.

— Mais si nous devons continuer à nous battre, j'ai besoin de ce qu'il me reste de magie. Pour te garder en vie dans le *Leikmot,* et pour empêcher ma belle-mère ou Orm de s'emparer du pouvoir s'ils me croient faible.

Elle acquiesça, les yeux écarquillés.

— Maz, je suis désolée. Je ne veux pas être ta fin. De quelque manière que ce soit. Je t'aime. Je ne veux pas te faire de mal.

Je tendis la main vers elle, mais une autre rune surgit de ma joue et je la repoussai avec colère.

— Tu ne me fais pas de mal. Mais nous devons élaborer un plan et agir rapidement.

Elle commença à s'habiller et je l'imitai à contrecœur.

— Qu'y avait-il dans la fiole que tu as bue dans la montagne ? Est-ce que cela pourrait aider à faire durer ta magie plus longtemps ?

Je me forçai à la regarder.

— Non. C'était... une concoction de Tait. Il n'y en a plus, même si je me sentais mieux quand j'en buvais.

Elle me jeta un regard légèrement inquiet.

— Qu'est-ce que c'était ?

— De la magie régénératrice qui a été volée.

— Volée à qui ?

Je soupirai.

— Les Fenrir.

— L'ancienne race des loups ?

J'étais surpris qu'elle en ait entendu parler.

— Oui. Tait a un moyen d'extraire un peu de leur magie des reliques. C'est une pratique douteuse, et ça ne me plait pas du tout.

— Cette griffe dans le coffre, dit-elle pensivement, en passant ses doigts dans ses cheveux pour retirer quelques brindilles et feuilles qui s'y étaient accrochées. C'était une griffe de loup ?

— Même si c'en est une, nous n'avons pas le temps d'en fabriquer davantage.

— Oh.

Elle eut l'air déçu.

— Je suppose que tu n'as rien découvert d'utile sur le bâton de brume pendant que je...

Je m'interrompis.

— Que tu boudais ? suggéra-t-elle. Non, rien. Tu devrais réessayer de te lier avec lui, maintenant que tu n'es plus en colère.

Je commençai à protester, mais je m'interrompis.

— Tu l'as avec toi ?

— Bien sûr. Je ne m'en sépare pas.

Alors qu'elle enfilait sa ceinture, elle me passa le simple bâton de bois.

— Tu fais ça... euh... tout nu ?

— Penses-tu que le bâton s'en soucie ?

— Il le ferait s'il avait des yeux. *Toute personne* ayant des yeux se soucierait de savoir si tu es nu.

— Veux-tu que je m'habille ?

— Jamais. Je pense que tu devrais tout faire tout nu. Même si j'aurais besoin du bâton pour repousser tous les enragés, garçons et filles, qui se jetteraient sur toi.

Je savais qu'elle me taquinait, mais si elle trouvait cette apparence si attirante, cela ne faisait qu'aggraver ma certitude qu'elle n'apprécierait pas ma vraie forme. Mes sentiments durent transparaître sur ma figure, car son sourire s'effaça.

— Mazrith, je me fiche de ton apparence, honnêtement. Je suis désolée.

—Je sais.

Je donnai une pichenette au bâton qui se déploya à sa pleine longueur. Je fermai les yeux et tentai de répandre ma magie dans le bois. N'importe quelle magie. Pas seulement mes ombres, mais toute la magie dorée que je cachais sous le glamour.

Il ne se passa rien.

Je soupirai et rendis le bâton à Reyna.

—Je suis désolé, *ástin min.*

— Nous trouverons une autre solution. Ou bien j'aurai bientôt une vision qui nous montrera ce qu'il faut faire, dit-elle fermement. Tu devrais le garder.

— Non.

Je secouai la tête et le poussai vers elle.

— Il serait étrange que j'aie deux bâtons. Celui-ci ressemble à un bâton d'entraînement ordinaire, il sera beaucoup moins visible si tu le gardes. Et tu as raison de ne jamais le quitter des yeux.

Elle le prit, le passa dans le fourreau que je lui avais donné, puis me regarda. Je vis qu'elle voulait se blottir contre moi autant que je voulais la prendre dans mes bras.

— Je le garderai en sécurité. Nous y arriverons. Il le faut.

Je tirai sur mon pantalon, en souhaitant que nous puissions rester dans la clairière pour toujours, et redoutant le retour au palais et à la réalité de notre situation. Je voulais partager l'optimisme de Reyna, vraiment. Mais la vérité était que nous manquions de temps et d'options.

J'allais me battre, comme je le lui avais promis. Mais je me battrais pour elle.

CHAPITRE 16

REYNA

— **M**on Prince.

Mazrith et moi étions à mi-chemin du grand escalier du palais. Nous nous figeâmes tous les deux à la voix de Rangvald.

Mazrith se retourna lentement.

— Oui ?

Le conseiller de la Reine baissa la tête, son sourire visqueux n'atteignant pas ses yeux.

— Quel heureux hasard de vous surprendre. J'allais justement envoyer un messager dans vos appartements.

— Que voulez-vous, Rangvald ?

— Il y a eu un changement de programme pour le *Leikmot*. Le prochain tour ne se déroulera pas à la Cour de terre, mais à la Cour d'Or.

Un frisson involontaire me parcourut à ces mots. *La Cour d'Or.*

Je savais que j'allais devoir y retourner à un moment donné, mais je ne m'étais pas vraiment permis d'y réfléchir. Sans compter que le changement de lieu était suspect.

Mazrith devait être d'accord, car il plissa les yeux en direction du conseiller de la Reine.

— Pourquoi ?

— La Cour de Terre n'est pas prête, dit Rangvald en haussant les épaules. Une histoire de pénurie d'esclaves humains et de famille royale trop occupée. Ce n'est pas grave, la Cour d'Or est déjà bien équipée pour tenir le prochain tour, apparemment.

J'aurais aimé pouvoir contacter Dakkar, savoir si c'était vraiment la Cour de Terre qui avait pris la décision de changer. Mais même si j'avais pu, ce n'était pas comme si nous avions le choix. J'étais la championne du *Leikmot* pour la Cour d'Ombre. Je devais y aller.

— Quand aura lieu le prochain tour ? aboya Maz.

— Nous partons à l'aube.

— Je partirai donc à midi.

Rangvald leva un doigt.

— Ah, en fait, Sa Majesté souhaite que vous voyagiez ensemble, en convoi. Elle pense que cela envoie le bon message aux autres cours, de voir la mère et le fils voyager ensemble.

Il adressa à Mazrith un sourire exceptionnellement obséquieux et je parvins à retenir un rictus. Ce type était une fouine. Alors que mon cerveau me dessinait une image de lui avec des oreilles et une queue, l'obscurité s'abattit devant mes yeux.

Ma vision s'éclaircit rapidement, et je me retrouvai

dans la tête de Rangvald, à nous regarder, Mazrith et moi, dans les escaliers.

La peur le submergeait chaque fois qu'il se concentrait sur le Prince, mêlée à une pointe de regret. Mais lorsqu'il me jeta un coup d'œil, une nouvelle émotion surgit. La *culpabilité*. Une culpabilité furtive, presque paniquée.

La vision se leva, et je serrai la rampe d'escalier avec mes mains moites, en essayant de ne rien trahir sur mon visage.

— Je ne souhaite pas voyager en convoi, dit Mazrith à voix haute. La Reine a déjà envoyé un message très clair aux autres cours lorsqu'elle a enlevé leurs proches pour les divertir. Je ne m'associerai pas à elle plus que je n'y suis contraint.

— Mon Prince, vous et votre...

Mazrith l'interrompit avec un grognement vicieux, et le conseiller trébucha sur le mot suivant « *belle-mère* ».

— Vous trouvez le moyen de cohabiter depuis de nombreuses années maintenant. Il ne serait pas judicieux de rompre cet équilibre de manière aussi évidente, alors que nous sommes si exposés.

Mazrith s'approcha d'un pas de Rangvald. Celui-ci recula instantanément.

— Je pars à midi. Je me fiche éperdument de savoir quand partira ma belle-mère.

Rangvald déglutit.

— Je transmettrai le message.

Avec une légère inclinaison de la tête, il redescendit les escaliers.

— Maz, sifflai-je lorsqu'il se retourna vers moi.

L'inquiétude remplaça instantanément son expression de colère et il me tendit la main.

— Pourquoi es-tu si pâle ?

— J'étais dans sa tête pendant quelques secondes, chuchotai-je.

Les yeux de Mazrith s'écarquillèrent.

— As-tu appris quelque chose ?

— Je voyais par ses yeux. Ce n'était pas un souvenir. Mais oui, je pense que j'ai appris quelque chose. Il a peur de toi...

— Cet homme est un lâche, bien sûr qu'il a peur de moi.

— Non, répondis-je en secouant la tête. C'est plus que ça. Il a peur de toi pour une bonne raison, pas seulement parce que tu es puissant. Quand il m'a regardée, il était envahi par la culpabilité.

Le visage de Mazrith se durcit.

— Il est derrière les tentatives d'assassinat contre toi, murmura-t-il. Viens, il ne faut pas en parler ici.

Me tenant toujours la main, il me conduisit jusqu'à la suite du Serpent.

Le salon était plein lorsque nous entrâmes, et toutes les têtes se tournèrent vers nous.

— Reyna ! On se demandait où tu étais passée ! dit Kara, se levant d'un bond de l'endroit où elle jouait à un jeu devant le feu avec Ellisar.

— *Toi*, tu te demandais où elle était allée, murmura

Frima qui taillait des plumes de flèche. Ils ont découché toute la nuit ? Je me doutais bien qu'ils allaient très bien.

Elle leva les yeux, avec un sourire complice.

Mes joues s'échauffèrent et j'allais répliquer, lorsque Lhoris se leva de son fauteuil.

— C'est vrai ? Ce qu'elle a dit ?

Kara s'arrêta, à mi-chemin dans la pièce.

— Qu'a-t-elle dit ?

Je jetai un coup d'œil à Frima, qui souriait toujours.

— Je lui ai simplement dit qu'il fallait que vous discutiez tous les deux ce que vous vouliez, et que les choses ne seraient peut-être plus les mêmes à votre retour. Pour être honnête, je n'étais pas sûre de la direction que ça prendrait, mais...

Elle haussa les épaules, laissant la phrase inachevée, mais regarda nos mains jointes avec insistance.

Les épaules de Lhoris se tendirent.

— Reyna ?

J'inspirai et serrai plus fort la main de Mazrith. Ce que je voulais dire à Lhoris, c'est que j'étais amoureuse. Que j'avais trouvé la seconde moitié de mon âme, que j'avais comblé le trou en moi dont j'ignorais qu'il ne pouvait être comblé que par un Prince faë massif, monstrueux, beau, puissant et loyal.

— Mazrith n'est pas notre ennemi, dis-je à la place. Nous devons tous travailler ensemble pour empêcher les gens vraiment maléfiques de détourner ce monde de la façon dont les dieux voulaient que nous vivions.

Lhoris me regarda fixement pendant un moment, puis se retourna lentement et quitta la pièce.

Je soupirai, renversai la tête en arrière et fermai les yeux.

Kara parcourut le reste de la distance qui nous séparait et je lâchai la main de Maz pour qu'elle me prenne dans ses bras.

— Il a besoin de temps, il s'en remettra, chuchota-t-elle.

Il y avait une pointe de désespoir dans son ton, et je regardai par-dessus son épaule Ellisar, assis avec les jambes croisées, une énorme chope dans une main et un sourire de travers sur son visage écrasé.

— Vous allez vous joindre à nous pour le déjeuner ? demanda Frima en posant ses flèches.

La question s'adressait à Mazrith.

— Oui. Nous avons des choses à nous dire. Reyna doit gagner le *Leikmot* si nous voulons avoir une chance de rassembler assez de soutien pour détruire ma belle-mère psychotique une fois pour toutes. Et il y a un changement de dernière minute dont nous devons discuter.

CHAPITRE 17

REYNA

— Viens avec moi, dit Mazrith à voix basse alors que tout le monde se dirigeait vers la salle de guerre, prêt à manger.

Il s'arrêta à la porte de sa chambre actuelle. Je le suivis dans une pièce beaucoup plus simple, mais tout de même agréable. Il y avait une fenêtre au-dessus du lit, au bout, et une porte qui, je supposais, menait à la salle de bains. Les draps étaient noirs, et une grande armoire et un miroir pleine hauteur dominaient l'un des murs.

— Tu vas bien ? demanda Mazrith une fois la porte fermée.

Il me tendit la main et me fit relever le menton vers lui.

— Je ne souhaite pas te voir en conflit avec ton mentor. Cela doit être difficile.

Je fis un pas vers lui, submergée par l'affection.

— Lhoris m'aime, il me l'a dit il y a quelques jours. Il

est ce qui se rapproche le plus d'un parent, pour moi. Il reviendra. Tu pourrais aider, tu sais.

Je regardai dans ses yeux tourbillonnants.

— N'importe quoi, pour toi, chuchota-t-il.

— Montre-lui à quel point tu es bon avec moi. Combien tu m'aimes.

— Je te montrerai à quel point je t'aime chaque fois que j'en aurai l'occasion.

Il se pencha et m'embrassa doucement.

— Mais maintenant, nous devons parler de Rangvald.

Sa poitrine gonfla entre mes bras et je le lâchai, m'asseyant sur le bord du lit.

— Il est impliqué, j'en suis sûre. Mais je ne pense pas que ce soit la Reine qui lui ait demandé de me faire tuer.

Mazrith prit un air pensif.

— Tu devrais appeler votre hibou. Je le trouve de plus en plus utile.

Je souris.

— Il sera ravi de te l'entendre dire, dis-je.

Avant que je ne termine ma phrase, Voror apparut en piqué et se posa sur les oreillers.

— Je ne suis pas ravi. Mon utilité est évidente, et il n'aurait pas dû mettre autant de temps à s'en rendre compte, déclara-t-il.

— Certains d'entre nous sont longs à la détente, lui dis-je.

— Vous semblez certainement plus détendus.

— Oui, nous avons résolu nos différends.

Je regardai Mazrith, les joues chaudes. J'étais

soulagée que Voror ne nous ait pas suivis dans la forêt. Ou peut-être l'avait-il fait et était-il poli.

— Et le bâton de brume ? dit Voror.

— Nous n'avons pas encore trouvé la solution. Mais j'ai vu dans la tête de Rangvald tout à l'heure. Je pense qu'il est impliqué dans le complot visant à me tuer, parce que Maz le terrifie et qu'il se sentait coupable lorsqu'il me regardait.

Voror pencha la tête.

— Coupable ? C'est peu probable, s'il a payé un assassin pour te tuer. Quelqu'un qui a des remords n'aurait pas agi ainsi.

Je transmis ces mots à Mazrith, et le Prince hocha la tête.

— C'est vrai. Et je pense que tu as raison au sujet de la Reine. Elle ne peut pas être impliquée.

— Non. Si elle connaissait le sanctuaire et qu'elle avait pu te suivre là-bas, nous serions déjà au courant.

— Et Rangvald est son plus proche conseiller. S'il est au courant, il lui en aurait sûrement parlé, dit Maz.

— Je ne pense pas qu'il soit aussi loyal envers la Reine que tu le penses, dis-je lentement. Il m'a donné la très nette impression que c'était un gros problème pour lui de tuer tous les *filombres*. Je pense qu'il sait à quel point elle est dangereuse pour les faës d'ombre, et pour le reste d'*Yggdrasil*.

— Mais pourquoi voudrait-il te tuer ?

— Je ne sais pas. Il ne travaille sans doute pas seul. Le serpent a été laissé dans ma chambre par quelqu'un qui y a accès. Cela ne peut être que quelqu'un de notre entourage.

Mazrith secoua la tête.

— Non. Je leur fais confiance à tous. Je leur confierais ma vie.

Je soupirai.

— Alors quelqu'un nous espionne, et il a beaucoup de pouvoir.

— C'est le palais de la Cour d'Ombre. Les bons espions sont légion, ici, dit Mazrith en me jetant un regard blasé. Mais je crois que je suis dans une pièce avec l'une des meilleures espionnes du coin.

Je me sentis mal à l'aise.

—Je n'espionne pas par choix.

— Non. Mais nous devons utiliser cette arme à notre avantage.

— J'aimerais pouvoir choisir le moment où j'ai des visions, murmurai-je. Et je veux savoir pourquoi je n'en ai eu aucune à la Cour de Glace.

— Tu crains de ne pas en avoir au prochain tour des jeux ? demanda Voror.

— Oui, admis-je.

Je regardai Mazrith, dont les yeux dardaient entre le hibou et moi.

— Tu penses que si je gagne le *Leikmot,* cela t'aidera à gagner du pouvoir à la Cour ?

Mazrith acquiesça.

— Oui. Pour renverser la Reine et son bâton de brume, nous aurons besoin de soutien. Cela nous aiderait si son propre plan pour nous humilier tournait mal et la faisait passer pour une idiote.

— Il est très peu probable que tu gagnes le *Leikmot*, déclara Voror.

— Eh bien, ce sera encore plus difficile sans les visions pour nous aider. C'était déjà assez difficile de survivre à la Cour de Glace, sans parler de gagner quoi que ce soit, soupirai-je.

Mazrith se raidit.

— Il ne te sera fait aucun mal.

Je lui souris, essayant d'être rassurante, et je levai ma tresse.

— Je sais. Regarde. Je suis meilleure qu'ils ne le pensent.

— Tu es meilleure qu'eux tous, grogna-t-il.

— Merci. Mais, tout de même, j'accepterai un coup de pouce magique, si on me le donne. Surtout si nous allons à la Cour d'Or.

Mazrith se leva, le visage troublé.

— Je n'aime pas cette décision de dernière minute.

— Moi non plus. Mais lorsque nous jouions au kubb, l'un des enfants a parlé d'une maladie. Peut-être que la Cour de Terre n'est vraiment pas en mesure d'accueillir les jeux.

— Hmm. Je pense qu'il faudra que nous soyons très, très prudents.

Je lui jetai un regard bref.

— Tu m'as enlevée à la Cour d'Or. Je suis l'un de leurs atouts les plus précieux. Et maintenant, tu vas m'y rame-ner. Tu penses que je ne serais pas prudente ?

Il me prit la main, ses yeux plus doux.

— Je t'y ramène en tant que ma fiancée liée. Pas en tant qu'esclave de leur Cour. Tout le monde le verra. Et si Rangvald ne travaille pas pour la Reine et que nous avons plus d'ennemis que nous ne le pensions, alors je pense que nous devons emmener Lhoris et Kara avec nous. Ils sont un moyen de pression sur toi, et ils doivent rester là où je peux les garder en sécurité.

Son regard se détacha du mien et je compris ce qu'il essayait de dire.

— Aussi longtemps que tu *pourras* les garder en sécurité, chuchotai-je, en passant mon pouce sur ses doigts.

— Oui. C'est l'autre raison pour laquelle je souhaite les garder auprès de moi. Orm et la Reine préparent peut-être quelque chose à la Cour d'Or, ou ma magie peut s'épuiser pendant que nous y sommes. Si cela arrive, nous devrons agir rapidement. Je sais que tu ne les abandonnerais jamais si nous devions fuir. Alors, ils viennent. Ils restent à nos côtés.

Mon amour pour lui me consumait.

— Merci, Maz. Merci.

Je voulus l'embrasser, mais quelque chose attira mon attention.

— Maz, regarde !

Ma bague changeait. La pierre que le serpent tenait entre ses crochets prenait une autre couleur, tandis que des vrilles dorées et noires s'y engouffraient, tourbillonnant ensemble.

Maz regarda l'anneau, puis moi, les yeux brillants.

— C'est une pierre de feu. Très rare, et capable de se lier à son porteur.

Il passa un doigt sur ma mâchoire.

— Tu m'as accepté.

— Je t'avais déjà accepté.

Un sourire se dessina sur ses lèvres.

— Alors ces sentiments ont fait leur chemin jusqu'à ta bague.

Je la brandis, regardant l'or et le noir tourbillonner ensemble dans une danse hypnotique.

— Peut-être que je ne la déteste plus autant, souris-je.

CHAPITRE 18

REYNA

Le déjeuner fut très différent des derniers repas que nous avions partagés dans la Suite du Serpent, bien que Lhoris ne se montra pas.

Tout le monde riait et parlait, et l'horrible tension irradiant de Maz, ou causée par son absence remarquée, avait complètement disparu. Même Svangrior se joignit aux plaisanteries, bien que je ne puisse m'empêcher de penser qu'il était le seul faë dans la pièce en qui je n'avais pas totalement confiance, malgré notre rapprochement à la Cour de Glace. Je ne voyais pas Frima me trahir, et c'était impossible venant de mes amis. Il restait donc Svangrior, Ellisar ou Tait. Des trois, il était nettement plus sinistre et plus colérique que les deux autres.

La conversation resta constante, largement dominée par des discussions à propos de ce que la Cour d'Or pourrait nous réserver.

— Ce sera très bizarre que tu retournes à la Cour

d'Or, Reyna, dit Kara. Penses-tu que tu verras notre ancien atelier ?

Je n'aurais su dire s'il y avait de la nostalgie ou de la peur dans sa voix.

— Non, je ne pense pas qu'il serait prudent d'aller au palais.

Je donnai un coup de coude dans les côtes de Maz, pour qu'il lui dise qu'elle venait aussi.

— J'ai décidé, dit Mazrith, sa voix assez forte pour interrompre les autres conversations autour de la table, que nous ferons tous ce voyage.

Tait fit un grand sourire, Kara resta bouche bée et Ellisar frappa de sa chope sur la table. Les discussions reprirent de plus belle.

— Mais Reyna, et s'ils essaient de nous reprendre ? dit Kara. Tu es une championne des jeux, ils ne pourront pas te kidnapper, mais Lhoris et moi...

— Ils ne lèveront la main sur aucun d'entre vous, dit Mazrith.

Il me jeta un coup d'œil, puis revint à Kara.

— En supposant que tu ne souhaites pas retourner à ton atelier dans le palais d'or ?

Je regardai Maz en fronçant les sourcils, puis je réfléchis à ce qu'il avait dit. Je n'avais même pas envisagé que mes amis puissent *avoir envie* de rentrer chez eux.

— Mais si nous les laissons à la Cour d'Or, on pourrait les utiliser contre moi... Orm ou d'autres ennemis, dis-je. Je ne peux pas les laisser en danger à cause de moi.

— Reyna, c'est bon, dit Kara en souriant. Je veux rester avec toi.

— Et Lhoris ? Penses-tu qu'il voudra revenir ?

— Le travail de l'or lui manque, dit-elle à voix basse. Peut-être. Mais je pense que même si c'était le cas, il resterait avec nous jusqu'à ce que cette histoire soit terminée.

— Quelle que soit cette histoire, murmurai-je.

Si la Reine prenait le contrôle total de la Cour d'Ombre, alors nous devrions nous battre à mort ou fuir. Aucune de ces deux options n'impliquait la Cour d'Or. Je soupirai.

— Je demanderai à Lhoris plus tard. Ce doit être son choix.

Kara regarda Maz, derrière moi.

— Merci.

Il pencha la tête en signe d'interrogation. La voix de Kara chevrota un peu au début, mais se stabilisa au fur et à mesure qu'elle parlait.

— Pour avoir proposé de nous libérer. Vous et vos guerriers n'êtes pas ce que l'on nous a fait croire à la Cour d'Or.

Elle me regarda, puis lui.

— Vous semblez honorables. Vous tous.

Maz inclina la tête.

— Je suis désolé de vous avoir arraché à votre foyer de la façon dont je l'ai fait.

— Ses raisons étaient plus honorables qu'il ne peut le dire, dis-je maladroitement. Vraiment.

— Je te crois. Et j'ai hâte de tout savoir sur ta quête secrète, une fois que tu auras gagné.

Kara sourit largement et, pour la première fois, j'aurais voulu partager sa confiance en moi.

Après le déjeuner, Mazrith et Frima partirent superviser le chargement du navire, mais pas avant qu'il ne me parle seul à seule alors que tous les autres partaient.

— Reyna, je... je veux le dire à Frima.

— À propos de nous ? Crois-moi, elle le sait. Elle m'a lancé des sourires et des regards complices tout au long du repas.

— Non. À propos de moi.

Je posai la main sur son bras, une chaleur se répandant en moi. Il n'avait pas seulement été plus facile que je ne l'aurais cru de raconter mes secrets à mes propres amis, cela m'avait aussi fait un bien fou, après coup. Le fait de ne plus me sentir si seule et de savoir qu'ils m'aimaient malgré mes secrets, c'était comme si on m'avait enlevé un fardeau dont j'ignorais qu'il essayait de me faire sombrer.

— Je pense que c'est une bonne idée. Et je pense qu'elle en sait déjà plus que tu ne le penses.

Il acquiesça.

— Tant que nous ne saurons pas qui travaille avec Rangvald, je ne parlerai qu'à elle.

Je savais que c'était par égard pour ma propre méfiance à l'égard de ses guerriers, et je lui serrai le bras en guise de remerciement.

—Je suis sûre qu'ils sont tous loyaux. Mais...

— Je ne prendrai aucun risque, dit-il en me coupant la parole. L'esprit est fragile et peut se plier à la volonté d'autrui. Je ne suis pas têtu au point d'être aveugle. Seule Frima le saura.

Svangrior parut contrarié lorsque Maz lui dit qu'on n'avait pas besoin de son aide pour le vaisseau, et annonça qu'en revanche, il était demandé à l'armurerie. Ellisar partit avec le guerrier maussade, et Kara et moi jouâmes aux échecs. Après m'être assurée que Lhoris était toujours dans sa chambre, je lui racontai tous les détails décents sur Mazrith et moi, en omettant tout ce qui n'était pas mon secret et n'avait rien à voir avec la quête du bâton de brume.

— Vous avez fait l'amour sur un arbre ?

Kara resta bouche bée.

Je rougis en acquiesçant.

— Et ce n'était rien que j'aurais pu imaginer.

Elle secoua la tête, les joues roses.

— Moi, je ne peux même pas imaginer !

— Tu n'auras peut-être pas à essayer, si tu aimes Ellisar autant que je pense qu'il t'aime.

Je dis ces mots d'un ton taquin, espérant qu'elle ne se refermerait pas comme une huitre. Ce ne fut pas le cas, mais elle laissa échapper un petit rire gêné.

— Il ne m'aime pas comme ça.

— Hmm. Il te plait ?

— Il est plus intelligent qu'il n'y paraît.

— Ce n'est pas une réponse.

— Il aime la nourriture, les combats et… *le sexe.*

Elle avait murmuré le dernier mot.

— Du moins, quand il parle avec les autres, c'est ce qu'il dit qu'il aime. Il ne me parle pas beaucoup de ces choses-là. Sauf de nourriture.

Je lui souris.

— De quoi te parle-t-il ?

— De médecine. De magie. D'histoire.

— Peut-être que toutes ses blagues ne sont que ça. Des blagues.

— Reyna, j'ai lu des choses sur ce genre de personnes, dit-elle en secouant la tête. Non. Ellisar et moi ne sommes pas bien assortis.

— Si tu le dis, répondis-je, avant de me rappeler que c'était exactement ce que Frima m'avait dit lorsque j'avais nié les sentiments que j'éprouvais pour Maz.

— Je le dis. Que va-t-il se passer maintenant, entre Mazrith et toi ?

— Je ne sais pas vraiment. On ne peut pas être ensemble avant…

J'essayai de trouver quelque chose à dire, qui soit vrai, mais vague.

— Jusqu'à ce que le problème de sa belle-mère soit réglé.

— Et comment va-t-il faire ça ?

— *Nous* allons essayer de gagner le prochain tour du *Leikmot*, de rallier le soutien de la Cour d'Ombre et de voir ce qui se passera ensuite.

— Je pense que la décision d'aller à la Cour d'Or est suspecte, déclara Kara.

— Je sais. Je suis d'accord. Mais ne t'inquiète pas à propos du fait que tu viens avec nous. Nous resterons loin du palais et d'Orm, et Maz et ses guerriers assureront notre sécurité.

— Je sais. Je leur fais confiance. Mais il faut parler à Lhoris. Je ne sais pas ce qu'il pensera d'y retourner.

Je fermai les yeux, puis je me forçai à me lever.

— Tu as raison. Et il n'y a pas de meilleur moment que le présent.

Brynja avait apporté un chariot chargé d'en-cas et de boissons à la Suite une heure auparavant. Je chargeai donc un plateau avec un peu de tout et j'allai nerveusement dans la chambre de Lhoris.

— J'ai de quoi manger pour toi, Lhoris, dis-je à travers la porte. Et de l'eau-de-vie.

— Entre.

Il fumait sa pipe près de la fenêtre, regardant le manteau d'étoiles dans le ciel au-delà, et ne se retourna pas lorsque je posai le plateau sur le bureau.

— Je ne peux pas m'excuser d'être avec lui, Lhoris. Ce ne serait pas sincère, dis-je calmement. Mais je peux te dire qu'il n'est pas ce que tu penses.

— Ce monde n'est pas ce que je pensais, répondit-il, tout aussi calmement. Tu vois ce ciel ?

— Oui.

— Il est magnifique.

Je penchai la tête. Je ne m'attendais pas à ce qu'il dise cela.

— Oui.

— Je n'aurais jamais cru voir un jour un autre ciel

que celui de la Cour d'Or.

— Je *savais* que j'en verrais un.

Il se tourna vers moi, le regard dur.

— Oui. Tu as peut-être le pouvoir de travailler l'or, mais tu n'as jamais été destinée à la Cour d'Or.

De la glace me transperça. Me rejetait-il ?

Son regard s'adoucit et il se leva, un bras tendu vers moi.

— Ne sois pas si triste, Reyna. Ce n'est pas contre toi que je suis en colère.

Je lui pris la main.

— Il ne faut pas non plus lui en vouloir. Il n'est ni méchant, ni cupide, ni cruel, je le jure.

— Reyna, ma colère est contre le monde. Contre les forces qui t'ont entraînée là-dedans sans aucune préparation.

— Tu n'en veux pas à Mazrith ?

— Non. Je l'ai vu venir comme un rocher au fond d'un précipice. Je ne comprends pas les dieux. Si tu es destinée à plus, tu aurais dû avoir le temps de te préparer. Le temps de devenir assez forte.

Sa voix était empreinte de frustration.

Je lui souris.

— C'est ce que je suis en train de faire. Ce que ces faës m'aident à faire. Me préparer. Devenir forte.

Il serra ma main plus fort.

— Assez forte pour te défendre contre eux ? chuchota-t-il.

— Lhoris, je te l'ai dit. Je n'ai pas besoin de me défendre contre eux. Ils ne sont pas nos ennemis.

— Le Prince, oui. Je le vois bien. La façon dont il te regarde... je crois à la profondeur de ses sentiments.

— Il me cherche depuis longtemps. Nous sommes liés, et cela va plus loin que la raison ne peut le comprendre. C'est le destin.

Pour la première fois, Lhoris sourit.

— Alors, je suis content pour toi.

— Vraiment ?

— Oui. Mais cela ne veut pas dire que j'ai confiance en eux ou en cet endroit.

— Tu viens de dire que c'était magnifique.

— Raison de plus pour s'en méfier.

Je me mordis la lèvre.

— Il y a eu une annonce aujourd'hui. La Cour de Terre n'accueillera pas le prochain tour. Il faut qu'on aille tous à la Cour d'Or demain.

Il se raidit.

— Tous ?

— Oui. Nous pensons que la dernière attaque contre moi n'a pas été orchestrée par la Reine, donc Maz ne pense pas qu'il soit prudent de vous laisser à la Cour d'Ombre, cette fois-ci. Et il a des soupçons à propos du changement de programme. Il anticipe un passage à l'acte et il veut que toi et Kara soyez avec nous si nous devons réagir rapidement.

Lhoris me regarda longuement.

— Tu sais de quoi ça aura l'air ? Qu'il exhibe ses esclaves volés devant les faës d'or, alors qu'ils ne peuvent pas fabriquer leurs bâtons sans nous ? Il cherche les ennuis.

— Non. Il t'emmène uniquement parce que tu es important pour moi, et il sait que je ne t'abandonnerai pas à la Cour d'Ombre aux caprices de la Reine si…

Je m'interrompis, ne voulant pas en dire trop.

— Si tu dois fuir, finit Lhoris à ma place, après un long soupir. Tu penses que tu finiras en cavale après tout ce qui s'est passé.

— Oui, mais contrairement à ce qui s'est passé lorsque j'ai fui Orm et la Cour d'Or, cette fois-ci, je ne serai pas seule. Mazrith ne me quittera jamais.

Lhoris se leva, tirant sur sa barbe, les yeux fixés sur les miens.

— Alors je viendrai, sans me plaindre.

— Merci, soufflai-je. Et, si nous ne sommes pas forcés de fuir, Mazrith a demandé à Kara si elle voulait retourner à la Cour d'Or quand tout cela sera terminé. Il te demandera la même chose.

— Nous ne sommes plus ses captifs ?

— Nous ne l'avons jamais été. Il nous a emmenés pour nous protéger. Quand la menace sera écartée, nous pourrons vivre où nous voulons.

Le regard de Lhoris s'adoucit.

— Et toi ? Ta place sera-t-elle à ses côtés ?

— Oui.

— Ici ?

J'acquiesçai.

— Ce sera sa Cour, quand sa belle-mère aura été détrônée.

Lhoris regarda la rune noire sur mon poignet.

— Et tu es la future Reine d'Ombre.

Je ne revis Mazrith que lorsque je fus au lit, à m'endormir dans son énorme lit à baldaquin.

Il n'attendit pas de réponse après avoir frappé doucement, et mon cœur gonfla dans ma poitrine lorsque je vis, ensommeillée, sa grande silhouette entrer dans ma chambre et fermer la porte derrière lui.

— Tu peux rester ? lui demandai-je alors qu'il s'asseyait sur le lit et tendait la main pour la poser sur ma joue.

— Tu sais que je ne peux pas.

Je fis la grimace, mais je ne protestai pas.

— Comment ça s'est passé avec Frima ?

— Bien. Je suis heureux de le lui avoir dit. Elle se battra à mes côtés, quoi qu'il arrive.

Je pouvais entendre le soulagement dans sa voix, et je lui souris dans la faible lumière de la cheminée.

— Je savais qu'elle le ferait. Et toi aussi, au fond de toi.

L'émotion passa dans ses yeux et il se pencha pour m'embrasser. Une rune d'or voleta de sa clavicule, et le feu qui avait commencé à m'enflammer les veines lorsque sa langue avait trouvé la mienne s'éteignit instantanément.

Il se raidit, puis se leva, les lèvres serrées par le regret.

— Maudite soit cette magie, murmura-t-il.

— Bonne nuit, Maz.

— Bonne nuit, *ástin min*.

Je savais que nous ne pouvions pas risquer de perdre sa magie juste pour un moment d'intimité. Mais cela ne m'empêchait pas de rêver de lui, et de toutes les choses qu'il pourrait me faire quand tout serait fini.

— Par le corbeau d'Odin, soufflai-je, bouche bée.

Le lendemain à midi, tout notre groupe se trouvait sur la rive de la rivière-racine, avec des voitures chargées de nos affaires prêtes à être chargées sur notre bateau.

Le navire de la Reine nous avait attendus, au lieu de partir à l'aube, et sa vue me coupa le souffle.

Il était terrifiant.

Le bois avait été peint en noir et, au lieu d'un serpent à la proue, il y avait une représentation de l'horrible bête d'ombre que j'avais eu le malheur de voir à l'œuvre plus d'une fois. À intervalles réguliers le long du bastingage, il y avait des têtes sculptées, dont beaucoup portaient des casques à cornes, leurs visages exprimant la douleur ou la terreur. Ce que j'espérais être de la peinture rouge suintait sur les rambardes et le long de la coque, où des trous étaient percés à intervalles réguliers, pour laisser passer des pointes de lance brillantes.

— Reyna, elles ne sont pas réelles, n'est-ce pas? chuchota Kara à côté de moi, en regardant les têtes.

— Non, dis-je, plus confiante que je l'étais. C'est du bois sculpté.

Je la fis pivoter vers notre propre bateau.

Il s'agissait d'une version agrandie de celui que nous avions utilisé pour nous rendre à la Cour de Glace, avec un serpent très similaire à la proue, et toutes les cabines situées sur le pont et faciles d'accès. Les bancs et les tables, qu'on avait dû sortir et ranger à chaque fois sur le dernier bateau, étaient fixés au pont, cette fois-ci, et il y avait de nombreux braseros et des rambardes plus grandes, mais pour le reste, il était identique.

Svangrior et Ellisar chargeaient des armes à bord, et Frima aidait Brynja à faire glisser des sacs de nourriture sous le pont, dans la zone de stockage.

— Le bateau précédent n'avait que trois cabines, mais regarde, il y en a plus, maintenant. Et plus de braseros pour nous réchauffer sur le pont, expliquai-je.

Kara acquiesça, mais se retourna à nouveau vers la monstruosité noir et rouge qui se trouvait à côté.

Lhoris s'avança, lui serra le bras et la conduisit vers notre bateau.

— Il semble que ce soit un puissant navire, dit-il fermement. Faisons connaissance avec lui.

Laissant avec gratitude Lhoris s'occuper de Kara, je

rejoignis Mazrith, qui se tenait à la proue et regardait la rivière.

— Tu sens quelque chose ? lui demandai-je.

— Les Affamés, tu veux dire ?

Sa voix était calme, mais je jetai quand même un coup d'œil par-dessus mon épaule. Tout le monde était occupé et personne ne pouvait nous entendre.

— Oui.

— Non. Avec ma belle-mère et ce navire en convoi, je serais surpris que nous ayons un problème pendant le voyage.

J'acquiesçai.

— Je suppose que c'est déjà ça. Ces têtes...

— Ne demande pas.

Je me sentis malade quand je jetai un coup d'œil au bateau de la Reine. Elle se tenait au milieu de l'immense pont, vêtue d'une robe rouge sang avec d'immenses jupes, et agitait son bâton en direction des gardes et des courtisans qui s'affairaient autour du bateau.

— Nous ne pouvons pas la laisser gagner, Maz.

— Tu as le bâton ? demanda-t-il, d'une voix presque inaudible.

Je touchai ma hanche.

— Bien sûr.

— Alors nous avons autant de chances que les dieux nous en ont donné.

Il n'avait pas l'air aussi convaincu que je l'aurais souhaité, mais au moins il n'avait pas abandonné.

— Quatre petits bateaux de courtisans nous suivront dans les prochaines heures.

— Quatre bateaux de courtisans ? Elle n'en a pas amené autant à la Cour de Glace.

— Non. Je crois qu'elle prépare quelque chose. Nous devons nous méfier.

Je me retournai vers son bateau au moment où deux voiles cramoisies se déployaient du mât principal, dévoilant un personnage allongé sur un instrument de torture sur le tissu.

La *méfiance* ne suffisait pas à décrire ce que cette maudite Reine rendue folle par les dieux me faisait ressentir.

— Qui partage avec qui ? demandai-je à Frima lorsque le bateau s'éloigna du rivage, suivant la bête noir et rouge sur laquelle naviguait la Reine.

— Tu es avec moi. Kara est avec Brynja, Svangrior avec Maz, et Ellisar avec Lhoris et Tait. Mais nous ne dormirons pas beaucoup dans les cabines. Je doute que nous restions sur le bateau dans la Cour d'Or.

— Non, le palais est à l'intérieur des terres, convins-je.

Frima me regarda pensivement.

— Y a-t-il quelque chose d'utile que tu puisses nous dire sur la Cour d'Or avant que nous n'y arrivions ?

— Bien sûr. Je peux t'expliquer la disposition du palais et des villes environnantes, mais vu le nombre de raids que votre peuple a menés au fil des ans, je doute que ce soit une nouveauté pour vous.

— Dis-nous quand même.

Une fois que nous fûmes tous réunis sur le pont avec du thé aux orties ou de la bière, Kara et moi racontâmes aux faës tout ce qui nous sembla utile à propos de la Cour d'Or. Tait prit des notes avec fascination, posant des questions sur l'architecture, les repas et la façon dont les clans humains vivaient dans les villes.

— Le principal problème que vous rencontrerez sera la lumière, dis-je. C'est beaucoup, beaucoup plus lumineux que la Cour d'Ombre, tout le temps.

— Fait-il plus sombre la nuit ?

— Comme chez vous, je suppose. Un peu, mais il ne fait jamais nuit.

Svangrior bougea brusquement, se frappant les bras avec irritation.

— Ignore-la, grogna Mazrith, qui regarda le navire de la Reine, plus loin sur le fleuve, mais clairement visible.

— Je ne peux pas, grogna Svangrior. Je sens sa magie sur moi comme un bourdonnement d'insectes.

— Vraiment ? dis-je, inquiète.

— Oui, murmura Frima. Nous la bloquons tous un peu. Elle ne cesse d'envoyer des vrilles de magie mentale.

— Pourquoi ?

— Je suppose qu'elle veut savoir ce que fabrique Maz.

— Peut-elle entrer dans la tête de Lhoris ou de Kara ?

J'essayai de ne pas laisser transparaître la panique dans ma voix.

— Non. Elle n'envoie que des petites brises, et elles sont faciles à bloquer, dit Maz.

— Et puis, tout ce que nous savons, c'est que tu veux gagner le *Leikmot*, dit Kara en haussant les épaules.

— Hmm.

Je me levai, agitée.

— Tout de même. Peut-être qu'on ne devrait pas parler d'autre chose pour l'instant.

— J'aimerais trouver une solution pour la lumière brillante, dit Tait en se levant aussi. Je ferai un rapport lorsque nous atteindrons *Yggdrasil* dans quelques heures.

Tout le monde s'éloigna des bancs, et je me penchai sur la balustrade à côté de Frima.

— C'est étrange. Toute ma vie, j'ai rêvé d'échapper à la Cour d'Or et de naviguer le long de ces rivières. Mais maintenant, j'ai l'impression de les avoir parcourues plus que de raison.

— Ne m'en parle pas. Tu veux t'entraîner ?

— Oui. Absolument.

Mazrith s'approcha, un semblant de sourire sur les lèvres.

— Avez-vous parlé d'entraînement ?

— Oui. Il n'y a rien d'autre à faire.

— Qu'as-tu en tête ?

— Vu que l'équitation n'est pas une option ici, le tir à l'arc.

— Pas le bâton ?

— Frima a dit que je ne pouvais pas faire beaucoup de dégâts avec un bâton contre un faë. Une flèche est plus mortelle.

— C'est vrai. Montre-moi.

. . .

Je pensais être gênée ou nerveuse sous le regard attentif de Mazrith, mais ce fut le contraire. Au lieu d'être déstabilisée, je trouvais en lui une présence apaisante. Je voulais l'impressionner, et lorsque Frima lança des cibles d'ombre en l'air pour que je les atteigne, je visai juste dès le premier coup.

Avant de le rencontrer, je n'avais ni arc, ni flèches, ni bâton, je n'avais jamais monté à cheval, je n'avais jamais gagné une tresse.

Il m'a rendue plus forte.

J'étais tellement absorbée par les flèches et les cibles obscures de Frima qu'en entendant un énorme plouf, je n'eus aucune idée de sa provenance.

— Kara !

La voix d'Ellisar retentit sur le pont, et je lâchai la proue pour sprinter jusqu'à l'endroit où l'énorme humain était penché par-dessus le bastingage du bateau.

— Elle est tombée ! Je ne sais pas nager !

Mon cœur se figea dans ma poitrine. Kara pataugeait dans l'eau, sa tête disparaissant sous la surface, agitant les bras. Mais une autre éclaboussure avait attiré mon attention, et la bile me montait dans la gorge.

Un Affamé se dirigeait vers elle depuis le bord de la rivière-racine. Il lui manquait les deux tiers de la tête, mais ses bras étaient étonnamment intacts, et il progressait lentement mais sûrement vers Kara.

— Maz ! criai-je, commençant à retirer mes propres fourrures.

Mais je ne savais pas nager assez bien pour l'aider. Je

ne ferais qu'empirer les choses. Changeant d'avis, je pris mon arc.

Mais avant que je puisse faire un pas, Ellisar se jeta par-dessus la balustrade à sa suite.

— Qu'est-ce qu'il croit faire, au nom du cul d'Odin ? jura Frima qui s'arrêta en dérapant à côté de moi.

Mazrith et elle projetèrent des ombres avec leurs bâtons et celles-ci volèrent par-dessus la balustrade.

Kara battait des pieds dans l'eau, maintenant à peine sa tête au-dessus, toute son attention concentrée sur la forme d'Ellisar qui coulait et s'agitait à quelques mètres d'elle.

— Bats des jambes, Elli, bats des jambes ! bafouillait-elle, visiblement partagée entre le fait de s'agiter pour se maintenir hors de l'eau et celui d'essayer de l'aider.

Les ombres de Frima s'enroulèrent autour de ses bras, la sortant de l'eau. Je me penchai, attrapant ses minces épaules dès qu'elle fut à portée de main, aidant les ombres.

— Je l'ai, soufflai-je en la tirant par-dessus la balustrade.

— C'est bien. Frima, un peu d'aide, grogna Mazrith.

J'enveloppai Kara de mes bras, essayant de frotter ses épaules tremblantes avec mes propres vêtements, mais elle s'éloigna, retournant se pencher à la balustrade.

— Ellisar... !

Les ombres de Mazrith s'enroulèrent autour de l'Af-famé, le bloquant là où il s'agitait. Les ombres de Frima s'enroulèrent autour d'Ellisar, le retenant de sombrer dans la rivière.

Svangrior arriva, jurant méchamment quand il se pencha par-dessus la balustrade. Ses ombres jaillirent également de son bâton, et sa puissance combinée à celle de Frima commença à tirer hors de l'eau Ellisar, qui continuait de se débattre et de cracher de l'eau.

J'attirai Kara contre moi tandis qu'ils faisaient léviter l'homme massif par-dessus la balustrade. Dès qu'il toucha le pont, leurs ombres s'éloignèrent pour aider Maz.

Kara se libéra de mon emprise, se précipita vers Ellisar et s'agenouilla alors qu'il soufflait.

— Kara, tu vas bien, s'étouffa-t-il en bafouillant.

— Pourquoi as-tu sauté après moi si tu ne savais pas nager ? À quoi pensais-tu ?

Je n'étais pas sûre qu'il *ait* réfléchi. Il avait réagi par pur instinct pour la sauver.

— Je ne sais pas, bredouilla Ellisar.

Je me détournai, juste à temps pour voir l'Affamé exploser dans un fracas d'ombres noires tour-billonnantes.

Les yeux qui m'observaient depuis le bord de la racine avaient disparu, et mes épaules s'affaissèrent de soulagement.

— Comment avons-nous pu ne pas les sentir ? grogna Svangrior.

— Nous étions occupés à bloquer de la magie, pas à la chercher, souffla Frima, essoufflée.

— La Reine ne semble pas avoir eu d'ennuis.

Son navire naviguait toujours devant nous, apparem-ment pas pris pour cible par des monstres morts-vivants.

— Kara, comment es-tu tombée ? Que s'est-il passé ? Ont-ils attaqué ?

Frima adressait les questions à Kara, mais Ellisar répondit.

— Nous étions en train de discuter près de la balustrade et Kara a vu des yeux. Elle a pointé du doigt, mais je lui ai dit que c'était son imagination, et elle a continué à pointer du doigt, vigoureusement, et elle est tombée.

Les yeux de Kara se remplirent de larmes.

— Je suis vraiment une *heimskr*. Je suis tellement désolée.

— Non, tu ne te serais pas agitée comme ça, si je t'avais crue. C'est ma faute.

— Ce n'était la faute de personne. C'était un accident. Et maintenant, tout va bien. N'est-ce pas ?

Mais quand je souris à Maz, je vis à quel point son visage était sérieux.

— D'accord, dit-il sévèrement. Tout le monde dans sa cabane maintenant. Restez à l'intérieur jusqu'à ce que nous arrivions à l'arbre.

Mais je ne bougeai pas. Lui et Frima non plus. Svangrior leur jeta un regard, mais suivit Ellisar et Kara dans une cabine avec un grognement.

Je m'approchai de Mazrith en baissant la voix.

— Qu'est-ce qui ne va pas ? Y a-t-il d'autres Affamés dehors ? Allons-nous devoir nous battre ?

— C'est mon pouvoir, dit Mazrith, d'une voix si basse que je l'entendis à peine. Je n'aurais pas dû avoir besoin d'aide pour détruire un Affamé ou sortir un humain de l'eau.

Je repensai à l'époque où il avait fait léviter un serpent d'eau entier hors de la rivière-racine.

Le malaise m'envahit et l'inquiétude que je vis sur le visage de Frima l'accentua.

— Penses-tu que c'est la magie de ta mère qui s'estompe ?

— Ou le fait qu'il a essayé d'y renoncer, murmura Frima.

— Tes cicatrices…

Je portai une main à sa joue. Je me disais bien qu'elles étaient plus évidentes, mais j'avais cru que j'étais juste plus consciente de leur présence, maintenant. Mais en regardant sa peau, je me rendis compte qu'elles *étaient* plus visibles. Des lignes blanc pâle se détachaient partout sur sa peau lisse.

Il poussa un soupir sifflant.

— Quoi que nous fassions pour renverser ma belle-mère, je crains que nous ne devions le faire le plus tôt possible.

Quelques heures plus tard, nous arrivâmes au tronc d'*Yggdrasil*. Les escaliers à l'intérieur avaient disparu, et alors que nous contournions le groupe si serein de statues colossales, je fixai la cascade, me souvenant de la dernière fois que j'étais venue ici. Je sentis des mains puissantes entourer ma taille et je me blottis contre le torse de Mazrith. L'une de ses mains bougea, ses doigts glissant dans mes cheveux.

— Je suis désolé que tu m'aies vu ici, et de cette manière, murmura-t-il à mon oreille. Et je suis désolé de t'avoir tirée dans l'eau comme ça, après. J'étais juste...

— Désespéré de fuir ? Crois-moi, je commence à comprendre l'envie de fuir de toi-même.

Je pivotai pour lui faire face, et il me regarda. Une rune d'or voleta de sa joue.

— Merde, chuchotai-je. J'ai tellement envie de t'embrasser.

Je fis un pas en arrière, hors de ses bras.

Ses yeux se remplirent de résolution et, pendant une seconde, je crus qu'il allait m'en empêcher. Mais il me laissa partir, dardant son regard vers le bateau de la Reine, juste devant nous. Elle nous avait attendus aux portes de la Cour d'Ombre, dans le tronc d'*Yggdrasil*.

— Je pense qu'il ne faudra pas attendre longtemps avant que cette histoire arrive à sa conclusion.

Je ne pouvais m'empêcher de penser qu'il avait raison. Une tension montait, non plus causée par la rage de Mazrith, mais dans l'air, intangible. Plus forte que nous.

Je me tournai vers la statue de Freya et je fermai les yeux.

— Quoi qu'il arrive, gardez-les, lui et mes amis, en sécurité, s'il vous plaît, priai-je.

Des images envahirent mes paupières fermées et je trébuchai, cherchant à m'agripper à quelque chose. Mazrith attrapa ma main, mais j'en fus à peine consciente.

J'étais dans la tête d'un garde humain sur le bateau de la Reine, voguant devant la statue de Thor.

Il était bouche bée, émerveillé, et le principal sentiment qu'il dégageait était l'accablement.

L'excitation m'envahit. J'avais désespérément besoin d'une vision pour nous montrer ce qu'il fallait faire ensuite, et c'était peut-être la bonne. Et si le garde se rapprochait suffisamment de la Reine pour que je puisse l'entendre et apprendre quelque chose d'utile ?

Comme s'il avait entendu mon souhait, le garde se

retourna et se dirigea vers la balustrade où se tenait la Reine, qui parlait à Rangvald.

— Il a un filombre sur ce bateau, et je le veux, Rangvald. Comment puis-je être plus claire ?

Je sentis la peur s'emparer brusquement du garde, et il se retourna, révélant la cause de son effroi. La bête d'ombre de la Reine rôdait sur le pont, et elle avait fixé ses yeux terribles sur lui.

La peur se transforma rapidement en terreur, et je sentis le garde se figer tandis que la créature faisait un pas d'une lenteur atroce vers lui.

Peut-il me sentir ?

— Ma reine, votre fils garde le filombre tout près de lui. Il ne sera pas facile de l'enlever, et je ne pense pas que cela soit bénéfique. Une fois que nous aurons écarté Mazrith du pouvoir, nous pourrons nous emparer de Tait.

La bête fit un pas de plus vers le garde, un grognement sourd s'échappant de son corps d'ombre.

— Je me lasse de ces jeux. Ils ne sont pas ce qu'Orm m'a fait croire, s'emporta la Reine.

Apprenant qu'elle travaillait bel et bien avec Orm, je poussai un soupir de triomphe et, je ne sais comment, le garde en fit autant.

La bête se jeta sur lui et la vision se leva.

Ma propre réalité me revint lorsque j'ouvris les yeux et qu'un cri humain traversa l'arbre.

— Oh, par les dieux, balbutiai-je en regardant le bateau de la Reine. Oh par les dieux, je crois que je viens de faire tuer un garde.

Il fallut la voix apaisante de Mazrith et un grand verre de cognac pour calmer le tremblement de mes mains.

— Tu sais, c'est une bonne chose. Ton pouvoir augmente, dit Voror, qui était entré en piqué dans la cabine où je me cachais.

— Quoi ?

— Tu as dit que tu voulais que le garde se rapproche de la Reine pour que tu puisses l'entendre, et il l'a fait.

Je fixai le hibou, puis je rapportai à Mazrith ce qu'il avait dit.

— Tu crois sérieusement que je l'ai fait bouger ?

— Ce n'est pas impossible, déclara Maz.

— Bien sûr que oui !

Je me levai et j'aurais renversé mon verre s'il était encore plein.

— C'est une chose d'être capable de voir à travers les yeux d'un autre, c'en est une autre de contrôler les gens !

Je secouai vivement la tête, essayant de chasser le sentiment de malaise qui m'habitait à cette idée.

— Non, non, je ne peux pas être capable de cela.

Je jetai un regard vers le plafond en bois de la cabine.

— Celui ou celle qui m'envoie cette magie, je n'en veux pas autant, dis-je en serrant les dents. Ce n'est pas bien.

— C'est puissant, dit Mazrith à voix basse.

— Cela pourrait faire la différence entre gagner et perdre le *Leikmot*, déclara Voror.

— Ce serait de la triche !

— Crois-tu que les autres trichent lorsqu'ils utilisent leur magie ?

— Non, mais aucun d'entre eux n'a le pouvoir de contrôler d'autres personnes !

— Le garde était humain ?

Je le regardai fixement, me sentant à nouveau malade à l'idée que la bête d'ombre ait pu le tuer à cause de moi.

— Oui. Et alors ?

— Je me demande si tu serais capable de contrôler des faës, pensa Mazrith.

Je levai les mains en l'air et secouai fort la tête.

— Assez. Nous n'avons aucune preuve que je contrôlais quoi que ce soit. Il s'est peut-être rapproché de la Reine de son plein gré. Une coïncidence.

— Et... la bête d'ombre ?

Ma tête se mit à tourner et je me rassis, ravalant de la bile.

— Ce n'était pas une coïncidence, marmonnai-je. Il savait qu'il y avait un espion à bord de son bateau. J'en suis certaine.

— Mais la Reine et sa bête ne pourront pas savoir que c'était toi.

Je secouai une nouvelle fois la tête, puis repoussai mes cheveux en signe de frustration. L'expression pensive de Mazrith s'évanouit, et ses yeux s'écarquillent. Voror fit claquer son bec, les yeux fixés sur moi.

— Quoi ? Qu'est-ce que c'est ?

Mon estomac se noua.

— Ton oreille.

Mazrith me fixait, et je me dirigeai vers le petit miroir au-dessus du lavabo, redoutant déjà ce que j'allais y voir.

C'était subtil, mais on ne pouvait pas le nier. Il y avait une légère pointe au bout de mon oreille.

Mes doigts s'engourdirent lorsque je le touchai, et la panique envahit mon corps.

— Comment… ? Pourquoi… ? Qu'est-ce qui m'arrive ?

— Calme-toi, Reyna, dit Mazrith en s'approchant de moi.

Je levai les mains en l'air, apercevant mon expression choquée dans le miroir. Mazrith s'immobilisa.

— Me calmer ? C'est facile à dire pour toi ! Tu n'as pas tué quelqu'un par accident !

— C'était un garde de la Reine, dit doucement Maz. Beaucoup d'autres mourront lorsque ce conflit éclatera.

Je tirai mes cheveux sur mes oreilles et fermai les yeux.

— Lhoris avait raison.

— Quoi ?

— Je ne suis pas prête. Il disait que je n'étais pas prête, et je ne le suis pas. Pas pour un tel pouvoir. Pas pour…

Des oreilles pointues de faë ? Pouvais-je vraiment être faë ?

J'aspirai de l'air, sentant la panique monter à nouveau.

— J'ai besoin d'être seule.

Une brève douleur traversa le visage de Mazrith, mais il se dirigea vers la porte.

— Prends tout le temps dont tu as besoin. Mais je serai là quand tu seras prête.

Frima entra dans la cabine et dormit quelques heures, mais à part cela, je restai seule avec mes pensées pendant le reste du voyage. Et Freya seule savait combien j'avais besoin de temps pour les analyser.

J'avais acquis la certitude que les dieux m'envoyaient le pouvoir que j'utilisais. Mais pourquoi auraient-ils changé mes oreilles ? Le fait même qu'ils m'envoyaient de la magie me transformait-il en faë ?

Cette pensée, et toutes les autres, me conduisirent à la question qui me retourna l'estomac et me laissa un goût amer à la bouche.

J'étais amoureuse d'un faë. Alors pourquoi est-ce que je réagissais encore si mal à l'idée d'en être une ?

J'avais toutes les preuves que le fait d'être faë ne signifiait pas être mauvais. J'avais constamment insisté sur ce point avec Lhoris. Alors pourquoi avais-je tant de mal à l'accepter ?

Mon identité, ma véritable origine, avait toujours été un mystère pour moi. Mais me faire à l'idée d'être d'une race différente, d'un monde différent... Cela n'avait aucun sens. Et puis, j'étais une *orfèvre*. Aucun faë ne pouvait créer des bâtons.

Une épiphanie lente et écœurante m'envahit. Et si c'était pour cela que j'étais importante ? Pourquoi j'avais attiré l'attention d'êtres si puissants ?

Parce que j'étais une faë qui *pouvait* fabriquer des

bâtons ? Cela signifierait... Cela signifierait qu'il n'y avait plus besoin d'humains. Je pourrais être la raison pour laquelle ma propre espèce disparaitrait du monde.

Je pris plusieurs longues respirations. Je réagissais de manière excessive.

D'abord, même si j'étais une faë et une *orfèvre*, je n'étais qu'une seule personne. Cela ne signifiait pas que tous les humains étaient superflus. Deuxièmement, je ne savais pas encore vraiment que j'étais faë. Je résistai pour la millionième fois à l'envie de toucher le bout de mon oreille. Ces oreilles pouvaient-elles être apparues à cause de mon lien avec Mazrith, de notre relation ?

Cela semblait peu probable. Mais quelque chose avait déclenché le changement.

Je devais m'accrocher à ce que Maz et Voror avaient dit à propos d'utiliser ce pouvoir à notre avantage. Si on me donnait du pouvoir, je devais l'utiliser pour faire ce que je savais être le bien, c'est-à-dire écarter la Reine Andask du pouvoir et empêcher Orm d'en obtenir davantage. *Et découvrir pourquoi les Affamés en avaient après moi.*

Prenant ma résolution, je me dis à haute voix :

— Sois digne du pouvoir.

Peu importait qui me l'envoyait, il y avait une raison, et je devais faire ce que j'avais conseillé à Mazrith. Me battre, pour le bien. Pour l'honneur et le courage.

— Sois digne du pouvoir.

Je fermai les yeux, lançant une prière.

S'il vous plaît, les dieux, faites que je sois digne de ce pouvoir.

CHAPITRE 21

REYNA

— **R**eyna, nous sommes presque au rivage de la Cour d'Or.

Je fus surprise que la voix de l'autre côté de la porte de ma cabine soit celle de Lhoris. Je ne m'étais pas aventurée hors de la cabine depuis *Yggdrasil*, mais je n'avais plus de temps.

Mon mentor m'adressa un sourire crispé lorsque je sortis de la cabine.

— Je ne pensais pas revenir ici. Pas après tout ce qui s'est passé, dit-il.

— Es-tu heureux d'être de retour ?

Brynja me fit un rapide sourire en entrant dans la cabine après moi, ramassant tout ce qui restait.

— Merci, lui dis-je.

Puis je suivis Lhoris jusqu'au bastingage. Le bateau tout entier était enveloppé de brume, et je pouvais à peine voir les autres se déplacer sur le pont, empilant des sacs, des armes et d'immenses toiles pliées sur les planches.

Nous rejoignîmes Kara, qui regardait fixement le brouillard.

— Je ne suis pas heureux d'être de retour, me répondit Lhoris. Mais j'ai fait un meilleur voyage que la dernière fois.

Je heurtai son épaule avec la mienne.

— Tout est différent maintenant.

— Maintenant que, le Prince et toi, vous êtes amoureux ?

La voix de Kara semblait pensive alors qu'elle se tournait vers moi.

— Oui. Ensemble, nous ferons tout ce qu'il faut pour assurer notre sécurité. J'ai reçu un cadeau, dis-je en essayant de m'inspirer des décisions que j'avais prises dans la cabane. Quelqu'un de très puissant me l'a offert. Je ne dois pas le gaspiller. Il m'a été donné pour une raison.

Les sourcils de Lhoris se haussèrent.

— Pour arrêter la Reine ?

— Je pense que oui.

Et pour sauver Maz.

— Ce n'est que le début, dit Lhoris en reportant son regard sur le brouillard.

— Je n'en doute pas.

. . .

Lorsque je vis le navire noir de la Reine émerger de la brume, il était amarré sur un rivage de sable brillant, la forêt dense se profilant dans le brouillard au-delà.

Un groupe de gardes avait été envoyé à notre rencontre, alignés sur le sable, vêtus d'armures d'or étincelant et aidant à déplacer les nombreux caisses et sacs déchargés du colossal navire de guerre de la Reine vers de grandes voitures tirées par des chevaux, que l'on distinguait à peine dans la brume pâle.

— Par le corbeau d'Odin, c'est d'une clarté infernale, grommela Svangrior alors que le bateau heurtait le lit sablonneux de la rivière et qu'il faisait passer une grande planche de bois par-dessus le bastingage.

— C'est encore plus lumineux lorsque le brouillard se lève, dis-je.

Mais il avait déjà chargé des sacs sur ses épaules et descendait la planche à grands pas, en direction d'une voiture qui l'attendait.

Frima, Ellisar et Maz commencèrent à décharger nos affaires, les empilant sur un grand chariot à l'arrière du wagon. Ils avaient tous mis leur masque de crâne rutilant. Tait et Brynja nous rejoignirent, debout sur la rambarde.

— Il faut qu'on aide ? appelai-je.

— Non, me répondit-on d'un ton sec.

Un guerrier vêtu d'or étincelant s'approcha, et Mazrith alla à sa rencontre.

— Bonne journée à vous, Prince Mazrith, le salua le garde.

Ses yeux se tournèrent vers nous, sur le bateau, puis il tendit un parchemin.

Mazrith l'ouvrit d'une pichenette.

— Vous êtes renvoyé, dit-il au garde, qui nous jeta un dernier coup d'œil, puis retourna vers le groupe beaucoup plus nombreux près du vaisseau de la Reine.

Mazrith nous fit signe de descendre, et nous nous dirigeâmes tous vers la planche et le sable.

— Un bal de bienvenue aura lieu ce soir et la première épreuve se déroulera demain à midi, expliqua Mazrith en parcourant le parchemin.

— Tout semble normal jusqu'à présent, déclara Frima.

— On nous a attribué une zone pour établir un camp dans les jardins du palais.

— Vraiment ? dis-je en le regardant avec surprise. Ils laissent entrer des faës d'autres cours dans l'enceinte du palais ?

— Oui. Et le bal de ce soir aura lieu dans la salle de bal du palais.

Je déglutis. Je connaissais bien la salle de bal, mais jamais je n'aurais pensé y être invitée, habillée comme les courtisans faës, à boire du vin, à manger des mets raffinés et dansant. Ce n'était pas ce que j'étais. *Je n'étais pas l'une d'entre eux.*

Mon inquiétude dut se manifester, car Mazrith me toucha l'épaule.

— Tu n'es pas la même femme que quand tu es partie de cet endroit. Montre-leur.

J'acquiesçai, mais le malaise s'était déjà installé dans mes tripes. C'était une chose d'accepter d'être une faë dans un nouveau monde, peuplé de faës qui ne m'avaient pas encore maltraitée. C'en était une autre de me fondre dans le monde des faës d'or, que j'avais détesté toute ma vie.

— Nous sommes prêts à partir, Maz, dit Svangrior, ramenant mon attention sur la plage.

— Bien. Tout le monde dans la voiture.

Le carrosse s'engagea dans la forêt, et je me rappelai la nuit où nous y avions été traînés par les faës d'ombre, et de mon désespoir d'être secourue par les gardes de la Cour d'Or.

— Il n'est pas surprenant que la Reine de la Cour d'Or ne soit pas venue à la rencontre de sa sœur, grogna Svangrior.

— Non, répondis-je. Elle doit passer une grande partie de ses discours royaux à mettre en garde son peuple contre les dangers des faës d'ombre et, en particulier, de sa sœur et de son beau-fils.

Je jetai un coup d'œil à Maz.

— La Reine Andask parle-t-elle d'elle ?

— Non. Bien que ses yeux deviennent un peu plus fous lorsqu'on mentionne sa sœur en passant.

— Pourquoi ont-elles accepté tout cela, si elles se détestent ?

Personne n'avait de réponse.

— Je me demande si Orm n'a pas plus d'influence

que je ne le pensais.

— J'ai entendu des rumeurs à ce sujet.

Tout le monde se tourna vers Lhoris. Il n'avait jamais adressé une phrase aussi longue au faë d'ombre.

— Vraiment ?

— Oui. Six mois avant que tout cela ne commence, j'ai entendu un certain nombre de nobles comploter pour réduire son influence ou s'acoquiner avec lui. J'ai supposé qu'il se rapprochait de la Reine, mais lorsqu'il a annoncé qu'il prenait une nouvelle concubine...

Mazrith gronda, et Lhoris le regarda longuement avant de poursuivre.

— Je me suis demandé s'il se passait quelque chose d'autre.

— Quand as-tu vu la Reine pour la dernière fois ? demanda Kara.

Lhoris prit un air pensif.

— Lors de son dernier discours public.

— Lequel ?

— Il y a neuf mois.

Je me raidis. Je ne l'avais pas non plus vue au palais depuis lors.

— Nous avons remarqué qu'il n'y avait vraiment pas beaucoup de faës d'or qui gardaient le palais la nuit où vous l'avez attaqué, à notre recherche, dis-je lentement.

— À *ta* recherche, corrigea Mazrith.

Svangrior pouffa.

— Comme je l'ai dit à l'époque, les faës d'or sont faibles d'esprit et lâches, cracha le guerrier.

Je m'empêchai de regarder Maz. *Un métis faë d'or*

secret. Est-ce que ce genre de commentaires lui faisait mal?

— Vous pensez qu'ils sont lâches parce que ce sont vos ennemis, mais croyez-moi, lorsqu'il y a eu des attaques auparavant, les faës d'or ont défendu leurs richesses. Ils ne sont pas lâches lorsqu'il s'agit de leur cupidité.

Je regardai la forêt, alors que la brume se dissipait et que le ciel lumineux commençait à briller.

— Il n'y a pas eu assez de résistance cette nuit-là.

Mazrith acquiesça lentement.

— Tu penses que quelque chose se prépare au sein de la Cour d'Or?

— Peut-être.

— Qui dirigerait la Cour d'Or s'il arrivait quelque chose à la Reine?

— Son fils, dit Kara. Mais il est très jeune, il n'a que treize ou quatorze ans. Et puis, la Reine est une faë puissante avec des gardes loyaux, ce ne serait pas facile de la renverser.

— Beaucoup de faës royaux ont été écartés du pouvoir par de sinistres moyens, dit Maz d'un ton sombre.

Le carrosse sortit de la forêt, passa le carrefour et se dirigea vers le palais de la Cour d'Or.

La lumière devint de plus en plus vive, jusqu'à ce que les reflets du château blanc et or me fassent pleurer, même à l'intérieur du carrosse. Je n'avais pas passé beaucoup de temps à la Cour d'Ombre par rapport aux autres, alors je ne pouvais qu'imaginer l'inconfort qu'éprouvaient les faës d'ombre.

Lorsque le carrosse s'arrêta, nous étions dans une grande cour au troisième niveau des terres du palais, avec l'immense fontaine dans laquelle j'avais l'habitude de nager en plein milieu.

Nous sortîmes, et je vis la Reine et son énorme entourage installer des tentes et des tables à tréteaux dans la zone située sur le côté gauche de la fontaine, le plus près des grands escaliers qui menaient aux portes principales du palais.

Mazrith regarda autour de lui, et je pus voir combien il plissait les yeux derrière son masque.

— Là-bas. Ce grand hêtre. Nous y installerons notre campement.

— Lorsque tu m'as enlevée du palais, la lumière de la Cour d'Or s'est éteinte. La rumeur disait que seuls toi ou ta belle-mère pouviez faire ça, dis-je. Pourquoi le ciel ne s'assombrit-il pas maintenant que vous êtes tous les deux ici ?

Mazrith me jeta un regard sombre derrière son masque.

— Le pouvoir de ma belle-mère, renforcé par son bâton, peut le faire, et le mien, au plus fort, peut y parvenir pendant de courtes périodes. Mais je doute que ce soit courtois de s'en vanter lors d'un festival de jeux soi-disant amical.

— Maudit soit Thor, c'est intolérable, marmonna

Tait en sortant à côté de moi, apparemment à lui-même. Je ne suis pas sûr que cela fonctionnera, mais nous devons essayer. Mon Prince ?

Mazrith se tourna vers Tait alors que les guerriers commençaient à décharger le chariot, jurant à propos de la luminosité pendant tout ce temps.

— Essayer quoi ?

— Je pense pouvoir nous confectionner des lunettes de protection, mais j'aurai besoin d'une gaze très spécifique.

Il me regarda.

— Sais-tu où nous pourrions trouver des matériaux tels que du tissu ?

— Haute Krossa se trouve à quelques pas, en bas de la colline, et c'est la ville la plus riche de la cour. Il y a beaucoup de tailleurs et de couturières, et un marché très animé. Je pense qu'on peut y trouver de la gaze.

Tait sortit un livre de son sac, le feuilleta, puis le tourna vers moi.

— Ça.

J'acquiesçai et Maz regarda la voiture.

— Frima ?

Elle s'approcha, les yeux plissés sous son masque.

— Dis-moi qu'il va faire plus sombre ?

Elle me regardait.

— Désolée. Pas vraiment.

— Frima, Tait pense pouvoir nous aider, mais nous devons aller chercher du tissu. Reste ici, ne perds pas les humains de vue, ne serait-ce qu'un instant. Cela vaut aussi pour toi, dit-il en se tournant vers Tait.

— Mon Prince, même si j'ai envie d'explorer, je me concentrerai sur les protections oculaires et la sphère, déclara-t-il.

— Bien. Parce que la Reine a des vues sur toi.

— Quoi ?

— Reyna l'a entendue dire à Rangvald qu'elle souhaitait augmenter le nombre de ses filombres. Je ne plaisante pas, Tait, reste ici et en sécurité. N'approche pas du camp de la Reine et reste toujours près de Frima, Svangrior ou Ellisar.

Tait inclina la tête.

— Compris, mon Prince.

CHAPITRE 22

REYNA

— **J**e n'aurais jamais pensé me promener aussi librement dans les rues du royaume de mon ennemi, dit Mazrith en observant les bâtiments de Haute Krossa.

— Et je n'aurais jamais pensé les parcourir avec le Prince faë de la Cour d'Ombre.

Mon fiancé.

Je résistai à l'envie de lui prendre la main.

Une partie de moi avait craint que, son pouvoir s'affaiblissant, il serait dangereux que nous soyons seuls, si exposés dans la Cour d'Or. Mais j'avais jeté un seul coup d'œil à sa silhouette imposante lorsqu'il avait revêtu ses fourrures et ses armes, son masque de crâne féroce bien en place, et j'avais cessé de m'inquiéter.

— Pourquoi voulais-tu venir avec moi ?

Il me jeta un regard en coin.

— J'aime être seul avec toi. Et je voulais voir la ville.

Je me demandai s'il y avait une autre raison.

—Je suis désolée pour hier soir.

Je savais qu'il n'avait pas besoin d'excuses, mais je voulais quand même les lui présenter.

— Je comprends. Mais j'aimerais que tu me laisses t'aider, comme tu as essayé de m'aider.

— Maz, j'étais contrariée à l'idée d'être une faë et de voir mes oreilles changer de forme. Ce ne serait ni gentil, *ni juste*, de me plaindre devant toi, un faë, qui essaies d'empêcher ton corps tout entier de changer.

Des ténèbres passèrent dans ses iris.

— Je comprends. Mais la douleur ou l'incompréhension sont relatives. Mes problèmes ne diminuent pas les tiens.

— Oh, Mazrith. Tu sais, tu pourrais être aussi sage que tu es imposant.

Je vis ses yeux se plisser aux coins, trahissant un sourire, je l'espérais.

— Tu penses que je pourrais faire de l'ombre à ton sagace hibou ?

Je ris.

—Jamais. Pourquoi voulais-tu voir la ville ?

— Je l'ai vue dans mes rêves de nombreuses fois. Chaque fois que je t'ai vue.

—Vraiment ?

— Oui. Je ne t'ai jamais vue dans le palais d'or, sinon j'aurais su où te trouver. Je t'ai toujours vue à l'intérieur de bâtiments, dans une ville qui aurait pu être n'importe où.

—Huh. Eh bien, Haute Krossa est une grande ville,

avec beaucoup de bâtiments. Je me suis rarement aventurée plus loin.

Je m'arrêtai devant un édifice rutilant en pierre blanche dont la porte est ornée d'une paire de ciseaux.

Dès que nous entrâmes, les occupants se turent. Deux femmes travaillant sur des pans de tissu blanc discutaient avec animation jusqu'à ce qu'elles voient Mazrith se pencher pour entrer dans la pièce.

Il cligna des yeux, appréciant sans doute de ne plus subir la luminosité de l'extérieur.

Je souris aux couturières, toutes deux brunes et dodues.

— Bonjour, nous cherchons de la gaze tissée.

— Bien sûr...

La femme me regarda, en se demandant visiblement comment m'appeler.

— Madame, dit Maz.

Au même moment, je dis :

— Reyna.

— Madame, dit la femme en se levant de son tabouret assez rapidement pour le renverser.

Ses yeux se posèrent sur mes cheveux, et je me sentis frémir, sur la défensive, avant qu'elle ne se tourne vers Maz.

— Combien vous en faut-il ?

— Trois mètres, s'il vous plaît.

Elle se précipita vers les empilements et se dirigea vers une série de tissus diaphanes suspendus sur des portants.

— La couleur ? dit-elle.

— Noir.

Elle coupa le tissu, sans cesser de darder le regard vers mes cheveux. J'en soulevai une mèche et la fis tourner.

— Tout le monde est toujours surpris par mes cheveux, dis-je doucement à Maz.

Il ne répondit pas pendant une seconde, mais lorsqu'il le fit, ses paroles me surprirent.

— Tes cheveux l'impressionnent.

— Quoi ?

Alors que la couturière s'approchait de moi, la gaze bien pliée, je pris la parole.

— Vous semblez intéressée par mes cheveux.

Elle rougit.

— Je suis désolée de vous dévisager, madame. Mais ils sont si beaux.

— Beaux ? Quand j'étais une thrall, ils faisaient de moi un monstre, mais maintenant que je suis une dame, c'est beau ?

Le visage de la femme changea, son expression alarmée tandis qu'elle nous regardait tour à tour, moi et Maz.

— Je suis désolée, madame, je ne voulais pas vous offenser, et je ne vous aurais certainement pas traitée de monstre, thrall ou non.

Regrettant immédiatement mon emportement, je souris.

— Je ne suis pas vexée. Je suis désolée. C'est juste que l'on ne m'avait jamais fait de compliments sur mes cheveux.

— Vraiment ? Mais quelle merveille d'avoir des boucles cuivrées brillantes comme vous ! J'ai ici une robe qui les ferait chanter.

— Vrai... Vraiment ?

— Je ne peux pas la vendre ici, elle est noire, et les faës d'or portent rarement du noir. Mais sur vous, avec ce rouge... Ce serait vraiment d'une allure royale.

— Je vais attendre dehors pendant que tu regardes cette robe, dit Maz.

— Mais je n'ai pas d'argent.

Il me jeta un regard, puis sortit un porte-monnaie de l'une de ses pochettes.

— Brynja a beaucoup de robes pour moi. Je n'en ai pas besoin d'une autre.

— Quelqu'un d'autre les a choisies.

Sa voix était grave et intense, ses yeux sombres derrière le masque.

— Cette fois, c'est à toi de choisir ta propre armure. Il faut que tu montres à la Cour d'Or que tu es devenue plus que ce qu'ils t'ont laissée être.

Je le regardai fixement.

— Tu penses qu'une robe peut faire ça ?

— Je me souviens de toi dans cette robe au premier bal, Reyna. Je t'ai vue changer, j'ai eu un aperçu de la vraie toi.

Et je me rappelais ses mots de cette nuit-là comme s'ils étaient gravés dans mon crâne.

« Je le vois en toi. Tu es née pour plus que ce que la vie t'a offert. Et tu le sais. »

— La robe t'a montré le vrai moi ?

— Tu la portais comme une armure, dit-il d'une voix qui se transforma en grognement. Et tu étais belle à dévorer.

Je le regardai encore un moment, puis je me tournai vers la couturière.

— J'aimerais voir la robe, s'il vous plaît.

— Cela a pris plus de temps que je le pensais, dit Mazrith.

— Pareil, répondis-je en sortant du bâtiment de la couturière. Mais j'espère que tu penseras que l'attente en valait la peine.

— D'après ton sourire, j'ai déjà décidé que c'était le cas.

Je lui souris, et un cri me fit me retourner. La taverne n'était qu'à trois bâtiments, de l'autre côté du chemin. Un grand humain en lançait un autre beaucoup plus petit par les portes, rugissant de rire lorsque le maigrichon dérapa sur le sol sablonneux.

— Ainsi, malgré ce ciel d'une clarté infernale et cette pierre d'une blancheur maudite dont sont faits tous les édifices, je vois que les clans humains à la Cour d'Ombre et à la Cour d'Or ont beaucoup de choses en commun, marmonna Mazrith.

— La boisson, la bagarre, le sexe, répondis-je en plissant les yeux vers le grand homme. Attends un peu. C'est Skegin.

— Skegin ?

Le ton de Mazrith était tranchant.

— Je jouais souvent aux échecs avec lui, pour de l'argent. Il était convaincu que je ne mériterais jamais de tresse parce que je suis un monstre. J'ai donc essayé de le convaincre de parier avec moi que j'en gagnerais une avant lui.

— A-t-il pris le pari ?

— Malheureusement, non.

Mazrith carra les épaules, regardant Skegin rentrer dans la taverne.

Skegin marqua une pause, puis se retourna brusquement. Ses yeux se posèrent sur moi et Mazrith.

— C'est toi qui as fait ça ? chuchotai-je à Maz.

— Son esprit est faible.

— Il est bon aux échecs. Et ce n'est pas un lâche.

— C'*est* un lâche, dit Maz. Il craint ce qu'il ne comprend pas.

Les yeux de Skegin prirent un air paniqué et je tapai dans le bras de Maz.

— Arrête ! Je vais m'en occuper.

Je me dirigeai vers les portes de la taverne en souriant à Skegin. Maz resta là où il était.

— Bonjour, Skegin.

Ses yeux parcoururent mon visage, jetant de fréquents coups d'œil vers l'énorme silhouette de Mazrith derrière moi. Il essayait clairement de déterminer si je représentais une menace ou non.

— Tu es avec le Prince d'ombre ? Les rumeurs sont vraies ?

— Il m'a enlevée du palais et a fait de moi sa fiancée.

Puis il m'a forcée à être la championne de la Cour d'Ombre au festival de jeux.

Je gardai une voix aussi indifférente que possible.

— Non, ce n'est pas possible. Qu'est-ce qu'un Prince faë voudrait de toi ?

Il se redressa, sa peur s'estompant.

— C'est l'un de tes amis bizarres, déguisé.

Je souris.

— Crois ce que tu veux, Skegin. Au fait, j'ai mérité ça, en gagnant une épreuve contre trois des faës les plus forts d'*Yggdrasil*.

Je soulevai ma tresse et l'agitai sous son nez.

Sa mâchoire se décrocha alors qu'il la fixait.

— Tu seras punie ! bredouilla-t-il. Tu connais la punition pour avoir usurpé une tresse qu'on n'a pas méritée ?!

— Des centaines de faës et d'humains m'ont vue la mériter, Skegin.

Je parcourus des yeux sa propre chevelure.

— Où est la tienne ?

Son visage se tordit.

— Même si tu n'es pas qu'une petite menteuse et que tu l'*as* méritée, une tresse ne rattrape pas la couleur de tes cheveux. Et tu n'en es pas moins un monstre. Tu n'es pas la bienvenue ici.

Cela ne me faisait plus mal d'entendre ça, réalisai-je, et un autre sourire s'empara de mes lèvres.

Il n'y avait ni culpabilité ni douleur.

Je *n'avais pas* ma place dans le monde de Skegin, de quelque manière que ce soit.

Et ce n'était pas grave. Je n'avais jamais été destinée à trouver ma place ici. Je savais où était ma place maintenant, et c'était près de Mazrith.

— Tu sais, Skegin, comparée à toi et à tes amis, je suis un monstre, lui souris-je. Et j'en remercie Freya.

CHAPITRE 23

REYNA

Le camp de la Reine était en pleine activité lorsque nous retournâmes à la cour : d'immenses tentes rondes et triangulaires avaient poussé dans la zone qu'elle s'était attribuée, et des dizaines de feux de camp brûlaient.

Nous passâmes bien au large de son camp, montant les marches d'un blanc étincelant et tournant à droite vers le hêtre que Maz avait choisi.

Notre propre camp était lui aussi très animé. Six grandes tentes rondes étaient installées autour d'un feu de camp central, allumé et surmonté d'une grande marmite en fer. Seuls Brynja et Tait étaient assis à l'extérieur. Frima et Svangrior étaient tous deux blottis dans les ouvertures de leurs tentes, pour rester à l'ombre, supposai-je.

Tait se leva d'un bond en nous voyant.

—J'ai réussi ! Mon Prince, j'ai réussi !

Il agitait dans sa main quelque chose qui reflétait la lumière et qui nous fit détourner les yeux.

— Réussi quoi ? aboya Mazrith, en rabattant le bras du filombre vers le bas pour que l'objet brillant cesse de nous éblouir.

— J'ai trouvé comment ouvrir la sphère de la Cour de Glace !

Le soulagement de voir que ce n'était pas un piège et que Tait semblait aller bien fut rapidement remplacé par la curiosité.

— Qu'est-ce qu'il y avait dedans ?

— Ceci, me dit-il en me tendant à nouveau l'objet.

Je me protégeai les yeux et regardai, tandis que Mazrith poussait un autre gémissement de contrariété.

C'était un mince disque de verre, ou de glace, je ne sais pas, serti dans un anneau d'argent avec une poignée, à peu près de la taille de ma paume.

Je le regardai d'un air interrogateur.

— Une loupe de vérité, dit-il en rebondissant sur ses pieds. Très rare, fabriquée à partir d'une substance que l'on ne trouve qu'à la Cour de Glace.

Je regardai à nouveau et vis les zébrures d'un bleu scintillant dans la lumière dorée. D'une certaine manière, elle semblait froide au toucher, et je n'avais aucun mal à croire qu'il s'agissait de glace enchantée.

— Qu'est-ce que ça fait ? demanda Mazrith, les yeux rivés sur l'objet.

— Ça révèle la vérité ! On peut la poser sur une inscription ou sur un endroit où quelque chose pourrait être caché, et la loupe révélera leurs secrets.

Je clignai des yeux.

— Donc, si j'avais une énigme inscrite quelque part et que je posais la loupe dessus...

— La réponse te serait donnée !

Je me tournai vers Maz.

— Cela nous aurait permis de gagner du temps, murmurai-je.

— Je vais écrire la dernière, et nous pourrons essayer.

Tait le regarda avec intérêt.

— Oh oui, nous allons l'essayer sur tout ! J'ai beaucoup de textes à la bibliothèque sur lesquels j'ai hâte de l'essayer.

— En attendant..., dit Mazrith en lui tendant la main.

— Bien sûr ! De la gaze !

Tait prit le tissu avec un sourire radieux, puis se précipita à l'intérieur d'une des tentes.

— Penses-tu que cette *loupe de vérité* pourrait nous aider ?

Mazrith secoua la tête, jetant un coup d'œil autour de lui pour s'assurer que personne ne nous écoutait.

— Je ne pense pas que la statue nous ait donné une énigme qui cache un secret. Je pense que la rime indique simplement que le bâton ne répondra qu'à une seule personne qui en est digne.

Je hochai la tête, car j'étais d'accord.

— Alors, à quelle tente dois-je apporter ma nouvelle robe ?

— Voilà celle que tu partageras avec Frima.

Mazrith désigna la tente à côté de laquelle nous nous trouvions. Elle était faite de peaux d'animaux épaisses et foncées, des nœuds et des tresses complexes bordant les rabats de l'entrée, et de solides poteaux de bois, gravés d'images de bêtes hargneuses, soutenant la structure robuste. L'avant de la tente était orné d'une bannière de corbeau finement cousue.

J'entrai dans une grande pièce circulaire. Le sol était recouvert d'épaisses peaux et fourrures afin d'isoler le sol froid, et au centre, un petit foyer irradiait de la chaleur, la fumée s'échappant par un trou dans le toit.

Sur les côtés se trouvaient des meubles en bois, dont deux lits joliment sculptés et recouverts de couvertures et d'oreillers. Une grande table en chêne était prête à recevoir de la nourriture et des boissons, et des armes, des sacs et des armures étaient soigneusement rangés sur le pourtour, prêts à l'emploi.

— C'est incroyable, lançai-je.

— Digne d'une Reine.

Frima entra dans la tente juste après le départ de Maz, avec Brynja, pour se préparer au bal. Nous mangeâmes du fromage et du pain, bûmes du vin d'ortie et prîmes notre temps avec nos tenues et coiffures élaborées.

Voror arriva à tire-d'aile, mais il resta relativement silencieux, se contentant de faire quelques commentaires sur l'inanité de la culture humaine et faë.

— Où sont passés tous tes gémissements sur ta détestation des bals ? me demanda Frima alors que Brynja me rajoutait de la poudre sur les joues. Je croyais que c'était un cauchemar à tes yeux de parader avec des faës prétentieux ?

Je haussai les épaules en lui souriant dans le miroir.

— J'ai choisi ma robe et mon partenaire, cette fois.

— Par les dieux, tu es dégoûtante.

Mais elle souriait en disant cela.

— As-tu un partenaire ce soir ?

Elle me regarda d'un air renfrogné en appliquant du khôl autour de ses yeux déjà sombres.

— Un partenaire ?

— Henrik. Je suppose qu'il est ici.

Je lui jetai un regard.

— Ne le ramène pas dans cette tente si tu vas faire du bruit toute la nuit.

Frima pouffa.

— Je pensais que tu dormirais dans la tente de Mazrith ce soir. Il est le seul d'entre nous à en avoir une pour lui tout seul.

Mes épaules s'affaissèrent dans le peignoir que je portais.

— Nous ne pouvons pas encore être ensemble.

— Quoi ? Vous avez l'air bien *ensemble,* pourtant.

— Non, je veux dire... physiquement.

— Pourquoi pas ?

Brynja s'était arrêtée d'appliquer une crème rouge sur mes lèvres et me regardait, elle aussi, d'un air inter-rogateur.

— C'est une distraction que nous ne pouvons pas nous permettre en ce moment, dis-je sans conviction.

— Hmm, dit Frima, comprenant peut-être que je ne

pouvais pas lui dire la vérité en présence de quelqu'un d'autre. Eh bien, *je* ne ramènerai personne ici ce soir. Je veux rester vigilante et prête à tout. Il se passe quelque chose d'anormal ici.

Je regardai Brynja.

— Cela te fait bizarre d'être de retour ? As-tu l'impression qu'il y a quelque chose de différent ?

Elle haussa légèrement les épaules.

— C'est étrange d'être de retour, oui. J'avais oublié à quel point c'est lumineux. Je ne sens rien de différent. Mais je ne suis pas sortie du camp.

— Où vivait ton clan ?

— Sur la côte. Loin du palais. Pour les cheveux, j'ai pensé que nous pourrions...

Je me rendis compte de la situation une seconde trop tard.

— Attends, non !

Brynja sursauta, laissant retomber mes cheveux qu'elle venait de soulever, ses mains volant vers sa bouche.

Frima se retourna brusquement.

— Qu'est-ce qu'il y a ?

Brynja fixait mes oreilles désormais couvertes.

Je cherchai une explication, mais que pouvais-je dire ? Je poussai un long soupir.

— Mes oreilles ont changé. Récemment.

Frima se leva, fronçant les sourcils.

— Quoi ?

Prenant une longue inspiration, le cœur battant, je soulevai mes cheveux pour découvrir mon oreille.

— Par le corbeau d'Odin, comment est-ce arrivé ?

— Avez-vous... Avez-vous... de la *magie* ?

Brynja murmura le dernier mot.

— Avez-vous toujours été une faë ? Comment peut-on être une faë *et* une orfèvre ?

Les questions commençaient à dégringoler de ses lèvres, et je secouai les mains.

— Non, ce n'est rien, je ne sais pas comment c'est arrivé, dis-je.

Je me levai et je me tournai vers elle.

— Je suis humaine, Brynja.

— Tu en es sûre ? demanda Frima, en penchant la tête.

Je n'allais pas parler de mes visions devant Brynja, alors je secouai la tête.

— S'il te plaît, est-ce qu'on peut simplement s'occuper de me coiffer de façon que personne ne puisse voir mes oreilles, avec mon bandeau et la plume de Voror, et oublier tout ça ?

Brynja acquiesça lentement, mais je remarquai que ses mains tremblaient lorsqu'elle se remit à travailler sur mes boucles rousses.

Tout le monde était assis autour du feu de camp lorsque nous sortîmes de la tente, à l'exception de Kara et de Lhoris qui portaient des bandes de gaze soigneusement attachées autour de leurs yeux avec une série de petits anneaux métalliques qui maintenaient le tissu en place.

C'était étrange, mais je supposai que cela les aidait à mieux voir.

— Par les champs de Freya, regarde-toi, s'exclama Kara en nous voyant.

Toutes les têtes se tournèrent. Lhoris se figea, mais Maz se releva lentement et retira la gaze de ses yeux.

— Tu avais raison. L'attente en valait la peine.

— Tu n'es pas mal non plus, dis-je en sentant mes joues chauffer sous l'intensité de son regard.

Il portait une chemise sombre et un pantalon serré, ses amulettes nichées dans le V exposé de sa poitrine. Ses tresses étaient repoussées loin de son visage, son front ceint d'un simple cercle d'argent enroulé de serpents.

— Fais un tour ! dit Kara, battant des mains et me faisant détourner les yeux des deux mètres de muscle et de désir qui me fixaient comme si j'étais son vin préféré.

— Oh, euh, bien sûr.

Je le fis, et un petit frisson me parcourut à la façon dont la robe bougeait, les jupes amples volant dans l'air et scintillant à la lumière. Le corsage de la robe était noir, comme l'avait dit la couturière, et l'encolure plongeait jusqu'à la taille devant et derrière. Les jupes passaient du noir en haut à l'or scintillant en bas, dans un effet dégradé, comme si l'étoffe avait été trempée dans un liquide.

— Tu penses que les faës d'or me ficheront la paix, avec ça ?

— Te lâcher ? Ils ne te laisseront jamais tranquille. Tu ressembles à l'une d'entre eux, dit brièvement Lhoris.

Reconnaissante qu'il ne puisse pas voir mes oreilles, je lui lançai un regard.

— C'est l'idée. J'ai besoin qu'ils me respectent, pour que Maz ait plus de soutien.

— Personne ne te laissera tranquille dans cette robe, grogna Maz en venant se placer à côté de moi. Moi y compris.

CHAPITRE 24

REYNA

Des faës venus de tout *Yggdrasil* montaient les grandes marches jusqu'à l'entrée du palais, mais nous nous attirâmes quand même des regards en entrant à leur suite.

C'était le premier bal auquel j'assistais qui n'était pas un bal masqué, et les femmes n'étaient pas les seules à porter des poudres et des crèmes colorées sur la figure. Beaucoup d'hommes étaient également maquillés, et l'effet était magnifique. Partout où je regardais, dans la lumière brillante et scintillante, il y avait des faës brillants et scintillants. Même les faës d'ombre du contingent de la Reine semblaient étinceler dans leurs tenues noires et bordeaux.

Je connaissais bien le palais, même si j'y étais rarement entrée par l'entrée principale, mais c'était étrange d'y revenir. Je m'étais habituée aux carreaux noirs et blancs du palais d'ombre, et le sol en marbre incrusté d'or me paraissait bizarre.

Nous suivîmes les invités dans le hall d'entrée, dont les arcs dorés s'étendaient au-dessus de nos têtes, jusqu'à la salle de bal.

Je ne pus m'empêcher de pousser un petit cri de satisfaction.

La salle de bal brillait d'une lumière chaude et mielleuse qui irradiait les murs. De hauts piliers sculptés dans de l'or étincelant s'étiraient jusqu'aux lustres de cristal éblouissants, des runes voletant du métal sous mes yeux. La piste de danse en marbre tourbillonnait d'ambre et d'or, comme éclairée de l'intérieur, et lorsque les couples dansaient et tournaient gracieusement, des traînées de poussière scintillante les suivaient, comme s'ils avaient perturbé la lumière de la piste brillante.

Le long d'un mur, une harpe massive faite de lumière scintillante jouait une mélodie envoûtante, ses cordes lumineuses pincées en parfaite harmonie par une petite dame humaine. De petites tables rondes se dressaient en bordure de la salle de bal, couvertes de plateaux dorés et étincelants, ou s'empilaient friandises et mets délicats.

— Ellisar deviendrait fou devant toute cette nourriture, murmura Frima.

Svangrior n'était pas avec nous, car il s'était joint Ellisar pour garder Kara et Lhoris. Il n'y avait pas que les orfèvres qui étaient en danger : nous savions maintenant que Tait figurait également sur la liste des personnes recherchées par la Reine. J'étais tout à fait d'accord avec Mazrith pour dire qu'il fallait deux gardes, dont un doté de magie d'ombre, pour protéger tous les runés.

Frima ajusta le bas de sa jupe, un modèle noir fluide

avec une longue fente qui lui permettrait de marcher facilement, et un haut pectoral qui recouvrait sa poitrine généralement plus exposée.

— Je ne me sens pas assez habillée, dit-elle.

Les faës avaient sorti leurs tenues les plus extravagantes. Les faës de glace portaient des robes blanches et bleues étincelantes faites de plumes, les faës de terre portaient des robes vertes qui semblaient avoir été fabriquées à partir de vraies feuilles, et les faës d'or étaient d'une magnificence étincelante de la tête aux pieds.

— Tu es superbe, lui dis-je.

Elle me fit un sourire alors que nous entrions dans la salle de bal.

— Je sais. Mais j'aurais pu aller plus loin. Tu sais, tu as ta part des regards.

Je déglutis. Elle avait raison. Ma robe attirait l'attention, le noir mettait en valeur mes cheveux cuivrés, et il n'y avait guère d'autre rouge dans la pièce – à part la Reine Andask.

Elle était facile à repérer dans la foule, sa robe bordeaux si énorme que personne ne pouvait s'approcher à moins de quelques mètres d'elle. Son corsage était extrêmement décolleté et bordé de rubis qui scintillaient à la lumière chaude, et s'accordait avec un rubis massif à sa gorge. Ses cheveux noirs étaient empilés sur sa tête, et elle portait une couronne ornée de crânes argentés et de diamants transparents. Il n'y avait pas de doute : elle voulait que tout le monde voie qu'elle était de sang royal.

Ses yeux étaient rivés sur sa sœur, assise sur le trône

à la tête de la salle, qui l'ignorait résolument et regardait la foule avec un sourire impassible.

Je fronçai les sourcils en observant la Reine de la Cour d'Or. Son fils était assis sur un trône plus petit à côté d'elle, décoré de motifs de lianes taillées dans la pierre blanche et incrusté de gemmes, avec un arc d'or et de diamants entrelacés s'élevant au-dessus du dossier comme une auréole. Il se penchait régulièrement pour lui parler, mais elle ne semblait pas répondre.

Un thrall vêtu d'une simple robe blanche s'approchait de nous avec un plateau de vins pétillants. Nous en prîmes tous un, et je parcourus la pièce du regard.

— Où est Orm ? murmura Frima.

Aucun d'entre nous ne put le trouver dans la foule.

— Ce n'est pas normal. Il devrait être ici, dis-je. C'est moi, ou la Reine a l'air bizarre aussi ? Son expression, je veux dire.

À première vue, elle ressemblait exactement à une Reine faë, riche de surcroît. Ses cheveux étaient longs et blancs, raides comme des tisonniers, tombant sur sa poitrine et sa peau pâle. Elle portait une robe modeste en apparence, mais pas un centimètre du tissu n'était recouvert de minuscules cristaux d'or scintillant. Sa couronne projetait tant de runes d'or que je n'arrivais pas à la distinguer clairement.

— Peut-être devrions-nous accomplir notre devoir, dit Maz, en indiquant la file d'invités qui attendaient pour exprimer leurs vœux à l'hôte royal.

Mes sourcils se haussèrent.

— Tu veux aller lui parler ? Tu es fou ? Tu m'as volée à

sa cour, Maz. Pas seulement moi, mais trois des huit orfèvres du palais ! Et tu voudrais lui dire bonjour ?

Il me regarda un instant, puis elle, et hocha la tête.

— Oui.

— Non, c'est une très mauvaise idée.

Il se dirigea seul vers la file d'attente.

— *Heimskr*, grognai-je.

Je m'empressai de le rejoindre. À cet instant, un gong retentit et une voix résonna dans la pièce.

— La Reine de la Cour d'Or souhaite la bienvenue à ses invités et les invite à profiter de la danse et de la nourriture. Le *Leikmot* commencera demain à midi, alors buvez et amusez-vous !

La file d'attente devant nous se mit à bouger tandis que des adorateurs faës baisaient la main de la Reine et de son fils.

L'angoisse me saisit. La Reine n'était pas aussi puissante que sa folle de sœur – elle n'avait pas de bâton de brume – mais elle l'était suffisamment pour être capable de battre Maz dans son état actuel. J'étais sûre que c'était une très mauvaise idée de pavaner sous son nez ce que Maz lui avait volé.

— C'est stupide, chuchotai-je. Tu as dit que nous resterions à l'écart des problèmes, et c'est une invitation !

— *Gildi*, elle te regardera au festival, demain. Tu ne peux pas garder la tête baissée, alors autant prouver que nous n'avons pas peur.

— Et si j'ai peur ? C'est une Reine faë, Maz !

Je sifflai ces mots, m'assurant que personne n'était assez proche pour nous entendre. Mais les gens avaient l'habitude d'ignorer Maz, et cette fois n'était pas une exception.

— Tu ne dois craindre personne, *ástin min.* Pas tant que je suis à tes côtés.

Je le regardai dans les yeux un moment, puis je carrai les épaules.

— Très bien. Finissons-en.

Mais lorsque nous nous retrouvâmes enfin devant la Reine, je n'étais même pas sûre qu'elle me reconnaissait.

Si elle avait suivi le *Leikmot,* elle devait savoir qui j'étais, et même si ce n'était pas le cas, je me serais attendue à ce qu'elle sache que j'étais une orfèvre. Après tout, j'avais travaillé pour elle il y a quelques années. Mais elle me tendit la main pour que je l'embrasse sans le moindre intérêt.

— Bienvenue et bonne soirée, dit-elle d'une voix douce, mais sans profondeur.

Je penchai la tête pour embrasser le dos de sa main gantée et je me forçai à établir un contact visuel avec elle. Mais ses yeux étaient vides et semblaient regarder dans le vide.

Je m'avançai pour que Maz puisse prendre son tour.

— Bonsoir, lui dit-elle doucement. Bienvenue et bonne soirée.

— Reyna Thorvald.

Je reportai mon attention sur le jeune Prince.

— Oh, toutes mes excuses, Votre Altesse, dis-je en faisant une révérence.

Ses yeux étaient loin d'être vides. En fait, il regardait

partout, par-dessus mon épaule, à gauche et à droite, constamment.

— Vous apportez un bon divertissement au *Leikmot*.

Ses yeux aiguisés se fixèrent sur les miens pendant une seconde.

— Je vous souhaite bonne chance.

Vraiment ? Le Prince de la Cour d'Or m'avait souhaité bonne chance ? Cela n'a aucun sens.

On me fit avancer avant que je puisse répondre, et je l'entendis saluer Maz avec une brièveté formelle alors que je m'éloignais de l'estrade.

Maz me tendit le bras un instant plus tard lorsqu'il me rejoignit, et je m'agrippai à lui tandis que nous nous éloignions des membres de la famille royale pour rejoindre l'endroit où Frima nous attendait.

— Comment ça s'est passé ? D'ici, ça n'avait pas l'air gênant, nous dit-elle lorsque nous l'eûmes rejointe.

— C'est parce qu'elle est partie trop loin pour être gênée par quoi que ce soit, dit Mazrith à voix basse.

— Partie trop loin ? Que voulez-vous dire ?

— C'était comme si elle ne savait pas vraiment qui nous étions ni ce qui se passait. Elle se contentait de suivre le mouvement, dis-je. Et son fils, il avait l'air effrayé. Il m'a souhaité bonne chance.

Frima fronça les sourcils.

— Il t'a souhaité bonne chance ? Je pensais qu'ils te menaceraient, promettraient de se venger, et lèveraient même la main sur toi, dit-elle.

— Ils auraient dû. Quelque chose ne va pas du tout. Où est donc Orm, par les Nornes ? murmura Mazrith en regardant autour de lui. Il est au cœur de tout cela, il doit l'être.

— Tu penses qu'il les contrôle d'une manière ou d'une autre ?

— Je ne sais pas, mais le garçon était certainement effrayé.

— Es-tu entré dans sa tête ?

— Non, il était protégé. Ils l'étaient tous les deux.

— Protégé par quoi ? Je pensais que seuls les faës d'ombre pouvaient faire ça ?

— Non, il y a des bibelots et d'autres choses qui font ça aussi, et ils sont tous les deux chargés de bijoux. J'imagine qu'ils portent quelque chose sur eux.

— Mon fils.

La voix maladivement doucereuse de la Reine nous parvint juste au moment où les faës qui nous entouraient s'écartèrent pour laisser passer son immense robe. Elle souriait, me donnant la chair de poule avec ses dents noires.

— Je ne suis pas votre fils, dit Maz.

Son sourire céda la place à un froncement de sourcils lorsqu'elle observa son visage.

— Ces cicatrices, mon enfant. Pourquoi ne les avais-je pas vues avant ?

Mon estomac se retourna, et Mazrith sembla grandir et se solidifier devant moi. Il porta la main à son bâton, à sa hanche.

— Que voulez-vous ?

— Je suis simplement polie. Est-ce si étrange de parler à sa propre famille ?

Ses yeux se posèrent sur les miens et la douleur me transperça le crâne. Je haletai, serrai mon verre trop fort et renversai ma boisson.

Des lames de rasoir s'abattaient sur ma tête, et le bandeau, dissimulé dans les rouleaux de mes cheveux, semblait soudain en feu.

Mazrith poussa un aboiement de colère et fit un pas en avant, mais je sentis une poussée d'énergie à l'intérieur de ma propre tête, une sensation semblable à de l'eau fraiche.

Dans un souffle qui me donna le vertige, la douleur et les lames s'évanouirent.

La Reine Andask me regarda fixement, les yeux remplis de haine.

— Tu as trouvé le moyen de lui donner ta magie, siffla-t-elle.

Mazrith me regarda pendant une brève seconde, puis fit un pas vers elle, ses bottes écrasant le velours bordeaux de sa robe.

— Touchez-la encore, et je vous arracherai le cœur et le donnerai à manger à l'une de vos créatures.

— Je n'ai pas touché un seul de ses cheveux, mon garçon.

— Et je n'aurai pas besoin d'en toucher un seul des vôtres pour tenir ma promesse.

La main de la Reine se porta à un fourreau incrusté de diamants contre son flanc, faisant reluire la pointe de son bâton.

— Bientôt, vos manigances n'auront plus d'importance, dit-elle à voix basse.

Mais Rangvald apparut à ses côtés, son visage pâle rougi, et prit la parole avant qu'elle ne puisse continuer.

— Ma Reine, je...

Elle se tourna vers lui, brusquement livide, et leva la main, dont le revers atterrit sur sa joue. Elle heurta sa pommette saillante avec l'énorme pierre précieuse de l'une de ses bagues, et du sang coula le long de son visage, de la coupure qu'elle lui avait causée.

Je me forçai à ne pas bouger pendant que la Reine se léchait les lèvres en regardant son conseiller saigner. Les yeux de Rangvald s'emplirent de haine, mais sa bouche resta fermement scellée.

— Où étais-tu ? dit-elle d'une voix chantante.

Les faës autour d'elle la regardaient fixement, mais je ne voyais pas de dégoût sur leurs visages, plutôt... de l'intrigue.

— Mes excuses, ma Reine, dit Rangvald en baissant la tête.

— Tu peux te rattraper, maintenant.

Les yeux toujours fixés sur la coupure de sa joue, elle commença à s'éloigner. Il la suivit comme tenu par une laisse invisible.

Je bus une longue gorgée de mon verre, en essayant de me calmer.

La Reine était folle. Dangereuse, violente et complètement déséquilibrée.

Nous ne pouvions pas la laisser gagner.

— Elle t'a fait du mal ? me demanda Mazrith à voix basse.

— Non, pas vraiment.

Frima me regarda.

— Elle a essayé d'entrer dans ta tête ?

— Oui.

— Comment l'as-tu arrêtée ?

— Je ne sais pas. Quelque chose l'a forcée à sortir.

Je regardai Maz.

— Ton bandeau, je suppose ?

Il acquiesça lentement, mais quelque chose dans ses yeux me fit penser qu'il y avait plus que cela, quelque chose qu'il ne disait pas.

— Lord Dakkar vient d'arriver avec sa femme, dit-il à la place.

Je me tournai vers l'entrée, où un groupe de faës de terre était arrivé, autour de Dakkar.

— Je suppose que je devrais aller lui demander s'ils ont vraiment choisi de renoncer à ce tour du *Leikmot*, dis-je.

REYNA

—Lord Dakkar.

Le maigre seigneur de terre portait une cape verte en forme de grande feuille, sa poitrine était nue et son pantalon était en peau de bête, cousue avec des lianes.

Khadra portait une robe faite de centaines de fleurs vertes, dont le haut formait un grand éventail sur sa poitrine et dont la jupe était souple et fluide. Ses cheveux étaient tressés avec de minuscules marguerites jaunes.

— Ah, petite humaine, dit Dakkar en me voyant, son sourire facile étirant ses lèvres. Bien qu'en cet instant, tu ressembles peu à une humaine et beaucoup à une faë, ajouta-t-il.

Khadra me jeta un regard évaluateur.

— Cela me plait, dit-elle. Cela te va bien.

Je souris maladroitement.

— Je vous remercie. Vous êtes très belle.

Khadra me fit un signe de tête confiant et un sourire de remerciement.

— Comment s'est passé votre voyage jusqu'ici ?

Tous deux perdirent immédiatement leur sourire aimable.

— Nous avons fait de meilleurs voyages, murmura Khadra d'un ton sombre.

— Pourquoi ? Que s'est-il passé ?

— Nous avons été observés.

Mon estomac se retourna, un malaise s'emparant de moi.

— Observés ?

— Des yeux le long de la rivière-racine, jusqu'au bout. Dans le vide, au-delà de l'écorce, dit Dakkar.

— Des yeux ? Des yeux de qui ?

Mais je connaissais la réponse. Nous les avions vus nous-mêmes. *Les Affamés.*

Dakkar pencha la tête, ses yeux plissés.

— Je vois sur ton visage que tu connais déjà la réponse à cette question, dit-il.

Je soupirai.

— Nous les avons vus aussi, admis-je à voix basse.

— Ce monde s'assombrit, dit Khadra, avant de jeter un coup d'œil vers les portes de la salle de bal. Mais cette Cour infernale aurait bien besoin d'un peu d'ombre.

— Vous n'aimez pas la Cour d'Or ?

— Pour le moment, non. C'est trop brillant, trop tape-à-l'œil. Il n'y a aucune humilité ici. Et je ne fais confiance à aucun des faës d'or que j'ai rencontrés jusqu'à présent.

— Pourquoi avez-vous décidé que le *Leikmot* se tiendrait ici ? demandai-je, profitant de l'opportunité.

Ils se regardèrent l'un l'autre.

— Un messager est venu vérifier nos progrès dans l'organisation des jeux. Ils n'étaient pas impressionnés, et j'ai mentionné que nous manquions de main-d'œuvre humaine, dit Dakkar avec précaution pendant que Khadra baissait les yeux vers le sol. L'instant d'après, nous avons reçu le même message que vous. Que la prochaine épreuve se déroulerait ici.

Cela pouvait signifier qu'il était vrai que la Cour de Terre n'était pas en état d'accueillir les jeux, mais cela pouvait aussi être l'excuse idéale.

— Où est Lord Orm ? demanda Khadra en se retroussant les lèvres lorsqu'elle prononça son nom.

— Il n'a pas l'air d'être là, dis-je.

Mais Dakkar secoua la tête et montra du doigt.

À côté de l'estrade aux trônes se tenait le Lord d'or, vêtu de ses habituelles robes glamour, un sourire sur son beau visage.

— Dommage. J'avais espéré qu'on m'épargne sa compagnie, murmurai-je.

— Je vois Lady Kaldar là-bas. Je vais la saluer, puis nous irons voir la Reine, dit Khadra en posant la main sur l'épaule de Dakkar.

Je suivis son conseil et je les saluai tous les deux d'un signe de tête.

— À demain, et j'espère que vous profiterez du bal.

— Je profite de toute occasion de danser avec elle, dit

Dakkar, son sourire facile alors qu'il fixait sa femme avec adoration.

Elle lui donna une petite tape sur l'épaule et ils se dirigèrent vers le groupe de faës de glace.

Je retournai voir Maz et Frima et je leur racontai ce qu'il avait dit.

— Cela ne nous aide pas du tout, soupira Frima.

Son regard se porta sur les tables de nourriture.

— Je vais chercher quelque chose à manger.

Quand elle nous laissa seuls, je regardai Maz.

— Que s'est-il passé avec le bandeau ? Tu me cachais quelque chose.

— Je ne pense pas que ce soit le bandeau qui l'ait expulsée de ta tête. Je l'aurais senti. Décris la sensation.

C'est ce que je fis, et de la curiosité dansa dans ses yeux.

— Ma magie ne t'aurait jamais fait penser à de l'eau. Et puis, le bandeau ne fonctionne pas comme ça. Une certaine magie en toi l'a repoussée, Reyna.

Je clignai des yeux. Ma propre magie l'avait forcée à sortir ?

— Alors... je peux protéger ma propre tête ?

Il me regarda finir mon verre, puis me prit la main.

— Allons nous promener. J'ai une idée.

Je lui pris la main et il me fit franchir deux portes ornées de pierres et de dorures, encastrées dans le mur en face de la harpiste. Des faës entraient et sortaient, riant et discutant.

— Où allons-nous ?

— Dans un jardin, si j'ai bien lu les pensées fugaces de ceux qui recherchaient de l'intimité, déclara-t-il.

Je le regardai.

— Tu lis dans les pensées des autres d'ici ?

— Non. Je reçois les sensations des gens. Ce qu'ils veulent, ou ce qu'ils craignent, le plus souvent.

— C'est ce que je ressens lorsque je peux voir à travers leurs yeux ! C'est une impression de leur émotion la plus forte à ce moment-là, pas de leurs pensées réelles.

Nous arrivâmes aux portes et, comme il l'avait dit, il y avait un jardin à l'extérieur, mais celui-ci n'était pas comme les autres que j'avais vus dans la Cour d'Or. C'était plutôt un labyrinthe. De hautes haies ornées de lumières scintillantes et de roses dorées se dressaient devant nous, des tables et des chaises en fer forgé pour deux personnes étaient installées dans des coins discrets, et des fontaines dorées sculptées d'aigles et d'autres oiseaux de proie se dressaient au milieu des plus grandes clairières. Des couples se tenaient dans les coins, s'embrassant, ou flirtant, gloussant à notre passage.

— Ici.

Mazrith s'assit à une table entourée d'un feuillage verdoyant qui nous procurait une bonne dose d'ombre, et me fit signe de m'asseoir à mon tour.

— Il me semble que c'est l'endroit idéal pour essayer d'utiliser ta magie. Délibérément. Il y a tellement de puissants faës doués de magie ici qu'il serait facile de rejeter la faute sur quelqu'un d'autre si quelque chose tournait mal.

L'inquiétude m'envahit.

— Tu veux dire... que je ne ferai tuer personne ici.

— Exactement. Pas de bêtes d'ombre, mais beaucoup de gens utiles à espionner.

— Maz, je ne peux pas contrôler les visions, tu le sais.

— Je sais que tu n'as jamais essayé.

Je sursautai, surprise par une explosion de blanc, puis Voror atterrit sur la table en treillis qui nous séparait.

— Je suis tout à fait d'accord avec le faë, dit-il.

— Bonjour à toi aussi, marmonnai-je.

Maz haussa les sourcils.

— Alors ? Je parie que ton hibou est d'accord avec moi.

— Il l'est, soupirai-je.

— Je ne suis pas *ton* hibou, dit Voror.

Je relayai ses paroles en posant mon menton sur mon poing.

— Tu vas vraiment m'obliger à faire ça ?

Ses yeux s'illuminèrent.

— Reyna, je te connais. Je sais que tu veux contrôler ce pouvoir. Ne laisse pas la peur gagner.

Il avait raison. C'était l'endroit idéal pour essayer. Et si ça marchait... Si ça marchait, alors je me donnais un énorme avantage dans le *Leikmot*.

— Très bien. Que dois-je faire ?

— Je peux seulement te dire ce que je fais, mais c'est un bon point de départ. Choisis quelqu'un, concentre-toi sur son visage et laisse-toi absorber par son esprit.

Je fronce les sourcils.

— Me laisser absorber ?

— Oui.

— Et si je ne le vois pas ?

— Imagine-le. Si cela ne fonctionne pas, tu peux essayer l'autre solution. Lorsque je suis dans un groupe, je n'ai pas besoin de me concentrer sur un visage, je peux plutôt rechercher un sentiment. Je me concentre sur ce sentiment, comme la peur ou la convoitise, et ceux qui l'émettent deviendront évidents.

Je pris une grande inspiration et je fermai les yeux. Dans quelles pensées pouvais-je imaginer entrer ? Les miennes se tournèrent aussitôt vers la Reine Andask, et mes yeux s'ouvrirent.

— Qu'est-ce qui ne va pas ?

— J'ai pensé à la Reine, mais je sais que je ne veux pas entrer dans sa tête. J'en suis même aussi sûre que de l'honneur de Freya.

L'alarme se dessina sur le visage de Mazrith et Voror battit des ailes en signe d'agitation.

— Reste loin de l'esprit de la Reine Andask, siffla-t-il. Crois-moi. Il est hautement protégé. Tu ne survivrais probablement pas à une tentative.

— Compris.

Alors que je parlais, un couple passa devant nous, la femme aux yeux d'or s'appuyant sur le bras de l'homme et souriant joyeusement. Elle me vit, et son visage changea, un rictus s'emparant de ses lèvres.

Je me concentrai aussi fort que possible sur son visage, et j'imaginai ce que Maz avait dit, que j'étais aspirée dans son esprit, absorbée par ses pensées.

L'obscurité engloutit ma vision, puis je regardai à

travers ses yeux, marchant dans les jardins, entre les haies.

— Je n'arrive pas à croire qu'elle soit en compétition, murmurait-elle.

Sa convoitise pour l'homme auquel elle était accrochée était son émotion prédominante.

— Une thrall humaine ? À quoi pensaient-ils en la laissant devenir leur championne ?

L'homme rit.

— Avec un peu de chance, nous la verrons échouer et mourir ici même.

Mourir ? Les gens me méprisaient tellement qu'ils souhaitaient me voir mourir ?

Alors que l'indignation et la colère m'envahissaient, je vis un autre couple s'embrasser fougueusement sous un petit pommier.

Comme si ma magie ne voulait plus rester dans la tête de cette femme superficielle qui voulait me voir mourir, il y eut un éclair de ténèbres, et je sautai de tête en tête, me retrouvant dans celle de l'homme qui était en train d'embrasser.

Un désir féroce envahit mon cerveau lorsqu'il mit fin au baiser, regarda les yeux dilatés d'une femme haletante, puis je ne vis plus rien alors qu'il fermait les yeux et continuait vraisemblablement ce qu'il était en train de faire.

Paniquée à l'idée d'assister à quelque chose de beaucoup plus personnel, je laissai les ténèbres m'engloutir à nouveau.

— Sommes-nous tous prêts pour demain ?

— Oui, chef. Les cibles sont prêtes et l'arme a été enchantée comme vous l'avez demandé.

J'étais dans la tête d'un garde humain, et il parlait à un faë d'or avec plus de tresses que je ne pouvais en compter. La seule émotion que je pouvais percevoir était un léger stress.

— Bien. Selon les instructions d'Orm, bien sûr ?

— Bien sûr, chef.

Le faë d'or acquiesça, puis le garde se retourna et observa la piste de danse jusqu'à apercevoir Lord Orm, qui dansait avec une faë d'or vêtue d'une très courte robe blanche.

— Orm est imbattable avec un arc, mais nous ne pouvons pas risquer qu'il perde à sa propre cour.

À travers les yeux du garde, je vis Orm s'incliner devant la femme à la fin de la chanson, puis s'approcher de Dakkar.

Voulant entendre ce qu'ils disaient, je cherchai quelqu'un à proximité pour sauter dans sa tête.

Une faë glace, assise et se balançant légèrement, peut-être parce qu'elle avait trop bu, semblait assez proche. Je me concentrai et, en un éclair, j'étais dans son esprit.

La confusion était son émotion dominante, et je me dis que j'avais raison de penser qu'elle était ivre. J'écoutai, mais je n'entendis que le bourdonnement des conversations autour de moi.

Priant pour que cela fonctionne, je souhaitai que la femme se lève. Elle le fit, d'une manière instable, et la stupéfaction me traversa. Mais sous le coup de ma propre émotion, la vision se brouilla.

Concentre-toi !

Ma vision s'aiguisa à nouveau, et je fis en sorte que la femme se retourne juste à temps pour voir la Reine Andask attraper le bras d'Orm et le faire tournoyer avant qu'il n'atteigne Dakkar.

— Vous aviez dit que ce serait subtil, grogna-t-elle à l'adresse d'Orm.

J'entendis à peine ces mots et je souhaitai que la faë de glace s'accroupisse, comme pour relacer sa chaussure.

— Ce n'est pas aussi simple que cela, dit Orm d'un ton posé.

— Il est évident qu'elle n'est pas elle-même. Vous avez...

La faë de glace couina lorsqu'un humain trébucha sur elle, renversant un plateau entier de boissons.

J'entendis un fracas de verre, puis je repris mon souffle, de retour dans ma tête, dans le jardin.

Mazrith et Voror me regardaient tous les deux.

J'aspirai de l'air, mes mains tremblant d'excitation.

— Oh, par les Nornes, soufflai-je. Oh, par Freya et le destin. Ça a marché.

CHAPITRE 26

REYNA

Je bafouillai en racontant à Mazrith et à Voror ce qui venait de se passer. Je ne savais pas si j'étais plus excitée par ce que j'avais été capable de faire, en sautant de tête en tête par la pensée, ou par ce que j'avais appris en le faisant.

— Le Prince avait raison, c'est un excellent endroit pour pratiquer l'espionnage, dit Voror. Mon ouïe est bonne, mais dans une foule comme celle-ci, je ne pourrais jamais distinguer les conversations individuelles.

—Je pense qu'il faut essayer d'entrer dans l'esprit de Dakkar, dit Mazrith d'un ton pensif.

— Non ! répondis-je instinctivement. Absolument pas.

— Je souhaite savoir si nous pouvons lui faire confiance.

— Il vaudrait mieux entrer dans l'esprit de tous les membres de notre propre camp si nous voulions savoir à qui nous pouvons faire confiance, pouffai-je.

— Ils peuvent tous protéger leur esprit, tu ne pourrais pas y entrer.

— Je sais. Mais je n'entre pas non plus dans celui de Dakkar. D'ailleurs, tout ce que j'obtiens, c'est une émotion. Ça ne me dira pas si je peux lui faire confiance, ce n'est pas comme si je pouvais voir ses pensées.

— Tu as senti la culpabilité de Rangvald. C'était suffisant.

Je regardai Maz, tandis que des rouages tournaient dans ma tête.

— Attends, pourquoi *son* esprit n'était-il pas protégé ?

— Il aurait dû l'être, dit lentement Mazrith. Je me demande si tu peux franchir les barrières de l'esprit ?

— Eh bien, je n'ai pas l'intention d'essayer.

— Tu peux essayer sur moi.

— Quoi ?

— Essaie d'entrer dans ma tête.

— Non !

Voror battit des ailes.

— Vous êtes de plus en plus bruyants. Peut-être devriez-vous avoir cette conversation dans un endroit plus privé.

Je repris mon souffle et je répétai ces mots à Mazrith.

— Le hibou est sage, dit Maz.

Voror fit claquer son bec avec suffisance.

— J'ai besoin d'un verre de toute façon, dis-je en me levant.

Les yeux de Mazrith se posèrent sur mon torse tandis que les plis de ma robe retombaient sur ma jambe.

— Oui. Et Frima se demandera où nous sommes.

Lorsque nous entrâmes dans la salle de bal, il était clair que Frima ne s'inquiétait pas le moins du monde de notre sort. Elle était en pleine conversation animée avec Henrik.

Nous allâmes la rejoindre, et Khadra fixa son regard sur moi dès notre approche.

— Tu n'as pas de boisson.

— Oh, non, je...

— Viens, dit-elle en se dirigeant vers une longue table couverte de verres.

— Tout va bien ? demandai-je en me dépêchant de la suivre.

Elle se tourna vers moi, le regard sérieux.

— Dak est un homme, et donc incapable de demander de l'aide.

— De l'aide ?

Elle se mordit la lèvre, regarda par-dessus mon épaule, puis baissa la voix.

— L'épreuve de demain est un concours de tir. L'un des membres de notre groupe l'a entendu.

Je clignai des yeux.

— Pourquoi m'aidez-vous ?

— Parce que si Dak ne gagne pas, tu es la seule autre personne que je souhaite voir devenir championne.

— Vous ne préférez pas Lady Kaldar à une humaine ?

Khadra me jeta un regard.

— Je ne crois pas que tu sois une humaine normale.

Un homme comme le Prince Mazrith Andask ne se lie pas, ou ne regarde pas avec des yeux de flamme, n'importe quelle simple humaine.

Je me hérissai, même si elle avait peut-être raison de dire que je n'étais pas une humaine normale.

— Une humaine a autant droit à l'amour, à la protection, à la force ou au pouvoir qu'un faë.

Je prononçai ces mots avant de me rappeler que je parlais à la femme d'un seigneur faë.

Mais elle me regardait comme un égal. Avec un soupir agacé, elle posa une main sur sa hanche.

— Écoute-moi bien. Je sais qu'il y a des rumeurs sur la façon dont nous, à la Cour de Terre, traitons nos humains. Mais tout n'est pas ce qu'il semble. En fait, c'est à cause de vous, les humains, que j'ai besoin que Dak gagne ce maudit festival et attire l'attention du Roi.

Je levai la main, secouant la tête en signe d'incompréhension.

— Ouah, je ne vous suis plus. Il va falloir recommencer depuis le début.

— Non, dit-elle tandis que ses yeux brillants se posaient sur les miens. Je ne te dirai rien que tu puisses utiliser contre moi tant que je ne saurai pas si je peux te faire confiance. Dak ne te le demandera pas, mais moi, je le fais, tout de suite. Si, pendant les jeux, il semble que tu ne pourras pas gagner, essaieras-tu d'aider Dak à la place ?

Je la regardai fixement.

— Je suppose que vous lui direz de faire la même chose en retour ?

— Oui.

Mon esprit envisagea la proposition et s'arrêta facilement sur une réponse.

— Oui, et j'ai aussi entendu quelque chose. Les jeux sont organisés en faveur d'Orm d'une manière ou d'une autre.

La fureur s'empara de son visage.

— Cupide, égoïste, cochon de faë d'or, grogna-t-elle. Merci de me l'avoir dit.

Je haussai les épaules.

— N'importe qui sauf Orm.

Elle acquiesça, ses yeux se durcissant.

— N'importe qui sauf Orm.

Je racontai à Mazrith et Frima ma conversation avec Khadra dès que je revins avec mon verre. Maz avait l'air inquiet, mais Frima reconnut que c'était une bonne idée, avant de retourner flirter avec Henrik.

— Il n'y a pas de risque, dis-je à Maz. Pourquoi ne serais-je pas d'accord ?

Il regarda la salle avec circonspection.

— À première vue, c'est une bonne idée.

— Alors, pourquoi es-tu si inquiet ?

— Tout ce qui se passe ici m'inquiète, répondit-il. Nous sommes au bord du gouffre, *ástin mín*. Je crois que ce que tu as entendu ma belle-mère dire à Orm concernait la Reine de la Cour d'Or. Ils travaillent en tandem contre elle, et je soupçonne qu'ils l'ont droguée ou ensorcelée pour la contrôler. S'ils pensent qu'ils seront accusés d'une telle trahison, ils seront peut-être forcés d'agir. Nous devons être en alerte maximale.

— Nous le sommes, dis-je en lui serrant le bras. Et si tu as raison et que tout cela risque d'exploser d'une minute à l'autre, peut-être devrions-nous essayer de nous amuser maintenant. Après tout, c'est toi qui m'as fait acheter une robe.

Je soulevai ma jupe et la fis tourner en souriant.

Il s'approcha de moi, me serra la taille de ses grandes mains et me coupa le souffle

— Te souviens-tu de notre premier bal ?

Je hochai la tête.

— Tous les hommes te désiraient. Ils voulaient te goûter.

La chaleur tourbillonna dans mon corps tandis que ses yeux s'assombrissaient.

— Eh bien, tu as goûté, chuchotai-je. Qu'en as-tu pensé ?

— Tu es trop divine pour qu'ils y songent seulement, grogna-t-il. Mais cela ne les arrête pas. Ils sont tous en train de t'imaginer, de te convoiter.

Sa poitrine gronda.

— Une fois de plus, je dois leur rappeler ce qui est à moi.

Avant que je puisse dire un mot, son bras s'enroula autour de ma taille et me fit tourner vers la piste de danse.

Les couples se séparèrent, nous laissant tourbillonner au milieu de la piste, les yeux fixés sur nous.

Mazrith, énorme, sombre et massif, ses fourrures noires, ses cheveux et son cercle d'argent captant la lumière, et moi, un tourbillon de noir et d'or, coiffé de cuivre.

— Eh bien, ils regardent maintenant, murmurai-je alors que Mazrith me faisait basculer en arrière, au rythme de la musique entraînante.

— Comme ils le devraient, quand tu es dans mes bras, gronda-t-il.

La musique changea pour devenir plus lente, et beaucoup plus sensuelle, et Mazrith se redressa, m'attirant contre lui.

— Les runes, dis-je, alors que l'une d'entre elles se détachait de sa joue.

Ses yeux se rétrécirent, puis il me fit rouler le long de son bras, de sorte que mon corps n'était plus pressé contre le sien, mais que nos doigts étaient toujours entrelacés. Il leva son bras en l'air, me faisant tourner en dessous. Son autre main se porta sur le bâton qu'il avait à la hanche, puis il me fit tournoyer vers lui.

— Maz, il ne faut pas…, commençai-je.

Puis je sursautai. Le murmure froid de ses ombres voltigea contre mes chevilles, puis remonta le long de ma jambe.

Il me fit tourner à nouveau, et je me retrouvai loin de lui, mais toujours cramponnée à sa main.

Mes yeux dardèrent entre lui et son bâton, mais le filet d'ombre était si fin que personne n'en aurait remarqué l'existence.

Sauf moi. Il était impossible que je ne le remarque

pas : les ombres avaient atteint l'intérieur de ma cuisse, et je rivai mes yeux dans les siens.

— Maz…, dis-je dans un souffle, des ombres tourbillonnant maintenant autour des deux cuisses, me taquinant et me picotant.

Les ombres tourbillonnaient dans ses iris tandis qu'il me faisait tourner à nouveau, bougeant avec expertise au rythme de la musique. Des couples se déplaçaient dans des danses similaires autour de nous, la plupart serrés l'un contre l'autre, mais tous nous jetaient de fréquents coups d'œil.

— Oui, *ástin mín* ?

Les ombres montèrent plus haut, me balayent, cachées sous mes grandes jupes.

Je sursautai et faillis trébucher. Mazrith bougea, sa main tenant toujours la mienne, poursuivant la danse.

— Tu vois des runes ? demanda-t-il si doucement que je fus la seule à l'entendre.

Je secouai la tête. Son sourire sulfureux de prédateur s'empara de son visage, et je me forçai à ne pas me jeter sur lui, à ne pas enrouler mes jambes autour de ses cuisses massives, à ne pas prendre d'assaut sa bouche avec la mienne.

Les ombres coulèrent à nouveau sur moi, glissant cette fois sous la soie de mes sous-vêtements.

Je serrai les lèvres pour retenir un gémissement, et les yeux de Mazrith s'illuminèrent d'un désir effréné. Le rythme de la musique s'accentua, s'accéléra, et les ombres se déplacèrent avec lui, me frôlant, trouvant mon clitoris.

Je serrai fort la main de Mazrith tandis qu'il me faisait tournoyer, mes yeux volant sur les autres couples tandis que les ombres dardaient, embrassaient, taquinaient et excitaient.

Tous mes nerfs étaient en ébullition, l'adrénaline pulsant en moi, aussi forte et enivrante que mon désir.

— Encore ?

Cette fois, sa voix était dans ma tête et, incapable de répondre, j'acquiesçai.

Encore. Toujours plus. Ne t'arrête jamais.

Les pichenettes taquines sur mon clitoris se poursuivirent, mais un murmure froid, puis une douce pression trouvèrent l'entrée de mon corps mouillé.

Cette fois, un gémissement m'échappa, et le contrôle de Maz vacilla. Son expression fut si brûlante pendant un instant que je craignis qu'il n'abandonne les ombres cachées et qu'il ne me prenne ici et là.

Mais son contrôle lui revint et la pression augmenta. Lentement, au rythme de la musique, ses ombres s'enfoncèrent dans ma chaleur douloureuse. Mes genoux faiblirent, et la poigne de Maz se resserra sur ma main tandis qu'il me faisait tourner sur la piste de danse, mes pieds instables.

Je heurtai une femme portant d'immenses plumes blanches, qui me regarda avec dédain. Mais je remarquai à peine son visage.

Les battements de mon clitoris s'accélèrent, et la pression augmenta, tandis que les ombres s'enfonçaient en moi, tourbillonnaient, étiraient, pulsaient.

La pression montait en moi, devenant incontrôlable, et la pièce autour de moi sembla floue.

— Maz, hoquetai-je.

Il me fit tourner jusqu'à lui, soutenant mon poids alors que mes jambes se dérobaient, mon orgasme me déchirant.

—Jouis pour moi, ma Reine, *ástin mín*, dit-il dans ma tête.

Des vagues de plaisir déferlèrent en moi, me ricochèrent dans tout le corps tandis qu'il me faisait tourner sur la piste de danse, entre les autres couples.

Il me fit faire un tour, sans lâcher ma main. Je trébuchai, clignant des yeux, essayant d'empêcher mes mains de trembler tandis que les ombres volaient autour de moi, me caressant doucement, me faisant frissonner de plaisir.

J'essayai de ne pas regarder les autres, de ne pas voir s'ils avaient remarqué. Le sourire de Mazrith revint tandis qu'il me faisait aller et venir sur la piste de danse. J'essayai de me retenir de haleter, tentant désespérément de me calmer, et sa voix retentit à nouveau dans mon esprit, ses yeux s'embrasant lorsque je les fixais.

— Tu es à moi. Et je me fiche de savoir qui le voit.

CHAPITRE 27

REYNA

— Je n'arrive toujours pas à croire que tu aies fait ça, murmurai-je, alors que nous arrivions à l'entrée de la tente de Mazrith.

— Ils avaient besoin de savoir que tu m'appartiens. Que tu as tout ce dont tu as besoin, *moi*.

Sa voix était un grognement, et elle était rauque et pleine de tension depuis notre départ.

J'avais peut-être trouvé ma libération, mais pas lui. Des picotements de plaisir stupéfait me traversaient, causés à la fois par la gêne et par l'incrédulité totale et ravie qu'il puisse me faire ça, *comme ça*. En secret, devant des centaines d'autres personnes.

Prenant une inspiration, je forçai mon esprit à revenir à ce qui s'était passé au bal.

Je soulevai le rabat de la tente de Mazrith, et il émit ce profond grondement dans sa poitrine que j'aimais et craignais un peu.

— Si tu entres dans cette tente, je ne serai pas responsable de mes actes.

La chaleur m'envahit, mais une fois de plus, je refoulai mon désir.

— Maz, je veux que tu fasses quelque chose pour moi.

— Tout ce que tu veux. Surtout si tu portes cette robe.

Ses yeux parcourent mon corps et je lui donnai une tape sur le bras.

— Maz, concentre-toi ! C'est important.

Il me fixa un moment, se contrôlant visiblement, la lumière vive lui faisant rétrécir les yeux.

— Qu'est-ce que tu veux que je fasse ? demanda-t-il finalement, la voix plus calme, mais toujours pleine de tension.

— Tu m'as fait essayer quelque chose ce soir, et ça a marché.

— Tu veux dire, succomber à ma magie d'ombre devant...

Je tendis la main, couvrant ses lèvres et le faisant taire.

— La magie, Maz.

Je jetai un coup d'œil autour de moi pour m'assurer que nous étions seuls.

— Je veux que tu réessayes avec le bâton.

Je m'attendais à ce qu'il proteste, mais au lieu de cela, il ouvrit grand le rabat de sa tente et me fit signe d'entrer. Le foyer au milieu n'était plus que des braises, et la toile de la tente était suffisamment épaisse pour nous protéger de la luminosité incessante.

Je retirai le bâton de l'endroit où je l'avais secrètement attaché, autour de ma cuisse. Ses yeux s'assombrirent à la vue de ma jambe, et il reporta son attention sur le bâton lorsque je le lui passai.

— Qu'est-ce qui te fait penser que ce sera différent ?

Je haussai les épaules.

— La dernière fois que j'ai essayé, je ne pouvais pas rentrer dans la tête des gens. Tout change, tout le temps. Qu'avons-nous à perdre ?

Il me regarda pendant une minute, puis recula d'un pas et ferma les yeux. Me rappelant que la dernière fois que je l'avais regardé faire, il était complètement nu, je me surpris à regarder son pantalon, puis à rougir.

Je restai silencieuse pendant qu'il tenait le bâton, laissant de longs moments s'écouler. Enfin, il ouvrit les yeux.

— Je suis désolé, *ástin mín*. Il ne m'accepte toujours pas.

Il me le rendit et je soupirai en regardant le bois sans vie.

— J'espérais qu'on m'enverrait une vision d'un souvenir pour nous dire quoi faire, maintenant.

— *Tu* pourrais essayer de te lier à lui.

— Quoi ? demandai-je en le regardant fixement.

— Tes oreilles n'étaient pas pointues auparavant. Ta magie se développe, comme tu viens de le souligner.

— Non, je...

Je les regardai tour à tour, lui et le bâton, et mes protestations moururent sur mes lèvres. Il avait raison. Ne venais-je pas de lui dire que tout changeait, tout le temps ?

— Que faut-il faire ?

— Il faut entrer par la pensée et la volonté dans le bois. Tu sauras si ça marche.

Pouvais-je vraiment faire fonctionner un bâton ? *Un bâton de brume* ?

Était-ce ce qui nous manquait ?

Encouragée par la réussite totalement inattendue de ma tentative de faire de la magie, tout à l'heure, je serrai fermement le bâton et fermai les yeux. Avec toute la concentration dont j'étais capable, je me concentrai pour entrer en contact avec le bois.

Il ne se passa rien.

— Ça valait le coup d'essayer, dit Maz lorsque j'ouvris enfin les yeux et lui adressai un sourire triste.

Un léger mal de tête me traversa le crâne tandis que je forçais mes bras à se détendre.

— Tout vaut la peine d'être essayé, murmurai-je.

Il s'approcha de moi et posa la main sur ma joue.

— Ta ténacité est l'une de tes plus belles caractéristiques. Tu le savais ?

— Je le sais maintenant, lui souris-je.

Ma ténacité avait été une arme, généralement la chose qui rendait les autres si furieux contre moi. Maintenant, quelqu'un m'aimait pour cela. Et j'avais l'impression d'être plus grande de trois mètres. Plus courageuse que cent fauves.

— Je ne veux pas que quelqu'un nous enlève ça, Maz,

chuchotai-je, l'émotion envahissant ma voix. Nous venons de nous trouver.

— Je ne vais nulle part. Quoi qu'il arrive.

Mais je pouvais voir la tension dans ses yeux, dans les muscles de sa mâchoire.

Nous mourrions si la Reine gagnait. En fait, notre sort serait probablement pire que la mort.

Je me levai sur la pointe des pieds pour l'embrasser, et une rune d'or voleta de ses lèvres avant que je n'y parvienne.

Je poussai un juron alors qu'il faisait un pas en arrière, ses traits exprimant la colère, puis une froide résolution. La passion ardente s'était éteinte, remplacée par une émotion soudaine.

— Je suis désolé, *ástin mín*, mais je vais avoir besoin de toute l'énergie possible dans les jours à venir, j'en suis sûr. Même si j'ai envie de t'embrasser, je préfère te sauver la vie si cela s'avérait nécessaire.

Je lui souris.

— Je veux dire, tu donnes de très bons baisers, mais oui. Tu as probablement raison. Maz, s'il se passe quoi que ce soit qui pourrait me tuer pendant les jeux demain, merde aux règles du festival ! Viens me sauver, lui souris-je. Nous déclarerons la guerre nous-mêmes.

— On se bat, on baise, et on recommence, dit-il d'une voix plate, avant de sourire à son tour. Ce n'est pas une vie si abominable.

Je ris, mais deux autres runes volèrent de sa peau. Nous les regardâmes, soudain silencieux, jusqu'à ce que Maz prenne la parole.

— Je crains qu'il ne me reste plus que quelques jours de magie, dit-il doucement.

— Alors, je te souhaite une bonne nuit. Maz, je t'aime.

— Je t'aime aussi, Reyna.

Mais je n'arrivai pas à dormir, une fois dans mon lit confortable à côté de celui de Frima.

Je savais que nous ne pouvions pas risquer de perdre sa magie juste pour un peu d'intimité, mais cela ne m'empêchait pas de fantasmer sur lui, et sur toutes les choses que je savais qu'il pourrait me faire quand tout serait fini. Pour m'empêcher de piller le camp à la recherche de vin faë pour provoquer les rêves dont j'avais si désespérément envie, je pris le livre de Tait dans mon sac, à la place.

Si je ne pouvais pas dormir et que je ne pouvais pas être avec Mazrith, je pourrais peut-être trouver quelque chose d'utile. Après tout, nous manquions de temps.

Je feuilletai le document à la recherche du mot « brume » et je m'arrêtai lorsque je le trouvai.

L'auteur décrivait longuement les brumes primordiales à l'origine d'*Yggdrasil,* puis les bâtons en tant que vecteurs de magie.

« Les hauts-faës, également connus sous le nom de Vanir, furent créés à l'origine par Freya et dotés d'une puissante magie psychique. À la création des cinq faës élémentaires, les Vanir furent chargés de les surveiller. Afin d'équilibrer leur

pouvoir avec celui des autres habitants d'Yggdrasil, il fut décidé qu'ils devaient utiliser des bâtons pour exercer leur pouvoir, et qu'ils ne pourraient pas créer ces bâtons eux-mêmes. Les Vanir créèrent dix bâtons de brume, les premiers de ceux qui deviendraient les runés.

Ces bâtons étaient incroyablement puissants et avaient une longue mémoire, qui les liait à leur porteur. On ignore aujourd'hui où se trouvent ces bâtons et s'ils ont survécu, car les Vanir ont quitté notre monde avec les dieux qu'ils servent. »

Je continuai à lire, ces passages confirmant ce que Tait m'avait déjà dit sur la façon dont les bâtons avaient été distribués à l'origine. Il n'y avait rien sur la façon de leur faire accepter, ou rejeter, un nouveau propriétaire.

Avec un soupir, je feuilletai les pages du vieux livre. Quelque chose sur une page attira mon attention et je m'arrêtai.

Runes, *mouvement.*

L'inscription se déplaçait sur la page, vacillant hors de ma vue.

Je me redressai en plissant les yeux, convaincue que j'avais dû m'assoupir et étais à moitié endormie.

Mais ce n'était pas le cas. Les mots vacillaient sur les pages, dansaient de façon que je ne puisse pas les comprendre.

Seules cinq marques étaient encore présentes, et je les reconnaissais toutes. Les marques des runés.

Je soulevai le livre, essayant désespérément de saisir les mots qui dansaient et se brouillaient sur la page.

« ... Choisir leur rune... »

« ... la magie des Vanir... »

Je fronçai les sourcils, essayant de me concentrer, ma frustration grandissante. Puis deux mots apparurent, et ma bouche s'ouvrit.

« ... cheveux cuivrés... »

CHAPITRE 28

REYNA

J e me précipitai hors du lit, serrant le livre dans mes bras. Sortant de ma tente, je traversai le camp en trottinant jusqu'à celle de Tait et me glissai à l'intérieur.

— Tait ? sifflai-je.

Il y avait deux lits, et Ellisar se redressa sur son séant dans l'un d'eux, brandissant une hache, prêt à me faire face. Son visage se détendit lorsque je levai les mains.

— C'est moi ! Je dois parler à Tait. De toute urgence.

Le filombre roula sur lui-même et se redressa lentement, clignant des yeux avant d'attraper ses lunettes.

— Reyna ?

— Oui, Tait, j'ai besoin d'utiliser ta loupe de vérité. S'il te plaît, ajoutai-je.

Puis je regardai Ellisar.

— Et je suis désolée, mais pourrais-tu me laisser un moment ?

Ellisar me jeta un regard, mais rejeta les couvertures et sortit du lit.

Je me retournai, étouffant un hoquet en voyant qu'il était complètement nu. Un instant plus tard, il passa devant moi, le pantalon remonté, mais toujours détaché.

— Merci, dis-je en essayant de ne pas rougir. Encore une chose. Pourrais-tu aller me chercher Maz ?

— Il en sera fait selon les désirs de notre future Reine, dit-il en faisant une fausse révérence, avant de quitter la tente.

Je me précipitai vers Tait et m'assis sur le bord de son matelas.

— Tait, regarde.

Il jeta un coup d'œil sur la page, puis me regarda avec une vague inquiétude.

— Ce sont les cinq marques des runés, dit-il.

— Oui, mais regarde les autres runes. Tu les vois bouger et glisser hors de ton champ de vision ?

Sa vague inquiétude ne fit que croître.

— Il n'y a pas d'autres runes sur la page. Tu te sens bien ? As-tu beaucoup bu au bal ?

Il tendit une main et la pressa sur mon front.

Mazrith apparut à l'entrée de la tente, et Voror entra avec lui. Maz fronça les sourcils en me voyant.

— Tu es dans la tente d'un autre homme et tu ne portes rien d'autre qu'une chemise, gronda-t-il.

Je roulai des yeux et repoussai la main de Tait.

— Regarde, dis-je en brandissant le livre. C'est un très vieux livre sur la fabrication des bâtons, qui appartient à Tait. Il y a une page avec des runes que je n'arrive pas à voir clairement, mais j'en ai aperçu quelques-unes. L'une d'elles parle de cheveux cuivrés.

Les deux hommes me regardèrent un instant, puis Tait commença à fouiller dans un fatras de choses près de son lit. Mazrith se rapprocha de moi alors qu'il me tendait la loupe de vérité.

L'impatience faisant pulser mon pouls, je tins la loupe au-dessus de la page de runes. Instantanément, elles se fixèrent et devinrent très nettes.

Je repris mon souffle, puis je lus à haute voix.

— Les runés sont un sous-groupe puissant parmi les hauts-faës, doués d'une grande magie qui leur permet de fabriquer des bâtons pour les autres faës d'Yggdrasil. Forts de la magie psychique des Vanir, ils sont capables de prendre l'empreinte des gens, afin de s'assurer que leurs bâtons sont parfaitement adaptés. Ils peuvent échanger la marque sur leur poignet pour l'une des runes listées ici et choisir celle avec laquelle ils souhaitent travailler ce jour-là, ce qui fait d'eux des *orfèvres*, *filombres*, *onduleaux*, *forgefeux* et *tournebois*.

Je regardai Maz et Tait.

— Les runés peuvent *choisir* la magie avec laquelle ils veulent travailler ? souffla Tait.

Je continuai à lire.

— Les faës marqués d'une rune apparaissent toujours avec des cheveux cuivrés et sont vénérés par les humains comme par les faës. Comme les Vanir, ils n'ont pas besoin de bâtons pour pratiquer la magie, mais s'en remettent à des animaux spirituels.

Je laissai tomber le livre sur mes genoux, la bouche ouverte quand je regardai Voror.

— Un animal spirituel ? soufflai-je.

Le hibou me répondit en clignant des yeux.

— Ce n'est pas quelque chose qui m'est familier, dit-il.

— Continue à lire, dit doucement Mazrith.

Je repris le livre. Il ne restait plus qu'une ligne.

— Puissent les runés exercer leur pouvoir et maintenir l'équilibre de la magie à *Yggdrasil*.

— Cela n'a aucun sens, marmonna Mazrith. Il est clair que les runés n'ont pas les pouvoirs décrits sur cette page.

— C'est tout à fait logique, murmurai-je. Tait, j'ai vu tes runes d'ombre quand je te regardai filer.

La bouche de Tait s'ouvrit.

— Je peux utiliser la magie de l'esprit, dis-je en pointant un doigt tremblant sur la ligne à propos du fait de prendre l'empreinte des gens. Sans bâton, mais seulement avec un animal à proximité. Je déplaçai mon doigt tremblant vers Voror.

— Ce livre les appelle les faës runés ? demanda Mazrith qui s'accroupit devant moi.

— Oui, acquiesçai-je.

— Mais les runés de notre monde sont humains.

Tait et moi acquiesçâmes.

— Donc, quelque chose a changé entre le moment où ce texte a été écrit et maintenant.

— Et on a voulu le cacher. Seule Reyna, qui n'est

apparemment pas une humaine runée, mais une faë runée, a pu voir cette inscription, souffla Tait.

— Alors, je suis une faë ? chuchotai-je.

— Oui. Mais, une faë runée. Pas une faë d'or ou d'ombre. Runée. Quelque chose que tu as toujours été.

Je puisai du réconfort et de la stabilité dans ces mots, essayant de ralentir la course de mes pensées. J'avais toujours été marquée d'une rune. J'avais toujours été différente de la plupart des humains, capable de voir et de me lier à la magie.

La peur d'être une faë ne bouillonnait pas en moi, ne menaçait pas de me submerger.

Je n'étais pas l'une d'entre eux. J'étais autre chose. La version complète de ce que j'avais toujours été, peut-être ?

Mazrith me souriait gentiment, et j'avais envie de lui prendre la main, mais je me retins.

— Qu'est-ce qui a changé ? Pourquoi les runés sont-ils devenus humains, et pourquoi suis-je en train de me transformer en faë depuis que tu m'as enlevée ?

— Je ne sais pas, *ástin min*, dit-il. Mais nous en savons plus qu'auparavant. Ta magie vient des hauts-faës, tu n'as pas besoin d'un bâton pour l'utiliser, mais tu as besoin de Voror à proximité. Et il se peut que tu puisses fabriquer des bâtons à partir de tous les éléments.

— Pas seulement l'or ?

Un sourire se dessina sur mes lèvres à ce constat. La fascination que j'avais toujours eue pour les bâtons des autres faës m'avait suivie toute ma vie. Je savais maintenant pourquoi.

Comme si les pièces d'un puzzle s'emboîtaient enfin, une agitation au fond de moi, qui ne s'était jamais totalement apaisée, se calma, remplacée par un sentiment de réconfort.

Je me posais encore une centaine de questions et je n'avais aucune idée de mes origines, mais pour la première fois de ma vie, je savais pourquoi j'étais différente.

Nous passâmes une heure de plus à discuter, mais il n'y eut pas plus d'informations ou d'éclaircissements, seulement des idées et des théories.

Tait pensait que les runés étaient devenus humains lorsque les Vanir étaient partis avec les dieux.

Mazrith devinait qu'il y avait des humains *et* des faës runés, et que j'étais la dernière de mon espèce, ou la première d'une nouvelle lignée.

Je ne savais pas ce que je croyais, si ce n'est que j'étais quelque chose d'autre. Quelque chose qui n'existait nulle part ailleurs dans *Yggdrasil*.

Mais quelqu'un m'avait envoyé Voror. Quelqu'un guidait mes visions. Ce devait être un Vanir, non ? Le texte disait que les runés étaient une sorte de Vanir, qu'ils avaient été créés par eux et partageaient leur magie.

— Qu'en penses-tu, Voror ? chuchotai-je au hibou,

une fois que nous fûmes de retour dans ma tente, Frima ronflant doucement dans l'autre lit.

Mazrith avait insisté pour que je dorme un peu avant l'épreuve du lendemain, mais nous savions tous les deux que c'était peu probable.

— La faë qui m'a envoyé à toi avait des cheveux de lumière, dit Voror. Est-ce une caractéristique des Vanir ?

— Je ne sais pas, mais cela me semble possible, dis-je.

— Nous sommes donc d'accord. Les Vanir ont réveillé ta magie de faë runée.

— Mais pourquoi ?

Et peut-être plus inquiétant encore, quel était le rapport avec les Affamés ? Les Vanir étaient-ils également responsables de mes visions des monstres ?

— Je pense que nous le découvrirons en temps voulu. En attendant, la Reine Andask représente une menace pour ta vie et celle de Mazrith, et il faut que tu te concentres là-dessus.

— Plus facile à dire qu'à faire, marmonnai-je. Tu ne viens pas de découvrir que tu es d'une race disparue.

— Les runés ne sont pas éteints, pas plus que les faës. Et tu sais déjà que tu es les deux.

Je le regardai fixement, là où il était perché près du trou en haut de la tente.

— Donc tu dis que ce n'est pas une grande révélation ?

— Non, c'est utile de le savoir. Mais cela ne change rien. Il faut survivre au *Leikmot*, et l'aube approche.

— D'accord, mais je ne vais pas pouvoir dormir.

En fait, je dormis. L'accablement de la journée me rattrapa quelques instants après que Voror quitta la tente. Ma dernière pensée avant de sombrer dans le sommeil fut que le hibou avait raison. Rien n'avait changé : je devais toujours essayer de gagner les jeux.

Mais maintenant, j'étais une faë en compétition, avec une magie que je savais utiliser.

CHAPITRE 29

REYNA

Le lendemain matin, Frima me réveilla en me lançant un oreiller.

— Lève-toi. Il est temps de s'entraîner.

Je me retournai, attrapai l'oreiller et l'enfonçai sous ma tête.

— Petit déjeuner, marmonnai-je.

— Tu sais, pour une ancienne esclave, tu as beaucoup d'exigences.

Je me redressai péniblement en position assise et lui relançai l'oreiller. Elle l'attrapa en riant. Je clignai des yeux en regardant autour de moi dans la tente, et tout ce qui s'était passé la veille me revint en mémoire.

J'étais une faë runée, et j'avais utilisé ma magie pour entrer dans la tête des autres comme si c'était naturel.

Déglutissant, je pris mon courage à deux mains.

Je n'avais pas le temps de me laisser submerger par les émotions ni de me poser des questions en boucle dans ma tête.

Voror avait raison : pour l'instant, il n'y avait aucun moyen d'en savoir plus, je devais donc me concentrer sur les jeux. Rien n'avait vraiment changé, si ce n'était que j'avais de moins en moins peur de cette nouvelle magie.

— Comment ça s'est passé avec Henrik ? demandai-je nonchalamment à Frima, en sortant du lit chaud et confortable pour me diriger vers l'un des meubles latéraux remplis de vêtements.

Je cherchai un pantalon solide et ma cotte de mailles en forme de plumes, tout en essayant de garder mes idées claires.

— Bien. Il y a plus en lui que je le pensais.

— Ah oui ?

Je la regardai par-dessus mon épaule.

— Plus que du sexe, tu veux dire ?

— Je n'ai pas couché avec lui, soupira-t-elle, avant de s'illuminer. Mais regarde, il a volé ça pour moi.

Elle me lança un petit objet, et je tendis instinctivement le bras pour l'attraper.

— Il faut du cran pour voler de l'or à un faë d'or.

Ces mots me parviennent trop tard. Mes doigts s'étaient déjà refermés sur le petit dauphin en or.

— Frima !

— Quoi ?

— Je suis une *orfèvre*, tu ne peux pas me jeter de l'or à la figure !

— Pourquoi ?

Je laissai tomber la petite statue dorée et ramassai mes vêtements.

— Parce que !

— Pourquoi es-tu si bizarre ? Reyna, pourquoi… Reyna !

Je m'effondrai sur le sol lorsque la première vague me frappa.

Des ombres. De la moisissure, de la pourriture. L'impression que quelque chose n'allait pas du tout.

Cette sensation se dissipa, et je tâtai le sol recouvert de fourrure, essayant de me stabiliser. Frima était accroupie à côté de moi.

— Reyna, je suis désolée. Qu'est-ce que j'ai fait ?

— Rien, ça va passer, marmonnai-je rapidement, et la deuxième vague arriva.

Un rire strident, des éclairs rouges dans l'obscurité, des silhouettes qui se déplacent, indistinctes. Le sentiment de malaise se transforma en peur.

La vision se leva.

— Dois-je aller chercher Maz ?

La troisième vague arriva avant que je puisse lui répondre.

Le cri perçant et l'odeur du sang.

Mais le rire ne suivit pas le cri, et les silhouettes n'étaient plus indistinctes. C'était elle. L'Ancienne.

La vision se leva et je repris mon souffle, la peur me faisant transpirer et trembler.

Je savais que la quatrième vision allait arriver.

Et ce fut ce qui se passa.

Elle était là, à quelques centimètres de moi, le visage mutilé, la chair à vif, la peau et les os déchirés, visqueux et putrides.

— Nous t'avons vue sur la rivière. Nous savons où tu

es. Ce ne sera plus très long.

La vision se leva, l'odeur suffocante de la mort me faisant me frotter le visage et aspirer l'air chaud et enfumé de la tente.

— Reyna ?

Frima avait l'air paniqué, et je me tournai lentement vers elle, clignant des yeux pour essayer de me concentrer.

— Merde, tu es pâle. De quoi as-tu besoin ? Que se passe-t-il ? Tu es enceinte ?

Ces mots me ramenèrent à la réalité.

— Enceinte ? répétai-je en secouant mollement la tête. Je ne suis pas enceinte.

— Alors que s'est-il passé, au nom de Freya ?

Je fixai son visage inquiet, puis laissai échapper une longue expiration tremblante. Il semblait qu'une personne de plus était sur le point de connaître mes secrets.

Frima resta assise pendant que je lui racontais tout. Elle n'eut jamais l'air d'être surprise ou de ne pas comprendre, et lorsqu'elle posa des questions, elles étaient brèves et précises.

— Alors, c'est comme ça que tu as aidé Maz à trouver le bâton de brume ? Avec des visions ?

— Oui.

— Qu'as-tu vu ?

Je déglutis difficilement.

— Les Affamés. L'Ancienne qui a chanté pour moi dans les bois, et qu'Arthur a déchirée en morceaux.

Elle me regarda fixement tandis que Mazrith faisait irruption dans la tente, Voror derrière lui.

— Tu vas bien ?

— Je vais bien. Comment as-tu…

— Voror.

Maz s'accroupit devant moi et me regarda avec inquiétude.

— Qu'est-ce qui s'est passé ?

— J'ai touché de l'or de Frima et cela a déclenché une vision, c'est tout, le rassurai-je.

— Qu'as-tu vu ?

— L'Ancienne. Elle a dit qu'elle savait où je me trouvais.

Quelque chose qui aurait pu être de la peur traversa le visage dur de Mazrith. Il jeta un coup d'œil à Frima, puis à moi.

— Reyna, mon pouvoir s'affaiblit.

— Et vous êtes la seule personne assez forte pour arrêter une Ancienne, dit gravement Frima.

— Oui. Je ne peux certainement pas arrêter à la fois la Reine *et* les Affamés. S'ils attaquent…

— Ils n'attaqueraient pas le palais de la Cour d'Or, n'est-ce pas ? Ils ne se sont jamais aventurés au cœur des cours, dit-elle.

Maz secoua la tête.

— Les attaques en notre périphérie devenaient de plus en plus audacieuses. Avant…. Avant que je ne te retrouve.

Il se retourna vers moi.

— As-tu appris quelque chose qui pourrait nous aider ?

Je secouai la tête.

— Rien.

Il soupira.

— Frima, garde cet or avec toi, dit-il.

Elle acquiesça et ramassa le petit dauphin.

— Je suis désolée, Reyna. Je ne savais pas.

— Je sais. Ce n'est pas grave. S'il te plaît, garde pour toi ce que je t'ai dit, dis-je maladroitement.

Elle pouffa.

— Je comprends pourquoi tu gardes ça secret, Reyna. Comme si j'allais raconter à tout le monde que j'ai des visions de monstres.

Elle secoua la tête.

— Tu sais, je commence à comprendre pourquoi tu es tellement...

Elle jeta un coup d'œil autour d'elle.

— Tellement toi, finit-elle.

Je penchai la tête.

— C'est un compliment ?

— Oui, je suppose. Écoute, il reste des heures avant l'épreuve et il faut que tu te remettes les idées en place. De plus, une épreuve de tir, ça peut être du tir à l'arc, mais aussi du lancer de haches et tu n'as pas eu l'occasion de t'entraîner à ça. Es-tu toujours prête à t'entraîner ?

— Absolument.

· · ·

Maz me proposa de m'aider avec mon armure, mais je craignis que tout contact entre nous n'accélère encore la fuite de la magie de sa mère, alors je demandai à Frima de m'aider à sa place. Promettant de m'attendre dehors avec du café et des pâtisseries, il quitta la tente.

— Viens, il y a des haches avec lesquelles nous pouvons nous entraîner dans la tente de Svangrior. Il l'a pratiquement transformée en armurerie, marmonna Frima lorsque nous fûmes toutes deux prêtes.

La tente de Svangrior et d'Ellisar ressemblait plus à une armurerie qu'à une chambre à coucher. Tout était empilé autour de deux matelas bas, rembourrés de foin, où dormaient les deux hommes.

Frima commença à fouiller dans les amas de lances métalliques.

— Cela ne ferait pas de mal d'essayer les lances aussi, pensa-t-elle en inspectant quelques javelots.

Je me dirigeai vers une autre pile de sacs, à la recherche de haches, et je me figeai en déplaçant deux grands sacs de cottes de mailles.

— C'est…

Je tendis la main, soulevant le petit sac de toile noire.

— C'est *mon* sac.

Frima s'approcha de moi en fronçant les sourcils.

— Ton sac?

Je l'ouvris, en prenant soin de ne pas toucher le contenu. Il y avait là, niché dans une vieille chemise, le bâton en or que Lhoris m'avait donné.

J'expirai longuement.

— J'ai volé de l'or pour fuir la Cour d'Or, et je l'ai

ramené ici. Je pensais l'utiliser pour acheter mon évasion.

— Que s'est-il passé ?

— On me l'a volé.

— Volé ?

— Oui, dans ma chambre pendant les premiers jours où j'étais à la Cour d'Ombre.

Les yeux de Frima s'agrandirent quand je continuai :

— À peu près au moment où quelqu'un a mis le serpent dans ma chambre.

— Non. Ça veut dire… Svangrior ?

— Ou Ellisar. C'est aussi sa chambre, non ?

Frima secoua la tête, incrédule.

— Ellisar n'a pas de magie. Il n'aurait pas pu entrer dans ta chambre.

Je déglutis.

— Où est Svangrior ?

— Je ne suis pas sûre. Je vais chercher Maz.

Elle revint quelques instants plus tard avec le Prince, et je lui montrai le sac. Son visage s'assombrit de colère.

— Il est peut-être temps d'entrer dans l'esprit de mon guerrier, finalement.

CHAPITRE 30
REYNA

Mais Svangrior était introuvable lorsque nous quittâmes la tente.

— Je l'ai vu il y a une heure, dit Tait, assis près du feu de camp principal, avec son cache-œil en gaze, un livre ouvert et la loupe de vérité sur les genoux. Mais pas depuis.

— Il a pris de la tarte et quitté le camp, madame, dit Brynja, en distribuant des tasses de thé à l'ortie et de café.

Tait acquiesça.

— Oui, c'est ce qu'il a fait.

Mazrith lança un regard noir en direction de l'immense palais scintillant.

— Que tout le monde soit sur ses gardes.

Ellisar se leva de là où il jouait aux échecs avec Kara.

— Pourquoi ? Il a des ennuis ?

— Je ne sais pas. Dis-moi juste si tu le vois.

Le grand humain acquiesça.

— Bien sûr. Je vois un faë de terre.

Il pointa du doigt, et nous regardâmes tous.

Dakkar et Henrik se dirigeaient vers notre camp.

— Lord Dakkar, dis-je, me déplaçant pour le saluer avant que Maz ne puisse l'atteindre.

— Reyna, dit-il.

— C'est la première fois que vous m'appelez par mon nom.

Il m'adressa un sourire gêné.

— Apparemment, ma femme a décidé que nous étions amis.

Je lui répondis par un sourire tandis que Frima et Maz venaient se placer de part et d'autre.

— Alors, dois-je vous appeler par votre prénom ?

Il rit.

— Non, sauf si tu es ma mère. Dak. Mes amis m'appellent Dak.

Son expression agréable devint sérieuse.

— Écoute. Je n'ai pas demandé à ma femme de venir te parler hier soir ni fait la proposition qu'elle t'a faite. Mais je partage ses sentiments à ton égard.

Il regarda Maz.

— À votre égard aussi. Pour ce que ça vaut, je préférerais vous voir sur le trône plutôt que votre belle-mère.

— Moi aussi, murmura Maz.

Dakkar se retourna vers moi.

— Khadra m'a dit que tu avais dit que le jeu serait truqué en faveur d'Orm.

Le visage d'Henrik se crispa d'agacement à côté de lui.

— Oui. J'ai entendu un garde.

Il hocha la tête en guise de remerciement.

— J'apprécie que tu me donnes l'information.

— Comme je l'ai dit à votre femme, je préférerais que ce soit quelqu'un d'autre qu'Orm qui gagne.

— Je suis d'accord. À ce titre, je souhaite te parler de sa suggestion.

— Si vous ne pouvez pas gagner, vous ferez ce que vous pouvez pour m'aider, et je ferai de même en retour ?

Son sourire revint, arrogant cette fois.

— Mais comprends-moi bien, petite humaine, que *je gagnerai*. Et je ne saboterai pas mes propres chances en t'aidant.

Je lui adressai un sourire sans joie.

— Pas plus que moi.

Dakkar tendit la main.

— Alors, c'est d'accord. Bonne chance, Reyna.

Je lui serrai la main.

— Et à vous, Dak.

Nous regardâmes tous le faë de terre partir, et Frima grogna.

— Je veux lui faire confiance.

— Moi aussi.

Mazrith me jeta un regard en coin.

— As-tu pénétré dans sa tête ?

Je le regardai.

— Tu sais bien que non.

Il me surprit en haussant les épaules.

— Fais confiance à ton instinct, Reyna. Et sache que je tuerai n'importe qui avant qu'ils n'aient une chance de te faire du mal.

Je lui souris largement, et Frima leva les yeux au ciel.

— Ellisar, va me chercher un sac de haches, veux-tu? dit-elle, avant de me donner un coup de poing sur l'épaule. Mange, puis nous nous entraînerons.

— Vous entraîner? demanda Kara, juste derrière nous.

Nous nous tournâmes vers elle.

—Je peux me joindre à vous?

Je regardai Frima, qui sourit.

—Je jure sur Freya que je ne dirais jamais non à cette question. Plus il y a de femmes capables de se défendre, mieux c'est.

Cela faisait près d'une heure que nous lancions des haches sur les cibles obscures de Frima lorsque Mazrith se leva.

— C'est l'heure. Tu es prête?

Je laissai tomber dans le sac la hache que je tenais et je ramassai mon arc.

— Autant que je le serai jamais.

— Tu m'as l'air aussi prête que Freya, dit Kara, le visage rougi par le lancer de haches.

Les yeux de Mazrith étaient fixés sur moi derrière sa protection de gaze, remplis de ce que je devinais être de la fierté. J'eus envie de voir à quoi je ressemblais à travers ses yeux, mais je refoulai cette pensée et je le regardai en face.

Avec ma cotte de mailles, mes bâtons, mes arcs et mes flèches attachés à mon corps, mes griffes en place et la tresse dans mes cheveux, je devinais que j'avais vraiment l'air différente de l'esclave qui était arrivée à la Cour d'Ombre.

Je n'avais pas seulement l'air différente. *J'étais* différente.

Toutes mes peurs, la colère, le besoin de fuir… Tout avait changé.

Mais surtout ? Je n'étais plus seule.

J'avais toujours eu des amis, mais je savais que ma vie ne se terminerait pas à l'atelier du palais. J'avais toujours su que ma place n'était pas là-bas. Maintenant, je savais exactement où était ma place, et ce n'était pas un endroit du tout. C'était le Prince de la Cour d'Ombre.

Il me regarda dans les yeux, reflétant chacun de mes sentiments.

Lhoris se leva de son siège près du feu, s'installa à côté de Mazrith et posa son regard sur moi.

— L'armure est un peu trop faë à mon goût, mais la force et le pouvoir te vont bien, Reyna.

— Merci, Lhoris.

Il vint me serrer stoïquement dans ses bras et je l'embrassai sur la joue.

— Mérite une autre tresse, Reyna, dit-il.

— Je ferai de mon mieux.

Il me lâcha et je me retournai.

— Kara…

Elle me fonça dessus, me serrant fort autour de mon armure.

— Reste ici en sécurité. Si Svangrior arrive, reste avec Ellisar, lui chuchotai-je.

— *Toi,* sois prudente. Et bonne chance. Donne-leur à tous un coup de pied dans le bâton à faire des bébés.

Je ris. Le langage d'Ellisar déteignait sur elle.

— Bon plan.

— Bonne chance, Reyna. Fais tout ce que je ferais et rien de ce que je ne ferais pas, dit Frima, la main sur la hanche.

Je lâchai Kara et regardai la féroce guerrière.

— Tu ne viens pas ?

Elle secoua la tête.

— On ne peut pas laisser les runés sans faë alors qu'on ne sait pas où se trouve Svangrior.

Le soulagement m'envahit, en même temps qu'une pointe de déception. Je voulais qu'elle soit là. Mais je saisis sa main en guise de remerciement.

— À bientôt.

— Que Thor te donne de la force, Reyna.

REYNA

Mazrith et moi attirâmes les regards, comme nous le faisions toujours, lorsque nous rejoignîmes la foule qui se dirigeait vers les grands escaliers où les gardes orientaient tout le monde.

Nous arrivâmes à une estrade là où, j'en étais presque sûre, se trouvait une cour aménagée la nuit précédente, avec une petite fontaine ornée d'un serpent de mer.

Les lieux étaient totalement différents, maintenant.

La fontaine avait été remplacée par un immense bassin. Une statue de Skadi, déesse du tir à l'arc et de la chasse, se trouvait au milieu, et quatre minuscules canoës flottaient sur l'eau.

Des foules de spectateurs étaient assises autour, la Reine de la Cour d'Or sur une estrade surélevée.

— Bienvenue, dit-elle lorsque les dernières personnes furent arrivées, sa voix amplifiée par magie. Le jeu est simple. Le premier qui touchera toutes les cibles placées autour de la fontaine remporte la partie. Vous pouvez les toucher avec de la magie, des armes, ce que vous voulez, mais vous ne pouvez pas changer.

— C'est tout ? murmurai-je à Maz.

— Je doute que ce soit aussi facile que ce qu'elle vient de laisser entendre, dit-il en me prenant la main. Sois prudente, Reyna. Et si tu peux, gagne.

Il me tendit mon arc et j'acquiesçai.

— Je le ferai.

Maz alla s'asseoir avec les autres spectateurs, loin de la Reine Andask, et je me dirigeai vers Dakkar et Orm qui se tenaient déjà près des canoës dans la fontaine. Kaldar s'approchait, et je pris une seconde pour fixer la statue de Skadi. Elle mesurait vingt pieds de haut, les cheveux attachés en une épaisse tresse, son arc tendu, une flèche encochée. Frima m'avait raconté qu'elle et le grand Ullr étaient les divinités de la chasse, de l'hiver et des montagnes.

Fais-moi viser juste, dis-je, envoyant une petite prière, et je vérifiai le carquois que j'avais dans le dos. Il était plein. J'étais prête.

Lorsque Kaldar nous eut rejoints, la Reine lança :

— Montez à bord de vos bateaux.

La foule applaudit tandis que nous tirions les petits canoës vers la rive et montions à bord. Je restais aussi loin que possible d'Orm, mais je sentais ses yeux sur moi. Kaldar jetait des regards méfiants à tout le monde, de la détermination dans ses yeux, et Dakkar avait son habituel sourire facile.

— Trois, deux, un, partez ! lança la Reine.

Orm tira instantanément une boule de lumière sur la

cible la plus proche de nous, tandis que Dak lança une liane dessus. J'attrapai une rame et poussai dans l'eau, décidant rapidement d'aller dans la direction opposée, plutôt que de leur barrer la route.

Kaldar encocha une flèche à son arc, visant soigneusement, mais son canoë dériva lorsque je le dépassai, mon courant le faisant vaciller. Elle me jeta un regard noir, visa à nouveau, et sa flèche vola droit, atteignant la cible avec un solide bruit sourd.

— Il est temps d'y aller, Reyna, maronnai-je pour moi-même.

Je contournai la fontaine, calant la rame entre mes jambes seulement lorsque je ne vis plus les autres concurrents. Je saisis mon arc, laissant l'élan de mon canoë me porter doucement. J'encochai ma flèche, reculai et tirai.

La flèche toucha la cible de plein fouet et je pivotai pour viser la suivante. J'attendis quelques secondes que le canoë me rapproche, puis je décochai. Encore une fois, la flèche fit mouche.

Je continuai à avancer, alors que mon élan ralentissait peu à peu, et j'encochai ma prochaine flèche. Au moment où je lâchai la flèche, Dakkar apparut devant moi. Je tirai en même temps que lui, et je me retins de justesse de lui adresser un signe de tête amical.

C'était mon concurrent, et je ne voulais pas que quelqu'un d'autre sache que nous avions une quelconque alliance. Il ne me regarda même pas dans les yeux alors qu'il passait à toute vitesse, utilisant ses lianes pour lancer de petites fléchettes en bois sur les cibles.

Mon élan s'étant ralenti, je posai mon arc, attrapai mon aviron, et repris de la vitesse. Lorsque je ramassai l'arc, la quatrième cible en vue, Kaldar s'approcha de moi à toute vitesse. Je voulus me stabiliser, voyant que son puissant courant allait me faire basculer, et je me figeai.

Elle avançait à cette vitesse parce que l'arrière de son bateau était en feu.

Orm apparut derrière elle, lançant des boules de lumière non pas sur les cibles, mais sur son canoë. Les projectiles n'explosaient pas, mais rôdaient à l'arrière de son bateau, faisant jaillir des étincelles.

— Qu'est-ce que vous faites ? hurla Kaldar à Orm, son visage n'étant plus qu'un masque de fureur.

S'il essayait de se venger d'elle pour l'épreuve où elle avait failli le noyer, il perdait son temps : je doutais fort que la fontaine soit assez profonde pour qu'on s'y noie.

Il y eut un grand craquement, et je ne fus pas la seule à lever les yeux avec surprise.

La statue de Skadi bougeait, tout comme son arc. Elle visait.

Les boules de lumière d'Orm.

— Kaldar !

Orm avait fait cela délibérément. D'une manière ou d'une autre, ses lumières avaient réussi à attirer les tirs de la statue.

Je criai à nouveau :

— Kaldar, attention à la statue !

Mais la faë de glace m'ignora, faisant avancer son bateau.

Je réalisai que je venais de dépasser ma prochaine

cible et je m'efforçai de me concentrer. Je levai mon arc, encochai et visai. Je touchai le bord de la cible, mais c'était quand même un succès. Je me retournai, juste à temps pour voir Skadi lâcher une boule blanche brûlante sur le bateau de Kaldar.

Elle plongea hors du canoé au moment de l'impact, les flammes avalant le bois.

Je poussai un juron, puis saisis ma rame, me propulsant dans l'eau et m'éloignant d'Orm. S'il pouvait contrôler la statue, nous n'avions aucune chance.

Je laissai tomber la rame sur mes genoux, tirai sur deux autres cibles, puis je réalisai que j'avais perdu le compte du nombre de cibles restantes. Il devait y en avoir au moins quatre, étant donné que j'avais parcouru la moitié du périmètre de la piscine circulaire.

Jetant un coup d'œil derrière moi à la recherche d'Orm, j'envisageai d'essayer de sauter dans sa tête pour voir ce qu'il avait prévu. Mais cela semblait un meilleur plan de plutôt me concentrer sur les cibles.

— Ignore Orm, touche les cibles, dit Voror dans mon esprit, confirmant ma stratégie.

J'avançai dans l'eau, puis j'entendis un juron. Le canoë de Dakkar flottait derrière moi, avançant rapidement. Son bateau était surmonté de trois boules de lumière, et la statue de Skadi tournait, essayant d'aligner son arc avec le navire qui filait à toute allure.

Cette fois, Dakkar me regarda dans les yeux en passant, avançant trois fois plus vite que moi.

— Touche toutes les cibles et gagne, dit-il, assez bas pour que je sois sûre d'être la seule à l'avoir entendu. Je vais ouvrir le feu. Orm n'en a plus que trois, il en a raté une là-bas.

Déterminée, je tendis mon arc et touchai deux autres cibles, tandis que Skadi décochait sa flèche.

Elle manqua Dakkar de peu, mais l'eau se mit à tanguer violemment. Je m'agrippai à la coque du bateau et souhaitai fort que le courant me pousse à travers l'eau.

Je pagayai aussi fort que possible en essayant d'atteindre les deux dernières cibles avant qu'Orm ou Skadi ne me poursuivent. J'entendais Orm rire. La statue de Skadi commença à tourner, et je levai les yeux pour voir que Dakkar avait changé de direction et revenait vers nous.

Le rire d'Orm s'interrompit brusquement.

Dakkar me dépassa, s'approcha du canoë d'Orm et l'attrapa.

— Descendez ! beugla Orm.

Je laissai échapper mon propre rire en pagayant plus fort.

— Si la statue me touche, alors nous sombrons tous les deux, entendis-je Dakkar dire, la voix agréable, mais tranchante.

Je ne regardai pas pour voir si Orm éteignait les boules de lumière qui attiraient les tirs de Skadi. Au lieu de cela, je tendis mon arc et, une à une, je décochai des flèches dans les deux cibles restantes.

CHAPITRE 32

REYNA

La statue s'immobilisa instantanément et j'entendis des applaudissements. Pas beaucoup, des applaudissements dispersés.

Puis j'entendis un rugissement.

— Vous l'avez fait gagner !

Orm semblait furieux.

Je m'extirpai du canoë, basculant sans aucune grâce sur le marbre de l'autre côté de la fontaine, au moment même où Orm sautait de son propre canoë.

— La fille humaine a gagné, Orm, dit Kaldar en essorant l'eau de ses tresses. Il faut faire avec.

La foule était debout autour de nous, et je vis l'énorme forme sombre de Mazrith se rapprocher.

— Écoutez-moi, espèce de tricheur, grogna Orm en se tournant vers Dakkar et en le poussant à la poitrine. Je ne sais pas pourquoi vous avez fait ça, mais vous le regretterez.

Dakkar renversa la tête en arrière et se mit à rire, longuement et bruyamment.

— Tricher ?

Il pencha la tête, la main sur la hanche.

— Vous avez passé le plus clair de votre temps à essayer de vous venger de Lady Kaldar, au lieu d'essayer de gagner. Vous pensez que c'est une façon honorable de jouer ?

— Silence ! Vous…

Mais Dakkar continuait à parler.

— Orm, vous avez encore sous-estimé l'humaine. Elle vous a battu. Et elle continuera de le faire. Savez-vous pourquoi ?

Le visage d'Orm avait perdu toutes ses couleurs, mais son cou était taché de violet. Même si je m'amusais de voir Orm se faire ridiculiser par le faë de terre, sa fureur avait viré à la rage et je n'étais pas sûre que ce soit une bonne chose. Je voyais ses mains trembler autour de son bâton.

Je fis un pas en arrière, consciente que Maz était proche, mais incapable de quitter Dak et Orm des yeux.

— Éclairez-moi, siffla Orm.

Dakkar se pencha en avant, de façon à être juste en face du faë d'or.

— Parce que vous n'avez pas d'honneur. Pas de valeur. Pas de courage. Et elle, dit-elle en me montrant du doigt, elle en a à revendre.

Je ne vis qu'un éclair de lumière, mais j'entendis un craquement écœurant.

Il y eut un cri, et lorsque la lumière aveuglante se dissipa, mon cœur manqua un battement.

Dakkar était allongé sur le marbre, une flaque de sang autour de la blessure qu'il avait à la tête.

Je me rappelai la féroce esclave qu'il avait matraquée à mort et je trébuchai en arrière, me heurtant à Mazrith.

— Dak ! cria la voix de Khadra. Dak, non, ça ne peut pas...

— Nous aurons votre tête !

Le rugissement d'Henrik me parvint, par-dessus les autres bavardages des spectateurs effrayés.

Les gardes faës d'or se tournèrent vers les faës de terre qui chargeaient, pendant que Khadra criait. Des lianes filaient de son bâton, des lumières jaillissaient des faës d'or qui essayaient de les retenir, elle et les autres.

— Laissez-moi ! Je dois rejoindre mon mari, laissez-moi !

— Ma Reine, on ne peut autoriser cela ! beugla Lady Kaldar par-dessus tout le bruit, courant vers la Reine sur son trône. Lord Orm vient de tuer de sang-froid ! Il doit être puni !

La Reine cligna des yeux dans une indifférence affable. Son fils se leva de son trône, serrant le bras de sa mère. Après quelques mots et une traction sur sa manche, elle se leva.

Tout le monde, à l'exception de la faë de terre enragée, se tut, fixant la Reine.

— Reyna Thorvald, de la Cour d'Ombre, remporte la partie, dit-elle en souriant.

Ses yeux se posèrent sur le corps ensanglanté de Lord

Dakkar, et une lueur de compréhension passa dans ses prunelles. Mais son fils la tira, et la lueur disparut.

— Ma Reine, ce n'est pas juste ! cria Kaldar.

Mais la Reine et son fils se déplaçaient, un cercle de gardes faës d'or se refermant autour d'eux alors qu'ils disparaissaient derrière l'estrade.

Kaldar se précipita sur Orm, à dix pieds de là où il se tenait.

— Tous les champions connaissaient les risques, mais ça !

Elle agita le bras en direction de Dakkar.

— Ce n'est pas honorable, et cela n'a pas sa place dans un festival de jeux pacifiques ! Et elle ?

Elle désigna l'endroit où la Reine venait de s'enfuir.

— Dites-moi que ce n'est pas vous qui l'avez rendue si docile ?

Toute la foule était debout à présent, les voix s'élevant, l'incompréhension se répandant, les cris et les gémissements de Khadra déchirant l'air ; seule la voix amplifiée de Kaldar était plus forte. Les expressions changeaient partout, l'alarme pleine de tension sur les visages des faës d'or, l'indignation stupéfaite sur ceux des visiteurs.

Orm quitta des yeux le corps inanimé de Dakkar et chercha instantanément la Reine Andask.

Mazrith me serra les épaules et sa voix résonna dans ma tête.

— Nous partons, maintenant.

— Et Dakkar ? Nous ne pouvons pas l'abandonner, ni les autres...

— Il est trop tard, Reyna. Regarde.

La Reine Andask acquiesçait, les yeux brillants, tandis que la bête d'ombre jaillissait de l'extrémité de son bâton. Ses gardes se rapprochaient d'elle, et je réalisai avec un sursaut que les gardes faës d'or formaient un cercle autour de la zone.

— Vous avez raison, Lady Kaldar ! souffla Orm, me faisant sursauter. La Reine n'est pas elle-même. Une petite maladie, je crois. Et je crains de ne pouvoir faire selon vos désirs : je ne peux pas vous dire que je n'en suis pas responsable.

Un sourire cruel tordit ses lèvres.

— Je n'avais pas prévu de faire cela si tôt, mais il semble qu'on m'y force.

Tous les faës d'ombre qui se tenaient aux côtés de la Reine Andask se tournèrent vers nous, et les yeux d'Orm se posèrent sur moi.

— Je voulais aller jusqu'au bout du *Leikmot*, mériter ma place de vainqueur. Mais...

Il jeta un regard sur le corps de Dakkar...

— Je suppose que ça n'arrivera pas.

— Qu'avez-vous fait à la Reine ? s'écria Kaldar.

Orm jeta un coup d'œil dédaigneux à la faë de glace.

— Elle est faible, physiquement et moralement. Il était facile de profiter de la cupidité de son fils, et maintenant, elle en paie le prix.

Il haussa les épaules.

— Membres de la Cour d'Or ! dit-il en tendant les bras vers la foule. Vous pensez sans doute que c'est l'occasion rêvée pour moi de prouver que je suis le digne remplaçant de notre Reine faible d'esprit et de son fils malléable ! Il est clair qu'ils ne sont pas aptes à gouverner. Moi, en revanche, j'ai réussi à attirer nos ennemis entre nos griffes. Je sais ce qu'il faut faire pour régner non seulement sur notre cour, mais aussi sur tout *Yggdrasil* ! Et j'ai les alliés pour y parvenir.

Ses yeux froids brillèrent en se posant la Reine Andask, et sa bête noire siffla dans le silence choqué.

— Vous pensez pouvoir nous garder tous ici ? grogna Mazrith.

J'entendis sa voix dans ma tête après qu'il eut parlé, juste deux mots.

— *Prépare-toi.*

— Je pense que quelques otages importants de la Cour de Glace et de la Cour de Terre feront avancer ma cause, et j'ai déjà choisi des chambres pour vous deux dans le palais.

Sa voix était devenue un grognement amer, et les mains de Mazrith se resserrèrent autour de mes épaules.

— La vôtre, Prince d'ombre, se trouve dans les cachots, mais la vôtre, chère fille, est plus proche de mes appartements.

Ce que je craignais être de la luxure envahit ses yeux, et il râla les derniers mots.

— Là où se trouvent mes concubines liées.

— Maintenant ! souffla Mazrith.

Il avait dû parler aux autres faës dans leur tête, car ceux-ci réagirent instantanément.

Avec un rugissement, Khadra se déroba aux gardes faës d'or et une pluie de lianes et de rochers s'abattit sur la nuque d'Orm, le faisant trébucher. Les autres faës de terre se précipitèrent derrière elle, rugissant et tirant tous les projectiles magiques qu'ils possédaient.

— Faës de glace, à l'attaque ! hurla Kaldar.

De la glace jaillit des bâtons de chacun de ses courtisans, disséminés dans la foule.

En quelques secondes, Maz me retourna, puis nous nous mîmes à courir, les cris de Khadra, accablée de chagrin, déchirant l'air lorsqu'elle arriva à son mari.

CHAPITRE 33

REYNA

Nous échappâmes aux gardes alors que le combat éclatait autour de nous, les ombres dégringolant du bâton de Mazrith et envoyant des distractions dans toutes les directions.

Je ne pensais pas avoir couru aussi vite de toute ma vie.

Nous dévalâmes les marches de pierre, les autres courant aussi, et je m'arrêtai seulement quand je pilai devant notre campement.

Les autres étaient tous debout, car des bruits de combat nous parvenaient des terres du palais. Soulagée de voir qu'ils allaient tous bien et qu'il n'y avait aucun signe de Svangrior, mon cœur battant ralentit un peu.

— Qu'est-ce qui se passe ? dit Kara.

Mais Frima était déjà en train de rassembler des armes.

— Au navire. Maintenant.

Personne ne discuta ni n'hésita.

Tait était le plus lent, et Ellisar finit par le soulever sur son épaule tandis que nous dévalions le sentier et nous enfoncions dans la forêt envahie de brouillard. Il était difficile de voir le chemin, mais je fis confiance à Maz et je le suivis d'aussi près et aussi vite que possible.

Heureusement, la planche était encore en place quand nous arrivâmes à notre bateau sur le rivage et personne ne ralentit alors que nous nous précipitions sur le pont. Les ombres de Frima et Mazrith jaillirent immédiatement de leurs bâtons, remplissant la voile et nous poussant de la plage en un instant.

Je me penchai, serrai les genoux et repris mon souffle, essayant de calmer mon cœur qui s'emballait tandis que nous fendions les flots.

Voilà.

La Reine et Orm passaient à l'action.

J'essayai de chasser l'image du corps de Dakkar de mon esprit, mais les plaintes déchirantes de Khadra m'emplissaient les oreilles si complètement que c'était impossible.

Serrant les dents, respirant encore difficilement, j'allai voir Kara.

La panique tordait son visage et elle haletait aussi fort que moi.

— Qu'est-ce qui s'est passé ?

— Orm a tué Dakkar. Kaldar a demandé justice à la Reine d'or, mais Orm la contrôle d'une manière ou d'une autre.

Tait pâlit, Brynja s'assit durement sur un banc et Lhoris grogna dans sa gorge.

— Orm a pris le contrôle, souffla-t-il à travers de longues respirations.

— Oui. Et la Reine Andask est à ses côtés. Ensemble, ils représentent une énorme menace pour ce monde.

— Vous avez dit que Dakkar est mort ? demanda Brynja, le visage rougi par la course et les yeux fous.

— Oui.

Ma gorge se serra et je sentis les larmes me piquer les yeux.

J'avais apprécié Dakar, mais… ce n'était pas la raison de cette vague d'émotion féroce.

Me détournant de mes amis, mes pieds me portèrent jusqu'à Mazrith.

Je le trouvai à l'arrière du navire, derrière les cabines, à regarder en arrière. Il sursauta lorsque je saisis son bras, se tournant vers moi.

— Reyna, je…

Des larmes coulèrent de mes yeux et il se tut aussitôt, me serrant contre lui.

— Et si ç'avait été toi ? Tu l'as entendue ? pleurai-je. Khadra vient de tout perdre. Tout.

Je n'avais jamais rien eu à perdre. Je ne pensais plus qu'à une chose : ma douleur si je voyais jamais Maz comme ça. Mort et sans vie.

— Je ne pourrais pas supporter de te perdre. Je ne pourrais pas continuer.

Un autre sanglot me secoua, et Mazrith me serra encore plus fort contre lui, son bâton dans mon dos.

— Je suis là, Reyna. Je ne te quitterai jamais.

Je dégageai mon visage de sa poitrine et je le regardai à travers des larmes chaudes.

— Elle t'arracherait à moi. La Reine. Orm aussi. Pire, ils pourraient me…

Mazrith porta ses doigts à mes lèvres.

— Arrête. Je suis là, maintenant. Tu me sens ?

Je pris une inspiration et pressai mon visage contre sa poitrine.

— Oui, je te sens.

— Maintenant, regarde-moi.

C'est ce que je fis, et il passa un doigt sur ma joue humide.

— Dakkar sera invité dans les halls du *Valhalla*, et Khadra le rejoindra lorsqu'elle sera prête. Nous sommes ici, maintenant. Nous atteindrons la Cour d'Ombre et nous nous défendrons. Nous rallierons les faës et les humains qui s'y trouvent, et nous tiendrons bon. Nous nous battrons, Reyna.

Sa voix s'adoucit.

— Comme nous nous sommes battus l'un pour l'autre.

— Je t'aime. Je ne peux pas te perdre.

— Tu ne me perdras pas.

Il se pencha, pressant doucement ses lèvres sur les miennes. Lorsqu'il se retira, une rune d'or flottait de sa joue.

Mon chagrin se transforma en colère en un clin d'œil.

— Je déteste ça ! Pourquoi est-ce que je ne peux pas m'approcher de toi ?!

Je m'éloignai de lui et je donnai des coups de pied dans la rambarde.

— Je déteste te faire du mal, je déteste que Dakkar soit mort, et je déteste Orm ! Je le déteste !

Je ne m'étais jamais crue comme capable de tuer quelqu'un, mais là... la rage qui m'envahissait aurait pu facilement devenir mortelle, j'en étais sûre.

Le visage de Mazrith était rempli d'émotion, mais il ne fit pas un geste vers moi.

— Puise dans la haine, Reyna. Puise dans l'amour, utilise tout. Nous pouvons gagner.

— Et... si on ne gagne pas ?

Je me forçai à croiser son regard.

— Y a-t-il un plan si nous n'y arrivons pas ?

Je ne voulais pas penser à la défaite. Mais j'avais encore moins envie de laisser Orm poser un doigt sur moi.

— Je ne laisserai pas Orm me prendre, Maz.

Ma voix se brisa sur son nom, et je ravalai ma peur, ma rage.

Mazrith se dressa devant moi, son bâton projetant des ombres, son visage aussi féroce que je l'avais jamais vu.

— Ce type ne te touchera jamais, Reyna. Quoi qu'il en coûte, je m'en assurerai.

Je n'avais besoin d'aucune clarification.

Nous étions liés, fusionnés, connectés par nos âmes.

Je lui confiais ma vie et, tandis qu'il me fixait, la peur s'estompait.

Je pourrais affronter la Reine. Et je pouvais affronter

Orm. Tant que Mazrith était à mes côtés, je pouvais tout affronter.

— Je t'aime, chuchotai-je.

— Je t'aime, *ástin min*.

Il me prit la main et passa ses doigts sur ma bague.

— Nous devons écrire notre propre fin, Reyna. Je sais que le destin a décidé de notre chemin pour nous, mais nous n'en sommes pas encore à la fin.

Je m'accrochai à ses doigts, laissant mon cœur battant s'apaiser, et la rage et le chagrin que j'avais laissés m'envahir se calmer.

Il avait raison. Nous avions été poussés sur cette voie, mais *nous* choisirions où elle se terminerait. Les enjeux avaient été fixés, Orm et la Reine étaient passés à l'acte. Mais pour l'instant, nous étions en tête. Nous étions ensemble, et nous avions un plan.

Rejoindre la Cour d'Ombre et la défendre.

Frima apparut, les ombres jaillissant toujours de son bâton vers la voile, et elle baissa la tête en signe d'excuse lorsqu'elle nous vit.

— Je suis désolée, mais il faut que vous voyiez ça, dit-elle. C'est Svangrior.

Le guerrier était sur l'un des lits de la cabine, apparemment inconscient.

Mazrith lui donna un violent coup de pied dans le tibia. Il ne réagit pas.

— Que ferait-il ici? Penses-tu qu'il essayait de s'enfuir?

— Il s'est trompé de navire, s'il voulait fuir.

— Qu'est-ce qu'il a?

— Il respire, dit Mazrith en se penchant sur lui. Mais il est inconscient.

Ellisar se fraya un chemin jusqu'à la cabine. Après une courte inspection, il se redressa.

— Je ne sais pas ce qu'il a, mais il n'a pas l'air d'être en danger ou sur le point de se réveiller.

Une ombre noire traversa le visage de Mazrith.

— Laissez-le à l'intérieur et surveillez la porte. Quand il se réveillera, nous aurons peut-être des réponses.

Nous tombâmes tous dans un silence tendu alors que le vaisseau voguait à travers les brumes.

L'enjeu était clair et la tension palpable, chacun vérifiant sans cesse derrière nous que nous n'étions pas suivis.

Orm et la Reine devaient savoir que Maz retournerait à la Cour d'Ombre et tenterait de la défendre. C'était sa maison, elle était défendable, et il la connaissait bien. Mais s'ils croyaient que sa Cour le snoberait ou le rejetterait, peut-être ne pensaient-ils pas qu'il représentait une menace. Peut-être qu'ils ne nous suivraient pas.

En réalité, il pouvait tenir le palais un moment avec ses guerriers, mais il n'avait plus que Frima pour toute magie. Ellisar se battrait jusqu'à la mort pour lui, j'en étais sûre, mais je ne savais pas combien de temps ils tiendraient devant la puissance d'Orm et une Reine folle dotée d'un bâton de brume.

Je jetai un coup d'œil au bâton que j'avais à la hanche et je bus une nouvelle gorgée de la bouteille de whisky que Brynja avait trouvée et fait circuler.

Mais pourquoi est-ce qu'on la faisait encore travailler, par Odin ?

Le brouillard s'était à peu près dissipé, et je me levai, agitée et inquiète. Frima se tenait à mes côtés, le bâton à la main, ses ombres propulsant toujours le bateau à un rythme effréné.

— Tu vas bien ?

J'arrivai à la balustrade et je la saluai d'un signe de tête.

— Oui. J'aimerais pouvoir faire plus.

— Je sais que tu aimais Dakkar. Je suis désolée d'apprendre ce qui s'est passé.

Je le regardai et elle lâcha mon regard un instant.

— Je suppose que tu n'as pas vu ce qui est arrivé à Henrik ?

— Je suis désolée, Frima, mais non. Les gardes le tenaient et il se battait. Avec acharnement. Mais nous nous sommes enfuis avant que le combat ne commence vraiment.

Ses yeux brillèrent d'émotion, puis se durcirent.

— S'il meurt, il sera invité au *Valhalla*, dit-elle sévèrement.

— Par Odin, répondis-je, comme il le fallait, avant de fixer l'eau immobile.

Seulement, elle n'était pas immobile.

Mon estomac chuta lorsque je vis un mouvement vacillant, puis davantage lorsque je balayai mon regard de haut en bas sur les racines les plus visibles.

Les yeux. Il y avait des yeux partout. Et sous mon regard, des mains et des têtes apparaissaient sur les bords. Des mains et des têtes sans chair, avec des bouts d'os et des tendons.

J'avais la tête qui tournait et mon sang se transformait en glace.

Nous étions entourés d'Affamés.

CHAPITRE 34
REYNA

— **M**az !

Frima et moi appelâmes son nom en même temps, alors que les Affamés commençaient à se hisser par-dessus le bord de la rivière, vers le bateau.

— À quelle distance sommes-nous de l'arbre ? demandai-je, incapable de détacher mon regard des créatures qui s'approchaient.

— Au moins encore une heure.

Les ombres s'éloignaient déjà de la voile et se dirigeaient vers les créatures, les forçant à s'éloigner.

Mazrith courut vers nous, vit les Affamés et se dirigea vers la rambarde de l'autre côté du bateau en jurant.

Les portes de la cabine s'ouvrirent et Kara, Lhoris et Tait en sortirent.

— Qu'est-ce qui se passe ? Est-ce qu'ils nous ont rattrapés ?

Le visage de Kara était effrayé, puis elle vit ce qu'il y avait dans l'eau.

— Retourne dans la cabine et verrouille les portes, lança Frima.

Mes jambes se mirent enfin à fonctionner et je me dirigeai vers l'endroit où j'avais déposé mon arc et mon carquois sur le pont. Je n'avais peut-être pas de magie utile, mais je pouvais tirer sur ces salauds.

Ignorant tout le reste, je bandai l'arc et me concentrai.

Ma première flèche fit mouche, frappant un Affamé dans son orbite vide avec suffisamment de force pour le faire reculer dans la rivière, en agitant les bras.

Lhoris apparut à mes côtés, avec un sac de haches à ses pieds. Il en lança une avec un rugissement sur une créature réduite à l'état de squelette, qui se brisa dans l'eau.

Je visai et lâchai à nouveau mes flèches. Encore et encore, je décochai des flèches sur les créatures mortes-vivantes qui se rapprochaient du bateau, ignorant tous les bruits et l'activité autour de moi.

— Reyna, je crois qu'il y a un problème, dit la voix de Voror dans mon esprit, juste au moment où je décochais une flèche.

Je poussai un juron en voyant mon projectile rater sa cible.

— Voror, ne me distrais pas !

— Tourne-toi.

Sa voix était suffisamment alarmiste pour que je fasse ce qu'il disait. Kara et Tait s'étaient écroulés devant les portes de la cabine, comme s'ils étaient tombés exactement là où ils se tenaient.

Frima était appuyée contre la rambarde et essayait de dire quelque chose, mais aucun mot ne sortait. Je regardai, paralysée par l'incompréhension, tandis que ses yeux se fermaient et qu'elle s'effondrait sur le pont, Lhoris tombant à mes côtés quelques instants plus tard.

— Maz !

Je courus vers l'autre côté du bateau où lui et Ellisar retenaient les créatures. L'énorme humain était inconscient par terre, et Mazrith se retourna vers moi.

Les taches sur sa peau étaient à peine visibles, et ses cicatrices ressortaient clairement.

— Qu'est-ce qui leur est arrivé ? aboya-t-il.

— Je ne sais pas !

La panique m'envahissait, et je savais que mon côté du bateau n'était plus protégé.

— Reyna, continue à tirer, commença-t-il.

Mais son dernier mot fut presque inaudible.

— Maz ?

Il s'agenouilla.

— Non ! Non, non, non, qu'est-ce qui se passe ?

— Reyna, essaya-t-il de dire.

Mais, sur la dernière syllabe, il tomba en avant.

Je m'agenouillai à côté de lui, le retournant, essayant de contenir la panique aveugle qui me consumait. Il respirait, mais il était inconscient.

Je me levai d'un bond et courus vers l'autre côté du bateau. Les Affamés avaient gagné du terrain, profitant du répit. Je n'avais pas beaucoup de temps.

Tourbillonnant sur place, j'essayai de trouver un plan.

Un gémissement attira mon attention, et j'ouvris les yeux sur la porte de la cabine.

— Brynja ?

— Je ne savais pas qu'ils attaqueraient !

— Quoi ?

Elle me fixa un instant, puis se mit à hurler un nom qui me fit presque trébucher sous l'effet de l'incompréhension.

— Rangvald !

— C'est quoi ce bordel...

Mais Rangvald surgit de la cabine où se trouvait Svangrior, brandissant son bâton d'où s'échappaient des ombres.

— Reculez, créatures immondes ! cria-t-il, avant de courir vers la balustrade.

— Brynja, qu'est-ce que..., commençai-je.

Mais Rangvald poussa un cri et je me retournai.

— Aidez-moi à les retenir, aidez-moi !

Je fixai Brynja une seconde de plus, l'esprit en ébullition, puis courus de l'autre côté, tirant mon arc.

Mais il était trop tard. Ils étaient partout, et trop près. J'en voyais deux, leurs mains gluantes et pourries les hissant déjà sur la coque peu profonde du bateau. Je décochai des flèches, mais je n'en touchai qu'un assez fort pour la déloger.

— Brynja, fais rentrer tout le monde dans une cabine, tout de suite ! criai-je.

Mais quand je jetai un coup d'œil par-dessus mon

épaule, elle n'avait pas bougé. Elle regardait fixement, les yeux écarquillés.

Je courus vers elle et lui pris les épaules.

— Je ne sais pas ce que tu as fait, mais il faut que tu te réveilles tout de suite ! Aide-moi à les déplacer !

Je courus vers Maz, lui attrapai les bras et essayai de l'éloigner du bastingage.

— Brynja, que Freya me vienne en aide, je vais te frapper si tu ne m'aides pas tout de suite !

— Je ne savais pas qu'ils allaient attaquer, dit-elle encore.

Rangvald cria depuis la balustrade et commença à reculer vers le milieu du pont.

— Dans la cabine, mon amour, cria-t-il à Brynja.

Mon amour ?

Je tirai encore sur Mazrith, mais je ne pus le déplacer : il était trop lourd.

Des mains apparurent par-dessus la balustrade, suivies de têtes.

Je n'avais plus beaucoup de temps.

— Brynja ! Aide-moi à les sauver !

Mais elle était partie, elle et Rangvald claquant la porte de la cabine derrière eux.

Je tirai avec un rugissement, réussissant à faire glisser Mazrith de quelques centimètres.

Était-ce ainsi que cela se terminait ? Après tout ce qui s'était passé ? Mazrith et tous mes amis inconscients, moi seule réveillée pour nous voir tous dévorés par des monstres, pour être reconstruits en tant que morts-vivants ?

La panique et un regret profond m'envahirent lorsque la première créature se hissa par-dessus la rambarde. Je bandai mon arc, mais mes mains tremblaient.

Je me positionnai au-dessus de Maz, une jambe de chaque côté, et j'essayai de viser alors que la chose commençait à se diriger vers moi.

Au moment où je lâchai la corde, tout le bateau se souleva sous mes pieds.

L'Affamé trébucha, mais je gardai pied, coinçant les orteils de mes bottes sous le poids de Mazrith.

Un *boom*, puis le bateau se remit à tanguer.

Presque au ralenti, je vis la coque du bateau se fendre, puis des planches voler dans une explosion massive.

J'esquivai, me jetant sur Maz, puis des ombres se répandirent partout.

Je criai lorsqu'elles s'enroulèrent autour de moi, me soulevant physiquement du pont. Je cherchai Maz à tâtons, mais il était lui aussi soulevé dans les airs. Je tournai sur moi-même, donnant des coups de pied, m'agitant, essayant de voir ce qui se passait, puis je m'immobilisai lorsque je vis où l'on m'attirait.

Le navire de la Reine était derrière le nôtre. Immense et noir, avec elle à la proue, son bâton levé et ses vrilles d'ombres étendues comme une toile, happant tous les occupants de notre bateau tandis que ses canons le détruisaient complètement.

⁓

Je m'écrasai sur les planches noires du vaisseau de la Reine, mais je ne remarquai pas la douleur. Je réussis à me relever alors qu'un énorme dôme d'ombre translucide recouvrait tout le pont.

L'un après l'autre, les autres s'écrasèrent sur le pont, Rangvald se débattant tandis que les vrilles d'ombre le déposaient directement au pied de la Reine.

Tout le monde était là, et je ressentis un petit soulagement en regardant, à travers la barrière d'ombre, ce qui restait de notre navire. Les Affamés rampaient dessus alors qu'il s'enfonçait dans la rivière.

Mon soulagement fut de courte durée.

— Alors, vous pensiez pouvoir nous distancer ? demanda la voix chantante de la Reine qui se répandit sur le bateau. Laissez-moi m'occuper de cette vermine, et j'obtiendrai enfin ce que je veux de mon fils rebelle !

Brynja se hissa péniblement sur ses jambes à côté de moi.

— C'était toi pendant tout ce temps ?

Je cherchai à tâtons de quoi me défendre, mes doigts trouvant le bâton à ma ceinture.

Mais Brynja ne fit pas mine d'attaquer, se contentant de me fixer d'un regard noir. La peur qui l'avait envahie lors de l'attaque des Affamés s'était dissipée, et ses yeux étaient désormais remplis d'une détermination sans faille.

— Tu travaillais avec Rangvald pour me tuer, répétai-je.

Ce n'était pas une question.

— Pourquoi ?

Elle me regarda d'un air narquois.

— Parce qu'il est amoureux de toi et qu'il ne t'aurait pas tuée lui-même.

Mon visage se fronça.

— Rangvald ?

— Non, putain de *heimskr*, Lord Orm ! Tu l'obsèdes, et je ne le supporte pas !

Je la regardai fixement.

— Tu n'as jamais fait partie d'un des clans de la côte, n'est-ce pas ? Tu n'as jamais été capturée lors d'un raid.

— Non. Je travaillais au palais, pour Orm. Et il m'a envoyée dans la Cour d'Ombre, comme esclave, pour espionner la Reine.

— Mais Orm travaille avec la Reine. Pourquoi l'es-pionnerait-il ?

Une fois de plus, le visage de Brynja se crispa.

— Il ne travaille avec elle que pour lui prendre ce bâton infernal. Il va bientôt se débarrasser d'elle et faire de moi sa Reine.

J'essayais de rassembler les pièces du puzzle. J'étais tellement convaincue que le traître avait de la magie que je n'avais même pas pensé à elle. Mais elle avait utilisé Rangvald.

— Pourquoi Rangvald ? Pourquoi, lui ou toi, vous n'avez pas parlé du sanctuaire à la Reine si vous étiez au courant ?

— Oui, cher conseiller, réponds-lui ! hurla la Reine, nous faisant sursauter tous les deux.

Rangvald était agenouillé sur le pont, tremblant. Son visage était blanc comme un linge.

Les ombres qui m'avaient soulevée jusqu'au vaisseau de la Reine s'enroulaient autour de mes jambes, les forçant à plier.

Je luttai, mon visage chauffant sous l'effort. Un effort vain. Avec un craquement, mes genoux heurtèrent les planches.

Le regard de la Reine était toujours fixé sur Rangvald.

— Alors ? chuchota-t-elle. Mon plus fidèle conseiller ? Qu'as-tu à dire pour ta défense ?

Rangvald fixa la Reine. Il ouvrit et ferma la bouche, mais rien ne sortit.

Un Affamé se jeta contre le dôme d'ombre, mais rebondit dans l'eau.

La Reine leva son bâton de brume, et la hideuse bête d'ombre en sortit. Lentement, elle se dirigea vers Rangvald.

— Les *filombres* ! bredouilla-t-il d'une voix désespérée. Vous en avez tué tellement, et au début, quand Brynja est venue me voir et m'a dit qu'elle savait ce que le Prince Mazrith et la jeune fille mijotaient, j'ai cru qu'ils cherchaient un moyen de fabriquer de nouveaux bâtons ! Mais quand j'ai découvert qu'ils essayaient de trouver un bâton magique, j'ai accepté d'aider Brynja à tuer la fille à la place.

Il baissa la tête.

— Je suis désolé, ma Reine, j'aurais dû vous le dire. Je suis désolé. Tellement, tellement désolé.

Il se mit à sangloter.

— Pourquoi l'aider plutôt que moi ? dit la Reine en réfléchissant un instant.

Puis ses yeux sauvages se portèrent sur Brynja.

— Le sexe, siffla-t-elle. Tu lui as donné ton corps en échange de sa magie.

— Cela en valait la peine. Mon véritable amour comprendra, déclara Brynja.

La Reine rejeta la tête en arrière et rit.

— Ton véritable amour ?

— Il ne veut que votre bâton, pas vous ! s'écria Brynja.

La bête d'ombre se tourna vers elle.

— On lui demande ? dit la Reine en souriant. Orm, chéri ?

La haine m'envahit lorsque Lord Orm sortit d'une cabine et s'avança sur le pont. Son regard était dur et fixé sur Brynja.

— Tu as essayé de la tuer ?

— Vous ne voyiez pas à quel point elle est dangereuse ! dit Brynja, ses yeux fous.

— J'ai besoin d'elle vivante. Tu le savais, siffla-t-elle.

— Et maintenant, vous l'avez ! J'ai drogué toute sa garde et je vous l'ai livrée !

— Drogué ? Qu'est-ce que tu leur as fait ?

Elle avait dû droguer Svangrior et placer le sac dans sa tente.

— Silence !

La voix de la Reine était comme un fouet.

— J'en ai assez.

Elle abattit son bâton sur le pont et, d'un bond silencieux et mortel, la bête d'ombre se mit à tourner. Elle s'élança sur Rangvald, et mon estomac tressaillit lorsqu'elle lui arracha la tête. Le sang éclaboussa les planches et je fermai les yeux, essayant de ne pas sombrer dans la panique la plus totale.

— Je suis là. Je ne peux pas traverser sa barrière d'ombre, mais je suis au-delà.

La voix de Voror se répandit dans mon esprit et je m'y accrochai.

Il était en sécurité, et il était sur la rivière. Je n'étais pas seule. Pas complètement.

Lorsque j'ouvris les yeux, Brynja tremblait, les yeux fixés sur le corps de Rangvald.

Orm s'approcha de la Reine et se tourna vers la servante.

— Ils cherchent un bâton de brume ? lui demanda-t-il.

Elle quitta des yeux le cadavre sans tête pour le regarder. Elle acquiesça.

— Et ? Ils l'ont trouvé ?

— Je pense que oui, acquiesça-t-elle.

— Alors pourquoi ne se défendent-ils pas contre ces créatures ? Pourquoi ont-ils pris la fuite lorsque vous avez tué ce pathétique faë de terre ?

La Reine adressait sa question à Orm, et de la lumière s'alluma dans ses yeux.

— Je pense qu'il est temps de le découvrir.

Il s'approcha de Mazrith.

— Laissez-le !

J'essayai de me lever, mais les ombres me serraient trop fort.

— Laissez-le, putain !

Orm coinça sa botte sous le corps de Maz et le retourna, puis regarda la Reine.

— Mon amour, pouvez-vous lire dans ses pensées lorsqu'il est inconscient ?

— Vous savez que je ne peux pas, mon chéri. Je vais devoir le réveiller.

La Reine tourna son regard vers Brynja.

— Avec quoi l'as-tu drogué ?

Brynja marmonna un mot que je ne reconnus pas.

— Excellent. Enfin, j'aurai tes secrets, Prince Mazrith Andask.

CHAPITRE 35

REYNA

La bête d'ombre disparut, et à sa place apparut une énorme patte tendue, avec des griffes de la taille de mes mains. La patte griffue flotta dans les airs, jusqu'à la tête de Mazrith. Les ombres tourbillonnèrent un instant autour de lui, et il gémit.

— Maz !

Ses yeux ne s'ouvrirent pas, mais il émit un faible bruit.

— Laissez-le tranquille ! hurlai-je, en tirant aussi fort que possible contre mes liens d'ombre.

Mais ils étaient trop forts.

Le fait qu'elle puisse utiliser sa magie ainsi, tout en maintenant le dôme d'ombre autour du navire, témoignait de la force de son bâton. Je le fixai du regard, souhaitant qu'il lui explose à la figure.

Maz gémit à nouveau et ses yeux s'ouvrirent.

— Maz, nous sommes sur le vaisseau de la Reine, elle nous a..., commençai-je.

Il bondit sur ses jambes avec vivacité, ses ombres s'abattant sur la patte d'ombre dans un rugissement.

Un rayon de lumière jaillit d'Orm en même temps que le dôme d'ombre au-dessus de nous vacillait. Un bras d'Affamé passa au travers, et je me rendis compte avec un sursaut qu'ils rampaient sur tout le bouclier maintenant.

La Reine poussa un aboiement de colère et l'Affamé fut éjecté du dôme avec force. Lorsque la lumière qu'Orm projetait autour de Maz se dissipa, mon cœur bégaya dans ma poitrine.

Le bâton de Mazrith est en morceaux.

Et lui était exactement comme je l'avais vu dans la vision.

Les rubans d'ombre de la Reine s'enroulaient autour de lui tandis qu'il rugissait et se débattait, et Orm le regardait bouche bée.

— Qu'est-ce que vous êtes, au nom d'Odin ?

— J'en ai assez d'attendre de le savoir, s'exclama la Reine.

La patte se précipita sur Mazrith, les griffes s'enroulant autour de sa tête, et le cri de Maz se perdit entre mes propres cris alors qu'elles s'enfonçaient dans son crâne.

Une minute de torture s'écoula, et je me débattais de toutes mes forces pour me libérer et aider l'homme que j'aimais. J'essayai de pénétrer dans la tête de la Reine par la force, mais avec Voror à l'extérieur du dôme d'ombre, ma magie ne répondit pas à ma volonté désespérée.

• • •

Les griffes continuaient de s'enfoncer dans la tête de Mazrith, son visage tordu en un masque de douleur, et sa lèvre en sang, car il se mordait pour s'empêcher de crier.

Je n'avais aucun scrupule à faire du bruit. Je lançais tous les jurons possibles et imaginables sur la Reine et Orm, déversant un torrent de rage débridée et inutile.

Toutes ces années, les mots avaient été ma seule arme, et c'était toujours le cas. J'étais inutile. Incapable de défendre ceux que j'aimais. La colère me consumait, la peur et la rage me brûlaient les entrailles.

Les griffes s'éloignèrent enfin, planant devant Maz, et il s'affaissa, les ombres gardant ses bras liés dans le dos.

— Maz !

Les larmes coulaient sur mon visage. Je ne pouvais pas la regarder le torturer et le tuer. Je ne pouvais pas. Je ne voulais pas.

— Intéressant, dit la Reine, ses yeux vifs se tournant vers Orm. Je savais que sa mère avait eu une liaison, mais j'ignorais que le Prince ici présent en était le fruit.

La bouche d'Orm s'ouvrit à nouveau, puis ses yeux cruels se rétrécirent.

— Vous voulez dire...

La Reine acquiesça.

— En effet, le Prince Mazrith est votre frère.

La tête de Mazrith se releva lentement.

— Qu'est-ce que vous venez de dire ?

Sa voix n'était qu'un bredouillement, et j'étais incapable d'ajouter quoi que ce soit, rendue muette par le choc.

— Je savais que ta mère était amoureuse d'un faë d'or, espèce d'enfant stupide, lança la Reine à Maz.

Les taches sombres tourbillonnaient sur la peau de Mazrith, dont les yeux se remplirent de noir tandis qu'il fixait la Reine.

— Et c'est son pathétique orgueil blessé qui a tué le Roi, dit-elle en riant. Veux-tu savoir ce qui est arrivé à l'homme que tout le monde croyait être ton père ?

— Tant qu'il est mort, cela ne m'intéresse pas, grogna Mazrith.

Orm leva la main.

— Attendez, je dois vous demander... vous êtes tout à fait repoussant !

Sa lèvre se retroussa tandis qu'il regardait Mazrith.

— Qu'est-ce que vous *êtes* ?

— Chéri, laissez-moi vous expliquer, dit la Reine de son ton chantant.

Elle passa la langue sur ses dents noires, les yeux brillants.

— La mère de Mazrith a eu une liaison avec un faë d'or... votre père. Lorsqu'elle a donné naissance à un enfant, le Roi a réalisé qu'il n'était pas le père et a essayé d'introduire sa propre magie dans le garçon. Voilà le résultat.

Elle agita son bâton en direction de Mazrith, et ma rage brûla si fort que je crus que ma peau allait fondre.

La Reine se tourna à nouveau vers Maz.

— Une fois mariée au Roi, je me suis fait un devoir de découvrir à qui ta mère avait rendu visite à la Cour d'Or. Les rumeurs sur son infidélité étaient rares, mais je sais comment obtenir des informations. D'une manière ou d'une autre, ta mère s'est arrangée pour que personne ne sache que tu étais illégitime, car je suis certaine que mes sujets m'ont raconté tout ce qu'ils savaient.

La folie étincela dans ses yeux lorsqu'elle évoqua ceux qu'elle avait torturés au fil des ans.

— J'avais besoin d'un moyen de pression pour arracher son bâton au Roi. Et c'est ainsi que j'ai rencontré Orm.

Elle adressa un sourire au faë d'or.

— C'est de *son* père que votre mère était amoureuse. J'ai dit au Roi que je savais qui était le faë d'or qui lui avait volé sa femme. Je lui ai dit qu'il fallait le tuer, pour restaurer sa fierté.

Elle rit.

— Orm l'attendait.

Mazrith regarda Orm en clignant des yeux.

— Vous avez tué le Roi de la Cour d'Ombre, alors qu'il brandissait un bâton de brume ? Comment ?

Orm haussa les épaules.

— Une embuscade. C'était simple, en fait. Il s'est introduit dans nos appartements, a tué mon père, et je lui ai planté un couteau dans le dos pendant qu'il savourait sa victoire. Il ne savait même pas que j'étais là.

— Ensuite, mon doux seigneur m'a apporté le bâton de ton père. J'ai dit à tout le monde qu'il me l'avait remis pendant qu'il partait à la recherche des dieux disparus, et

Orm et moi avons attendu notre heure jusqu'à ce que nous puissions gouverner les deux cours ensemble, dit la Reine avec douceur. Je pensais que t'éliminer serait mon plus grand obstacle, mais regarde-toi ! Tu n'es même pas un faë d'ombre ! Tu ne représentes *aucune* menace pour moi ou pour ma Cour.

La démence envahit à nouveau son regard.

— Je pourrais faire croire aux gens que c'est moi qui t'ai fait subir ça, et t'utiliser comme modèle de ce que je ferai à ceux qui me désobéiront.

Elle inclina la tête.

— Je pourrais cependant enlever quelques membres. Orm, chéri, je peux le garder ?

— Bien sûr, mon amour.

Son rire étincelant fut interrompu, et je tournai la tête vers Brynja, surprise.

— Il ne vous aime pas.

Son visage était blanc, son corps tremblait, mais sa voix était forte et claire lorsqu'elle répéta les mots.

— Il ne vous aime pas !

Le visage de la Reine se tordit.

— Ne sois pas si ridicule, tu ne peux pas imaginer qu'il est amoureux d'une créature pathétique comme toi ?

La jeune fille tenta de se redresser.

— Regardez dans ma tête. Voyez les nuits que nous avons passées ensemble, les choses que je l'ai laissé me faire.

Elle déglutit difficilement.

— Je lui appartiens.

La fureur envahit les traits de la Reine.

— Je vais effacer ces souvenirs de ta tête pour toujours, espèce de larve !

Elle s'avança vers Brynja et la jeune fille tendit le bras pour me montrer du doigt.

— C'est elle qu'il veut !

Elle cria à moitié ces mots.

— Il est obsédé par elle !

La Reine marqua une pause, me jetant un regard noir.

— Mon chéri, ronronna-t-elle.

Elle avait les yeux rivés sur moi, mais ces mots s'adressaient à Orm.

— Des mensonges et des absurdités, bien sûr, déclara le faë d'or.

— Vous lui avez sauvé la vie à la Cour de Glace ! Vous parlez d'elle dans votre sommeil ! s'étrangla Brynja.

La Reine se tourna lentement vers Orm.

— La petite maligne n'a pas tort. Pourquoi lui avoir sauvé la vie ?

— J'avais besoin d'elle vivante, grogna Orm.

La Reine pencha la tête.

— Pourquoi ?

— La vengeance, dit-il en tapant du pied. Cette créature dégoûtante et elle se sont moquées de moi avec leur ligature. Elle était censée être *ma* concubine liée !

— Vous souhaitez toujours qu'elle soit votre concubine ?

Le ton de la Reine était devenu dangereux.

Se retourneraient-ils l'un contre l'autre ? Pourrais-je l'utiliser à mon avantage si c'était le cas ?

— Je souhaite me venger, répondit Orm à la Reine, sa voix réduite à un sifflement. Je pensais que vous compreniez la vengeance. C'est l'une des choses que j'aime le plus chez vous, dit-il en passant brusquement de la menace au charme.

— Mensonges ! s'écria Brynja. Il ne vous aime pas ! Il ne *m'aime pas* ! C'est elle qu'il aime !

Elle me montra à nouveau du doigt, et la Reine se retourna pour lui faire face.

— Assez !

Au coup de son bâton, les ombres soulevèrent Brynja, la propulsant vers le haut.

— Tu n'es plus la bienvenue sur mon navire, grogna la Reine.

Une brèche s'ouvrit dans le dôme, et elle jeta la jeune fille hurlante dans les mains griffues des Affamés.

La bile me monta à la gorge et je détournai les yeux juste à temps pour voir la lueur dans les yeux de Lord Orm qui s'avançait dans le dos de la Reine. De la lumière jaillit autour de lui, et la Reine sursauta, ses yeux s'écarquillant tellement que je vis pour la première fois du blanc autour de ses pupilles.

— Elle a raison. Je ne vous aime pas, siffla-t-il à l'oreille de la Reine. Et il est remarquablement facile de prendre un bâton de brume à ceux qui ne s'attendent pas à être attaqués.

Il la bouscula et elle trébucha sur le pont, une dague plantée dans le dos.

Son bâton de brume s'écrasa par terre et, pendant

une brève seconde, le temps se figea. Tout le monde le regardait.

Mazrith et Orm s'élancèrent en même temps, et je regardai avec horreur le dôme au-dessus de nous commencer à se désintégrer.

CHAPITRE 36

REYNA

Orm atteignit le bâton en premier, beuglant son triomphe.

— Contrôlez le bouclier ! hurlai-je en courant vers Mazrith.

Le visage d'Orm se déforma lorsqu'il leva les yeux, la barrière d'ombre maintenant si fine qu'elle soutenait à peine le poids des morts-vivants.

Il tendit le bâton, mais rien ne se produisit.

Mazrith se relevait péniblement, en trébuchant, et il désigna la Reine.

— Elle n'est pas morte. Le bâton ne répondra à personne d'autre qu'à elle tant qu'elle vivra !

— Peux-tu fabriquer un bouclier ? demandai-je désespérément.

Mais je connaissais déjà la réponse. Il n'avait pas de magie ; son bâton avait été détruit.

— Allez, marche, maudit sois-tu ! hurla Orm alors

que le dôme cédait et que les Affamés tombaient sur le pont.

Mazrith frappa le premier qui atterrit près de nous, et je donnai un coup désespéré avec mon bâton inutile.

J'avais de la magie maintenant, mais elle ne servait à rien : que pouvais-je faire en entrant dans la tête de quelqu'un ?

La panique m'envahit alors que d'autres créatures déferlaient sur le bateau et se dirigeaient vers les formes encore inanimées de mes amis, laissés çà et là où la Reine les avait jetés au milieu du pont.

Orm se pencha, poussant le corps de la Reine vers les trois créatures qui avançaient sur lui, et j'eus presque le souffle coupé quand on lui arracha un bras et qu'un gargouillis sortit de sa gorge, à peine audible par-dessus le bruit des créatures.

Elle n'était pas encore morte, et ils étaient en train de l'écarteler.

Les nombreuses personnes qu'elle avait torturées défilaient dans mon esprit, puis quelque chose m'attrapa par l'épaule et l'effaça de mon champ de vision. Je frappai du bâton par-dessus mon épaule, et je heurtai quelque chose derrière moi. Maz projeta loin de nous une créature mutilée et pourrie, une morsure laissant échapper du sang sombre de son avant-bras.

— Mets-toi dos à dos avec moi ! hurla-t-il.

Je bougeai, presque engourdie par la peur.

Les ombres volèrent et je levai la tête pour voir Svangrior, réveillé et bataillant avec un fouet d'ombre contre toutes les créatures qui s'approchaient de lui ou des corps inconscients à côté de lui.

— Cela suffit, mes pétales, chanta une voix.

Mes entrailles se transformèrent en glace.

— Nous avons ce que nous sommes venus chercher, et aucun mal ne doit lui être fait. Pour l'instant.

Les Affamés s'immobilisèrent, leurs bras trop longs et leur démarche maladroite se figeant lorsque l'Ancienne grimpait par-dessus le bastingage du navire.

— Reyna Thorvald. Il est temps d'affronter ton destin.

— Prenez-moi, laissez les autres, dis-je, étourdie alors que je m'éloignais de Mazrith.

Avec un rugissement, il repassa devant moi, levant les poings.

— Touche-la et tu meurs, grogna-t-il.

Pendant un instant, il fut aussi terrifiant qu'un mort-vivant.

— Maz, regarde-moi !

Mes pensées s'étaient étrangement ralenties et, dans le calme qui avait suivi l'attaque, la clarté s'était infiltrée.

Les yeux noirs de Mazrith étaient remplis de tourbillons dorés quand il se retourna pour me faire face, énorme et corpulent. Je posai mon bras sur son épaule.

— Je ne peux pas fuir, lui dis-je. J'ai fui toute ma vie, et il n'y a plus d'endroit où aller. C'est moi qu'elle veut, et elle ne s'arrêtera pas avant de m'avoir. Et je ne me pardonnerais jamais si quelqu'un d'autre était blessé. Y compris toi.

Il poussa un grognement sauvage.

— Je ne te quitterai jamais. Je te l'ai dit.

Il se retourna vers l'Ancienne.

— Nous deux ! Vous pouvez nous prendre tous les deux sans combattre si vous épargnez les autres.

L'Ancienne grimaça son hideux sourire.

— Vous n'êtes pas en position de marchander, petits enfants stupides.

Elle fit un geste derrière nous.

— Ouvrez les portes.

Je me retournai et vis l'arbre de vie se profiler, les portes de la Cour d'Or se dressant devant nous.

Orm se précipita à la proue du navire, levant son bâton, le visage masqué.

— Non, vous ne pouvez pas les laisser entrer ! dis-je, en même temps que Mazrith aboyait :

— Ne les laissez pas entrer dans l'arbre sacré !

Mais Orm avait déjà envoyé sa lumière vers les deux braseros situés de part et d'autre des portes, et celles-ci commencèrent à s'ouvrir.

Le vaisseau passa sans encombre et l'Ancienne boita vers la Reine.

— Celle-là est en vie, à peine, dit-elle, avant de faire un geste du poignet.

Deux des créatures poussèrent d'affreux gémissements, puis se jetèrent sur la Reine.

Je détournai les yeux pour les fixer sur l'Ancienne.

— Que me voulez-vous ?

Elle pencha la tête.

— Est-il possible que tu ne le saches pas ?

Ses yeux dardèrent sur mon bâton.

— Pourquoi est-ce qu'il ressemble à ça ? Il n'était pas comme ça, avant.

Je les regardai tour à tour, elle et le bâton, lorsque les portes se refermèrent derrière nous.

Yggdrasil réagit instantanément. Les ténèbres se répandirent sur l'écorce, un nuage de poussière rouge sang engloutissant les statues imposantes, et toute la lumière, et le vert, et l'éclat des lieux s'estompèrent. Les planches noires du navire, couvertes de sang, semblaient encore plus sombres.

— Vous avez déjà vu ce bâton ? demandai-je en reportant mon attention sur l'Ancienne et en essayant désespérément d'ignorer les bruits du cadavre de la Reine que l'on taillait en pièces.

Elle fit un autre pas boitillant vers moi, et son odeur me submergea.

Je sursautai, trébuchant en arrière, et elle grogna, sans perdre son sourire.

— Défais ce qui a été fait ! Tu es la seule à pouvoir le faire. Si tu refuses, je ferai de toi l'une des nôtres.

— Défaire quoi ? Je ne sais pas du tout de quoi vous parlez !

— Alors, ils meurent.

Les Affamés traînèrent Svangrior, qui se débattait et jurait, et les autres membres inconscients de notre groupe.

— Choisis celui qui mourra le premier, mon enfant, chanta l'Ancienne.

Un Affamé presque réduit à l'état de squelette, des rubans de chair pendant de ses côtes, souleva le corps de Frima et le fit passer par-dessus son bras.

— Stop ! Montrez-moi ! Montrez-moi ce que vous voulez que je fasse !

L'Ancienne se retourna vers moi.

— Te le montrer ?

J'acquiesçai et, avant qu'elle ne puisse dire un mot de plus, je fis la chose qui m'effrayait le plus au monde.

Je pénétrai dans son esprit.

Tout tourna, et la faim me parut écrasante. Omniprésente. Elle dévorait tout. Il n'y avait rien d'autre que le prochain repas, le goût de la chair, le sang chaud...

— Qu'est-ce que tu fais ?

Elle parlait. À moi.

— Montrez-moi pourquoi vous avez besoin de moi !

— Sors !

Je fus éjectée de son esprit avec une force qui me donna l'impression d'avoir été frappée à la tête. Je trébuchai et m'étalai, juste à ses pieds. Maz grogna et s'élança, et l'Ancienne tendit le bras, refermant ses doigts osseux et pourris autour de mon poignet.

Tout devint sombre, et je n'étais plus sur le bateau à l'intérieur de l'arbre.

Je me trouvais dans une forêt, à la lisière d'une petite

ville. Une femme aux longs cheveux cuivrés était entourée d'hommes qui criaient et se moquaient d'elle. Des larmes striaient ses joues, mais son expression était féroce et dure.

— Je ne le ferai pas ! cria-t-elle en frappant un bâton sur la terre.

— Alors il meurt, rugit un homme qui brandit une hache, des dizaines de tresses dans ses cheveux bruns.

Ils étaient tous humains, et ils s'écartèrent pour laisser une charrette rouler devant la femme. Un homme y était attaché, des chiffons enfoncés dans la bouche.

— Non ! Laissez-le !

— C'est une abomination, vous deux ensemble. Les faës et les humains n'ont rien à faire ensemble !

— Laissez mon mari, maintenant ! dit la femme, alors que de la lumière commençait à scintiller autour du pommeau de son bâton.

— Fais ce qu'on te demande, et il vivra, grogna une femme en tenant un poignard sous la gorge de l'homme.

Elle l'entailla, et du sang jaillit tandis que l'homme toussait autour de son bâillon, les yeux fous.

— S'il vous plaît, arrêtez ! Vous ne pouvez pas m'obliger à faire ça ! Il faut gagner une guerre avec courage et honneur ! Pas en leur faisant perdre la tête !

— Le clan Scyfling mérite de perdre la tête ! Et d'ailleurs, à quoi bon avoir une faë dans notre village si elle ne nous sert à rien ? railla un homme. Tu es une faë runée, tu peux leur faire perdre la tête jusqu'à en faire des épaves. On peut même leur faire croire qu'ils sont des animaux !

Un rire cruel s'éleva du groupe.

— Si tu ne les rends pas tous fous, ta fille sera la prochaine. Et crois-moi, ils ont beaucoup, beaucoup mieux à faire avec elle que de lui trancher la gorge, dit la femme.

Comme la faë ne répondait pas, la femme haussa les épaules.

— Alors, tu vois qu'on est sérieux. Tu es responsable de sa mort.

Elle enfonça la dague dans le cou de l'homme.

La femme faë cria, tombant à genoux, et l'homme aux tresses l'attrapa par le cou, la tirant sur ses pieds.

— Fais-le, maintenant. Ou ta fille deviendra notre jouet, et toi aussi.

Elle sanglota et brandit son bâton.

— Je suis désolée, Harald. Je suis tellement, tellement désolée, s'écria-t-elle.

Mais les larmes étaient faites de lumière, et lorsqu'elle se redressa, c'était la rage, et non le chagrin, qui brillait sur son visage.

— Que les dieux vous brûlent tous, siffla-t-elle.

— Les dieux ne brûlent pas les gens comme nous, dit l'homme d'un ton narquois. C'est réservé aux faës.

— Qu'il en soit ainsi, dit-elle, ses yeux devenant d'un blanc immaculé.

Le bâton explosa de lumière, et lorsqu'elle se dissipa, les humains autour d'elle étaient en morceaux. De la chair pendait des os brisés, il y avait du sang partout.

Mais ils restaient debout.

— Qu'est-ce... qu'est-ce que tu as fait ?

La femme qui tenait la dague s'étrangla, car il lui manquait la moitié de la mâchoire.

— Ce que vous m'avez demandé de faire à votre ennemi, dit la faë.

Ses yeux étaient toujours blancs, sa voix porteuse d'une puissance qui aurait mis à genoux les hommes les plus forts que je connaissais.

— Vous m'avez pris ce que j'aimais. Et j'ai pris tout ce qui faisait de vous des êtres humains.

Le bâton continua de briller, de plus en plus fort, puis une voix retentit dans le ciel.

— Les runés servent les Vanir, et tu as utilisé leur magie sans permission. Tu vas trop loin, Estrid.

La femme rejeta la tête en arrière et interpela le ciel.

— Je ne regrette rien ! Punissez-moi comme bon vous semble, mais ces humains ne seront plus humains !

Il y eut un éclair de lumière verte et elle disparut.

La vision se leva et je regardai fixement l'Ancienne, qui tenait toujours mon poignet.

— Un faë runée a créé les Affamés, soufflai-je. En utilisant ce bâton de brume pour voler de la magie vanir.

— C'est ta *mère* qui nous a créés, siffla l'Ancienne. Avec ce bâton. Et toi seule peux défaire ce qu'elle a fait.

CHAPITRE 37

REYNA

L'Ancienne lâcha son emprise sur moi.

— Libère-nous.

— Vous libérer ?

Je continuais à fixer le bâton, la vision tourbillonnant dans ma tête.

Ils avaient tué le mari humain de ma mère pour la forcer à faire du mal à d'autres humains ? Et elle s'était vengée avec rage et les avait maudits à la place.

Je levai les yeux vers la statue de la grande prêtresse vanir que Maz m'avait indiquée il y avait de cela si longtemps.

Comment est-ce que j'utilise ce bâton ? Je projetai la question à la statue, et le bâton s'enflamma dans ma main.

Les ténèbres m'engloutirent à nouveau, et lorsqu'elles se levèrent, la vision était différente de toutes celles que j'avais jamais eues.

Une voix chantait, féminine et agréable.

— Ces trois futurs te sont destinés. Choisis ta voie : l'honneur ou la colère.

Des images commencèrent à défiler devant mes yeux.

Dans la première, je me vis brandir le bâton en l'air comme ma mère, de la lumière dansant autour du pommeau. Mais je l'utilisais pour libérer les Affamés. Dès que je le fis, le bâton lui-même se transforma en brume, se dissolvant dans mes mains, pour qu'on ne l'utilise plus jamais.

Dans le second, les Affamés vivaient, et j'utilisais mon bâton pour les contrôler. Ils encerclaient le palais de la Cour d'Ombre, où je régnais avec Mazrith à mes côtés, les créatures faisant reculer tous ceux qui m'avaient fait du mal ou qui avaient osé s'opposer à moi.

Dans la troisième, je me vis sur le trône de la Cour d'Or. Mais ce n'était plus la Cour d'Or. J'avais utilisé le bâton pour détruire les Affamés, pas pour les libérer. Il faudrait des siècles avant qu'ils se reforment. Et je l'avais utilisé pour détruire les faës d'or. Chacun d'entre eux. Tous ceux qui m'avaient effrayée, raillée, maltraitée ou traquée. Ils étaient tous morts, et le bâton reposait sur mes genoux, alors que j'étais assise sur mon trône étincelant.

J'ouvris les yeux.

Mazrith me regardait fixement, tout comme l'Ancienne.

Je m'éloignai, serrant le bâton, encore chaud dans mes mains.

— Si je l'utilise pour vous libérer, je le perds. Tout son

pouvoir. Mazrith perdra sa Cour, et ne pourra plus jamais utiliser sa magie.

L'Ancienne fit un pas vers moi et Maz secoua la tête.

— Je ne veux pas de pouvoir. Juste toi.

— Ou alors, je pourrais l'utiliser pour vous contrôler, dis-je.

L'Ancienne se figea.

— Je pourrais l'utiliser pour faire de vous mon arme.

Les yeux tourbillonnants de Mazrith s'écarquillèrent.

— Reyna, pourquoi voudrais-tu...

— Ou je pourrais l'utiliser pour vous détruire.

C'était la femme de la vision, celle avec le poignard, j'en étais sûre. Celle qui avait tué le mari de ma mère. Mon père ?

— Vous avez été transformés parce que vous étiez des meurtriers et des violeurs.

Je regardai la dévastation sur le pont du navire, les deux créatures en train de recoller les morceaux du corps de la Reine, Orm recroquevillé à la proue.

— Et vous, vous êtes tout aussi cruel, vous méritez tout autant leur sort, criai-je à l'adresse du faë d'or.

La rage montait en moi, et chaque fois que je posais les yeux sur Maz, elle s'aggravait, quand je pensais à ce qu'il avait vécu.

— Les faës d'or sont des créatures dérangées, cruelles et sans honneur qui essaient de transformer ce monde en leur propre terrain de jeu. Ils ne valent pas mieux que les Affamés quand ma mère les a maudits !

— Reyna, dit Maz en tendant les mains, la voix

calme. *Je suis* un faë d'or. Le mal existe chez tous les individus. Tu le sais.

Je le regardai, la tête battante.

— Orm a tué Dakkar, il a tué la guerrière.

Mes mots s'entrechoquaient, mon esprit tournait. La chaleur qui émanait du bâton se répandait dans mon corps, me retournant de l'intérieur, me troublant.

La voix de Voror traversa le chaos.

— Orm est diabolique. Tous les faës d'or ne le sont pas. La Reine était maléfique. Tous les faës d'ombre ne le sont pas.

— Et les Affamés ? Tu penses qu'ils méritent la liberté ? criai-je à moitié.

— Nous avons payé le prix, déclara l'Ancienne.

— Si c'était vrai, les dieux vous auraient sauvés. Mais ils ne l'ont pas fait, ils vous ont laissés ici, comme ça, parce que vous le méritiez !

— Ils les ont laissés ici, comme ça, pour nous tester, dit Mazrith. Tu sais ce qu'il faut faire, Reyna. Tu m'as dit de choisir l'honneur.

— Et regarde ce qu'ils t'ont fait !

Les larmes coulaient sur mon visage tandis que je le fixais.

— Ce n'est pas juste !

— Rappelle-toi ce que nous nous sommes dit, Reyna. Nous devons écrire notre propre fin. Tu choisis qui tu veux être.

— Je dis qu'il faut les détruire, dit la voix d'Orm qui me fit faire volte-face.

L'Ancienne siffla, et deux créatures s'élancèrent sur lui.

Instinctivement, je levai le bâton. Un cristal jaillit du pommeau, et les créatures se figèrent.

La panique envahit les yeux de l'Ancienne.

Lentement, Orm souleva le bâton de la Reine. *La Reine désormais bel et bien morte.*

— Je n'aurais jamais pensé posséder deux bâtons de brume, mais un qui contrôle une armée de morts-vivants ?

Il sourit et agita son bâton. Une boule de lumière tourbillonnante fila vers les corps inconscients de mes amis.

Je déplaçai mon propre bâton, mais cela ne fit que faire crier les Affamés.

Mazrith s'élança devant la boule de lumière, et une peur profonde m'envahit.

Si elle le touchait, il mourrait.

Je plongeai dans sa tête, prenant le contrôle de son corps comme si c'était le mien.

La puissance m'inonda et je fis rouler son épaule, le poussant de la trajectoire de la balle et soulevant le bâton en même temps. Un Affamé surpris poussa un cri quand je le lançai dans les airs, sur la trajectoire de la balle.

Mazrith percuta les planches. L'Affamé explosa.

— Reyna ! s'époumona-t-il.

Mais mon regard était fixé sur Orm, et je levai mon bâton en même temps qu'il levait le sien.

À la seconde où je vis Mazrith se jeter devant mes amis, ma décision était prise.

Je brandis le bâton et je criai à la statue du Vanir.

Des ombres tourbillonnantes et des ténèbres s'abattirent sur le bateau. Je tombai à genoux et rampai jusqu'à Maz, les larmes coulant de mes yeux tandis que les Affamés se lamentaient.

— Où est le bâton ? s'étouffa Maz alors que je le rejoignais.

— Tu vas bien ?

— Oui.

Il roula, toussa, s'agrippa à moi alors que l'obscurité se transformait en une tornade de lumière rouge et que les cris s'intensifiaient.

— Où est le bâton ? Qu'as-tu fait ?

Je tendis ma main vide. Comme la vision me l'avait montré, il s'était transformé en brume.

— Tu les as libérés.

Avant que je puisse répondre, l'Ancienne hurla. Ses doigts pourris se refermèrent sur le bras d'Orm, qui cria et se débattit.

— Tu veux nous contrôler ? siffla-t-elle.

Puis elle pressa sa mâchoire déchiquetée sur son cou, lui en arrachant un morceau de chair. Les yeux d'Orm clignotèrent un instant, puis il s'affaissa tandis que le sang s'écoulait de la blessure.

Il y eut un coup de tonnerre et tout s'arrêta. Les ombres disparurent dans un souffle, et une lumière cuivrée étincelante remplit l'air comme de la poussière faë.

Les Affamés commencèrent à s'élever dans les airs, en poussant des cris et en s'agitant.

— Qu'as-tu fait ? hurla l'Ancienne.

D'un coup sec, elle fut soulevée de ses pieds, entraînant avec elle le corps mou d'Orm.

Sa forme se mit à vaciller et à clignoter, et je sursautai en réalisant que cela leur arrivait. Des silhouettes humaines apparurent au-dessus de leurs formes monstrueuses pendant une fraction de seconde.

Je forçai mes yeux à revenir vers l'Ancienne, vingt pieds au-dessus du pont. Une expression de paix s'installa sur son visage, puis ils disparurent tous, les minuscules étincelles de cuivre retombant sur le pont comme de la pluie.

Nous restâmes bouche bée, tandis que le bâton d'Orm s'écrasait sur les planches, et que le faë d'or disparaissait avec les morts-vivants.

CHAPITRE 38

REYNA

Le silence soufflait dans l'arbre, et la lumière, la vie et les couleurs revenaient.

— Qu'est-ce qui vient de se passer, au nom de tous les dieux ? murmura Svangrior.

Dans un élan qui me fit monter les larmes aux yeux, je me jetai sur Mazrith.

— Je suis désolée. Je suis vraiment désolée de ne pas avoir gardé le bâton, de ne pas pouvoir te rendre ta magie.

Les larmes continuaient de couler, comme si le fait de ne pas pleurer pendant une décennie avait été un entraînement à l'amour.

Mazrith me repoussa, m'agrippant la mâchoire, ses yeux tourbillonnant d'or et de noir, tout comme l'anneau à mon doigt.

— La Reine est morte. Orm est mort. Nos ennemis et ceux qui cherchaient à détruire ce qu'il y a de bon à *Yggdrasil* ont disparu.

Il inclina la tête, passant ses mains dans mes cheveux, les repoussant loin de mes joues mouillées.

— Tout cela grâce à toi, murmura-t-il.

— Mais je...

Il déposa un baiser sur mes lèvres, m'empêchant de parler.

— Tu as fait exactement ce qu'il fallait. Tu as fait preuve d'un courage et d'un honneur qui m'ont fait comprendre la valeur de la vie.

— Tu es sûr ? chuchotai-je.

L'émotion me traversait, un tourbillon d'adrénaline et d'énergie, teinté de regret.

— Tu m'as trouvée pour que je t'aide à te sauver.

Il secoua la tête et posa les mains sur mes joues.

— Non, *ástin min*. Je t'ai trouvée parce que je t'aimais. Parce que j'étais destiné à te trouver.

Voror descendit en piqué et se posa sur le pont à côté de moi.

— Reyna, je crois qu'il y a des réponses ici, à l'intérieur d'*Yggdrasil*. Nous devrions les chercher.

Je regardai le hibou, toujours accrochée aux bras de Mazrith.

— Maintenant ? murmurai-je.

— Maintenant.

Il décolla, volant vers l'anneau de statues, et je vis une traînée d'étincelles cuivrées tourbillonner dans l'air, dansant autour de la grande prêtresse vanir.

Je me retournai vers Mazrith. Ses cicatrices se plissaient, l'or et l'ombre s'agitant sur la chair. Il sourit, essuya les larmes de mes joues et me poussa doucement.

— Allez, fais confiance au hibou.

Il baissa la voix.

— Il m'a aidé à dire au revoir à ma mère. Il a des amis haut placés.

Je me levai sur la pointe des pieds et l'embrassai.

— Je reviens tout de suite.

Je m'approchai de la rambarde, franchis le bord du bateau, me laissai tomber dans l'eau et battis des jambes pour me frayer un chemin jusqu'au cercle de statues.

Je me hissai sur les orteils en marbre froid de la grande prêtresse vanir et appuyai mes deux mains sur la pierre. Voror descendit en piqué à côté de moi et se posa délicatement.

Le marbre chauffa sous mes mains et je sentis à nouveau cette poussée de puissance en moi. Je déversai ma volonté dans la pierre, souhaitant que la statue me montre ce que je voulais savoir.

Et c'est ce qu'elle fit.

Je vis une faë d'ombre, debout derrière celle que je reconnus comme ma mère. Des dizaines d'images traver- sèrent mon esprit, suffisamment pour me faire comprendre que la faë d'ombre était la servante de ma mère. Elles étaient proches. Amies.

Je vis le mariage de ma mère avec mon père humain, le dédain et les tourments qu'ils avaient subis dans son village. La réaction des autres faës à l'égard de ma mère avait été pire encore. Ils ne leur avaient pas jeté de pierres ou de fruits dans la rue comme les humains, mais ils l'avaient évitée.

Au fil du temps, son amertume s'était accrue. Je vis sa

patience s'épuiser. Seul son amour pour mon père l'avait rendue heureuse. Je vis mon arrivée dans le monde, et pendant quelques années, elle avait cessé d'être amère. Elle avait cessé d'être rancunière.

Mais ensuite, j'avais été mise à l'écart. Nous ne pouvions pas vivre avec les faës, pas avec un humain dans notre famille, alors nous avions vécu avec son clan à lui. Mais ils m'avaient intimidée, tourmentée. Ils m'avaient plongé la tête sous l'eau, m'avaient tiré et coupé les cheveux.

Ma mère accomplissait des tâches pour les humains, généralement sous la contrainte, tout en accomplissant ses tâches de runée pour les faës de toutes les magies. Je la vis se disputer avec mon père. Elle lui avait dit que nous n'étions pas en sécurité, même avec le puissant bâton que les Vanir lui avaient donné. Il lui avait dit que son pouvoir était trop fort pour que sa famille soit blessée, qu'elle devait croire en elle.

Ce sont les humains auxquels je ne crois pas, avait-elle dit, tandis qu'il s'éloignait.

La guerre avait éclaté avec un clan rival et elle avait pris peur. Elle était retournée dans notre maison, avec moi, âgée de dix ans, et mon père avait disparu. À l'intérieur, tout était détruit.

Elle et la servante d'ombre s'étaient enfuies dans une forêt, et elle m'avait cachée dans un arbre. J'avais pleuré, pleuré, pleuré, puis elle avait brandi son bâton et lancé un enchantement. Je m'étais endormie, et elle avait sangloté en donnant ses instructions à la servante.

Si je ne peux pas revenir la réveiller, tu devras cacher mon bâton et laisser une piste qu'elle seule pourra suivre. Elle pourra manier mon bâton, elle pourra voir ce qu'il faut faire. Je l'ai déguisée en humaine. Je la réveillerai au moment opportun. Les joues mouillées de larmes, elle s'était redressée de toute sa hauteur. *Maintenant, je vais trouver mon mari.*

Je connaissais la suite. Je l'avais déjà vue.

Ils avaient tué son mari et les Vanir l'avaient enlevée.

Mais cette fois, je vis aussi la servante d'ombre. Elle avait récupéré le bâton et était retournée à la Cour d'Ombre, où elle l'avait caché dans la montagne, puis s'était engagée à servir la mère de Mazrith.

Un éclair montra le sanctuaire sous l'apparence d'une caverne poussiéreuse, et la femme en train d'enterrer le bâton dans la terre. Dès son départ, les statues avaient pris forme, le bras de pierre jaillissant de la terre, le gouffre s'ouvrant en dessous.

Les dieux ? Ou les Vanir ? Je ne savais pas.

Des décennies plus tard, lorsque Mazrith était né et que sa mère avait mentionné qu'il rêvait d'une femme aux cheveux cuivrés, la servante avait compris que le moment était venu. Elle était retournée à l'endroit où le bâton était caché et avait découvert l'anneau de statues, mais pas de bâton. Ne sachant que faire d'autre, elle avait écrit l'inscription sur la paume et en avait fait part à la mère de Mazrith.

Elle avait trouvé l'arbre où j'étais cachée et, lorsqu'elle m'avait touchée, je m'étais réveillée. Voyant ma rune d'or, elle m'avait emmenée au palais de la Cour d'Or. Elle était morte en essayant de retourner à la Cour d'Ombre.

Le monde défila à nouveau devant mes yeux et je vis du vert partout.

Une forêt, pleine de vie.

Une femme, si brillante que je pouvais à peine la distinguer, parlait avec un hibou.

Le hibou cligna des yeux, puis disparut.

Soudain, des informations commencèrent à envahir mon esprit – des mots, des histoires et des souvenirs qui n'étaient pas les miens me submergèrent, me faisant hoqueter.

La femme brandit un bâton, et la lumière autour d'elle s'atténua. Sous le halo, ses cheveux brillaient d'un éclat cuivré. Elle se retourna avec un sourire, me regarda droit dans les yeux, puis la vision s'arrêta.

Mes joues étaient à nouveau humides, et j'inspirai longuement, pressant mon front contre la statue de pierre, absorbant toutes les connaissances qui venaient de se déverser dans ma tête.

Ma mère avait envoyé Voror, depuis les Vanir, qui vivaient dans la canopée au-dessus d'*Yggdrasil*.

J'étais la seule faë runée qui restait à *Yggdrasil*, car les actes de ma mère avaient tout changé. Les Vanir avaient décidé que les faës runés avaient trop de pouvoir et que l'équilibre entre les humains et les faës était rompu. Ils avaient donné des runes aux humains et supprimé leur histoire des écritures. Mais j'avais été protégée par la magie de ma mère, à l'intérieur de l'arbre.

Je n'appartenais à aucun endroit, je pouvais vivre où bon me semblait.

Je pouvais être qui je voulais.

Et je savais exactement où c'était.

Je me levai, tremblante. Je voulus parler à voix haute à Voror, puis je m'arrêtai, réalisant que ce n'était pas nécessaire.

Voror? projetai-je en silence, directement au hibou, et il battit des ailes.

Oui.

As-tu vu tout cela aussi?

Non. Mais j'ai eu une sensation. Je viens du monde des Vanir.

Oui. Et, je déteste te dire ça, mais tu es coincé avec moi. Nous sommes...

Je cherchai le mot juste.

Liés, dit-il.

Oui.

Il soupira dans mon esprit, puis battit des ailes. *Il faudra changer notre façon de vivre.*

Je souris, puis je replongeai dans l'eau.

J'eus le sentiment qu'il y aurait de nombreux changements dans notre vie.

azrith se pencha, me sortit de l'eau avec facilité lorsque j'eus regagné le bateau et me passa des fourrures pour me sécher.

— Les autres commencent à se réveiller, dit-il à voix basse. Svangrior les a tous emmenés dans les cabanes pendant qu'il s'occupait des corps.

Je jetai un coup d'œil inquiet sur le pont et je vis que le sang et les stigmates avaient pratiquement disparu.

— Tout le monde va bien ?

Il me sourit.

— Ils vont bien, ils dormaient. Il n'est rien arrivé de grave à personne. Ils sont tous dans la salle à manger en ce moment, en train de piller les réserves de la Reine.

— Comment Brynja vous a-t-elle tous drogués ?

Maz haussa les épaules, sa peau crayeuse captant la lumière chaude.

— Le whisky qu'elle a fait passer.

— Mais j'en ai bu aussi.

— Elle a dû te donner quelque chose de différent. Et elle a piégé Svangrior. Elle lui a dit que je lui avais demandé de me rejoindre sur le bateau. Rangvald l'attendait. Il lui a tendu une embuscade, puis l'a drogué.

Je poussai un long soupir.

— Pendant tout ce temps. On aurait pu regarder dans sa tête à n'importe quel moment et trouver notre traître.

Mazrith s'approcha de moi et me prit la main.

— Tu es en sécurité maintenant. Voror avait-il raison ? As-tu obtenu des réponses ? demanda-t-il en faisant un geste vers la statue.

— Oui. J'ai tant de choses à te dire.

— C'est bien. Mais avant cela...

Il tendit son autre main et je regardai ce qu'il tenait.

— Le bâton de brume de la Reine ?

— Je connais un ou deux runés qui pourraient le réparer, me dit-il en souriant. Prends-le. Il est à toi. Il te revient de droit.

Je secouai la tête.

— Non, je n'en veux pas.

— Tu es une faë, me sourit-il. Tu peux manier cela mieux que je ne pourrais jamais le faire.

— Non, répondis-je. Je n'ai pas besoin d'un bâton pour faire de la magie, et je n'ai pas besoin de plus de pouvoir que ce que j'ai déjà.

Je repoussai sa main tendue.

— Tait peut effacer la tache que la Reine a laissée sur cet objet, n'est-ce pas ? Il peut le transformer en quelque chose de nouveau, quelque chose de bien pour toi ?

Mazrith marqua une pause, et je crus qu'il allait

protester. Mais avant qu'il ne puisse le faire, le pommeau du bâton se désintégra, ne laissant qu'une simple hampe de bois. Il me regarda, de la frustration dans les yeux.

— Il semble que je rende inutiles tous les bâtons puissants, grogna-t-il.

Je fronçai les sourcils, puis je réalisai en sursaut que je voyais du mouvement dans l'air, de la poussière de cuivre qui scintillait et s'écoulait autour du bâton. *Autour de Mazrith et du bâton.*

— Je n'en suis pas si sûr, chuchotai-je. Maz, veux-tu devenir un faë d'ombre ?

Il haussa les sourcils.

— Oui.

— Tu en es sûr ?

— La Cour d'Ombre est ma maison, et je souhaite y régner. Et...

Il lâcha mon regard et darda le sien vers le bâton.

— La magie de ma mère va me manquer. Les ombres font partie de moi maintenant. Ou plutôt, elles en faisaient partie.

Je lui souris en hochant la tête.

— Maz, fais quelque chose pour moi. Garde un peu du vrai toi. Ce toi que tu as été forcé de cacher toute votre vie.

— *Ástin mín*, je ferai tout ce que tu me demandes, mais ce bâton de brume n'est rien d'autre qu'un morceau de bois, dit-il, fronçant les sourcils et me le montrant d'un geste.

Une gerbe d'éclats cuivrés en jaillit, invisibles à ses

yeux, mais dansant comme mille promesses devant les miens.

— Et puis, il n'a jamais pu me métamorphoser, auparavant.

Mes yeux brillèrent, je tendis la main pour prendre la sienne.

— Tu ne m'avais pas, avant.

Des ombres jaillirent de l'extrémité du bâton, tourbillonnant et se déversant autour de Mazrith, les éclats de cuivre voltigeant entre eux.

Lorsque la poussée de puissance s'estompa, je lâchai prise et reculai, laissant les ombres se calmer.

Lorsqu'elles se dissipèrent, Mazrith se tenait debout, le pommeau de son bâton de brume devenu un corbeau d'or massif autour duquel s'enroulait un serpent noir.

— Il m'a accepté. Il me *voulait*, dit-il en chuchotant. C'est magnifique.

Mais je le regardais fixement, transie.

Je m'exclamai :

— *Tu* es magnifique. Et le destin l'a voulu.

La peau blanche et crayeuse et les cicatrices avaient disparu ; sa peau lisse et bronzée habituelle était revenue. Mais les taches noires restaient, et elles étaient maintenant couvertes d'or, tout comme ma bague.

L'or striait ses cheveux noirs et tourbillonnait aussi dans ses iris, et j'avais l'impression qu'il était plus grand, plus grand. Plus fort.

Il me sourit, leva son bâton et, lorsque le ruban d'ombre en sortit, il était traversé par des traînées d'or qui brillaient elles aussi.

— *Ástin mín*, je crois que tu as utilisé ton don d'orfèvre sur mon bâton, murmura-t-il, avant de jeter un coup d'œil à ses avant-bras nus. *Sur moi.*

Nous sommes liés, lui dis-je, me délectant du choc sur son visage lorsque je projetai les mots directement dans sa tête. *La statue du Vanir m'a montré comment utiliser ma magie.*

— Que peux-tu faire d'autre ?

Je haussai les épaules, puis je m'approchai de lui, enroulant mes mains autour de son cou et dans ses cheveux.

— Je ne sais pas encore. Mais j'ai hâte de le découvrir, souris-je, avant de presser mes lèvres contre les siennes.

CHAPITRE 40
REYNA

— **M**az ! Tu n'es pas censé être ici ! J'enroulai un grand drap autour de moi lorsqu'il entra dans notre chambre.

Il me sourit, posant ses yeux sur mon corps enveloppé.

— Je sais. Mais j'ai un cadeau pour toi.

— Un cadeau ? Si tu fais référence à ta...

Il s'avança vers moi, me coupant la parole en pressant ses lèvres contre les miennes.

— Non, murmura-t-il contre ma bouche.

J'aurais bien aimé que ce *soit* son cadeau.

Je lui envoyai accidentellement une image de nous sur le lit, et il grogna.

— D'accord, je retire ce que j'ai dit.

Il porta sa main à sa ceinture.

— *C'est* mon cadeau.

Je posai mes mains sur son torse et le repoussai.

— Kara et Frima seront là pour m'aider à me préparer d'une minute à l'autre, éructai-je, les joues en feu.

— Alors, je veux te donner ceci avant qu'elles n'arrivent.

Ses yeux noirs dorés brillaient, et mon cœur gonfla rien qu'en le regardant.

Il était vraiment unique. Spécial.

Et dans quelques heures, il serait mon mari.

Il détacha de sa taille un bâton en bois compact et me le tendit.

— Tait a travaillé avec Lhoris pour le fabriquer, mais ils voulaient que je te le donne.

Je les regardai tour à tour, lui et le bâton.

— Vraiment ?

— Tait vit dans la bibliothèque depuis notre retour, à essayer de trouver quel genre de bâton une faë runée pourrait avoir.

— Ce n'est pas que je ne sois pas reconnaissante, je suis vraiment touchée, dis-je en le regardant. Mais je n'ai pas besoin de bâton.

Il me sourit.

— Vraiment ? Tu ne penses donc pas que cela pourrait t'aider à contrôler les images que tu projettes sans cesse dans l'esprit des gens ? Ou t'aider à arrêter d'arracher à leur esprit des choses dont tu ne veux pas ?

Je rougis encore plus.

Il avait raison. J'avais des problèmes de contrôle.

— Tu penses que ça va aider ?

— Oui. Ta mère avait un bâton pour une bonne raison.

— Ma mère avait un bâton de brume et elle était si puissante qu'elle m'a endormie pendant des siècles et a créé une race de monstres, marmonnai-je.

Maz s'esclaffa.

— Prends-le.

Je l'attrapai, et ma bouche s'ouvrit lorsque je vis le pommeau.

C'était un hibou, sculpté en cristal transparent, parsemé de mouchetures de cuivre, qui brillaient et dansaient dans la lumière du feu.

— Oh, par les Nornes, c'est magnifique, soufflai-je.

Je voulus m'y connecter et je faillis trébucher, mon drap glissant alors que je me rattrapais.

— Ouah. Le pouvoir...

Les yeux de Mazrith s'étaient assombris et il me fixait.

— Tu es nue et tu projettes de la puissance comme un putain de phare. Aucune force sur *Yggdrasil* ne m'empêchera de te jeter sur ce lit et de te prendre tout de suite, grogna-t-il.

On frappa à la porte avant que je puisse lui dire de continuer.

— Reyna, j'ai ta robe et du vin. Beaucoup de vin, appela Frima.

La poitrine de Mazrith gronda tandis que je ramassais le drap, le visage brûlant et un immense sourire collé sur la figure.

— Sauf la force qu'est Frima.

Il jeta un regard de regret à ma poitrine désormais

couverte, puis il passa un bras autour de ma taille et m'embrassa.

— Merci pour le bâton, Maz. C'est incroyable.

— Remercie Lhoris et Tait quand tu les verras.

Il me lâcha à contrecœur.

— À bientôt, ma Reine.

Frima avait vraiment apporté beaucoup de vin.

— Alors, Frima a reçu une lettre de Henrik aujourd'-hui, dit Kara, en balançant ses jambes sur le côté du lit pendant que Frima essayait, en vain, de faire quelque chose avec mes cheveux.

— Brynja était peut-être une traîtresse, mais elle était vraiment douée avec les cheveux, marmonna-t-elle.

Je pouffai en la regardant dans le miroir.

— Qu'a dit Henrik ?

Elle me jeta un coup d'œil.

— Ils ont organisé une commémoration pour Dakkar.

La tristesse m'envahit.

— Et Khadra ?

— Il ne l'a pas revue depuis. Personne ne l'a vue.

Je soupirai.

— J'espère qu'elle va bien.

Frima me jeta un regard qui montrait clairement à quel point elle me croyait naïve, puis elle sourit.

— La Reine de la Cour d'Or a abdiqué en faveur de son fils.

— Vraiment ? C'est un enfant !

— C'est vrai, mais il est intelligent et, de l'avis général, il est loin d'être aussi vaniteux ou sensible à la flatterie que sa mère. Elle est embarrassée par la facilité avec laquelle Orm a pu s'en prendre à elle et à sa famille. Sa Cour a perdu confiance en elle, alors elle n'avait pas vraiment le choix.

— J'espère que Maz aime le nouveau Roi, dis-je. Sa mère a toujours voulu que les cours travaillent ensemble.

— Il y a un *Leikmot* à finir, me dit Frima en souriant. J'ai entendu dire qu'ils étaient bons pour favoriser les relations commerciales.

— Oh non, dis-je en secouant la tête. S'il doit y avoir d'autres festivals de jeux, je n'y participerai pas.

— Eh bien, tu es techniquement la faë la plus forte d'*Yggdrasil*, dit Kara d'une voix plate.

Je lui jetai un regard alarmé.

— D'une Cour qui n'existe pas, dis-je. Je n'ai personne à représenter.

— Tu vas devenir la Reine de la Cour d'Ombre.

— Non, non, non. Je serai la femme du Roi de la Cour d'Ombre, dis-je rapidement. La Reine d'ombre, ajoutai-je, reprenant les mots de Lhoris.

La Reine de *Mazrith*.

— Ce n'est pas la même chose.

Nous restâmes silencieuses, jusqu'à ce que Kara reprenne la parole.

— Penses-tu que tu rencontreras un jour les Vanir ?

— Non.

J'en avais assez vu de la part de la statue pour savoir

que les hauts-faës ne descendaient jamais de leur maison dans la canopée du grand arbre de la vie. Ils servaient les dieux, loin des faës et des humains. Et je n'étais qu'un cas isolé. Je le savais. Et d'une certaine manière, c'était tout à fait normal. Les possibilités que j'abuse de mon pouvoir... Je frémissais à l'idée de ce qu'Orm ou la Reine auraient pu en faire.

Je me retournai et souris à Kara.

— Je n'en ai pas besoin. J'ai une famille, et ils sont tous ici.

Elle rayonna et Frima leva les yeux au ciel.

— Quand tu es arrivée ici, tu n'étais pas si gentille.

— Quand je suis arrivée ici, j'étais une thrall kidnappée, rétorquai-je.

Puis je levai mon verre de vin.

— D'esclave à Reine, dit Frima en levant son verre.

Kara se joignit à nous et nous fîmes tinter nos verres.

À amoureuse, ajoutai-je dans ma tête.

CHAPITRE 41

MAZRITH

J'avançais dans les couloirs, mes amulettes tintant autour de mon cou.

— Vous n'êtes pas nerveux, n'est-ce pas ? dit Ellisar en me frappant sur l'épaule.

— Non. J'irai jusqu'au bout, dis-je, en regardant les murs désormais bleu marine, incrustés de serpents dorés.

Svangrior pouffa.

— C'est toi qui devrais être nerveux, dit-il.

Ellisar rougit, ses grands yeux bruns s'emplissant d'inquiétude.

— Vous pensez qu'elle va dire oui, n'est-ce pas ?

Svangrior leva les yeux au ciel.

— Oui, *heimskr*. Kara te fait les yeux doux à chaque fois que tu lui parles. Elle dira oui.

Le soulagement inonda le visage d'Ellisar.

— Odin seul sait pourquoi tu es un putain de...

Je cessai de les écouter, me concentrant sur mes propres soucis.

La vérité, c'était que j'étais nerveux.

Pas à l'idée d'être marié à Reyna. De mon point de vue, nous étions tous les deux presque mariés depuis qu'elle m'avait dit qu'elle m'aimait dans la forêt.

Mais j'avais besoin que ma cour l'accepte. J'avais besoin que le monde voie que nous étions ensemble, et je savais qu'elle détestait être exhibée ainsi devant les faës.

Elle m'avait assuré qu'un mariage officiel et royal ne posait pas de problème et qu'elle en comprenait l'importance.

Et je la croyais. En grande partie.

La salle du trône avait été modifiée depuis mon retour à la Cour d'Ombre. La pièce qu'utilisait ma belle-mère avait été scellée, et une aile entièrement différente du palais avait été réservée à l'accueil des courtisans.

Les murs marine étaient décorés de rinceaux à la fois argentés et dorés, et des statues de corbeaux, de hiboux et de serpents étaient disposées le long du tapis menant aux trônes.

Les fenêtres à l'extrémité avaient été laissées libres, à la demande de Reyna.

Pour laisser entrer la lumière des étoiles. La vue est trop incroyable pour qu'on la cache.

Par le corbeau d'Odin, je l'aimais. Elle avait fait de moi ce que j'étais, littéralement.

· · ·

Les invités se levèrent lorsque j'entrai, ma cape de fourrure drapée derrière moi, la couronne fièrement posée sur ma tête.

Je dissimulai ma profonde inspiration en souriant à mes invités.

Les courtisans que je connaissais avaient toujours été loyaux, de même que le personnel qui avait servi mon palais avec tant de loyauté.

J'étais à peine arrivé au bout que la harpe dans le coin s'éveilla, et Voror franchit les portes ouvertes de la salle du trône.

J'eus le souffle coupé lorsque Reyna apparut, tenant le bras de Lhoris.

Les invités s'inclinèrent tandis qu'elle remontait le tapis, suivie de Frima et Kara.

Je ne remarquai rien de tout cela.

Je ne voyais qu'elle.

La robe était la même que celle qu'elle avait portée au bal, mais elle avait été modifiée. On avait recouvert le haut décolleté élégant de chaînes dorées et de cristaux étincelants, et on avait orné le bas de pierres précieuses transparentes étincelantes. On y avait ajouté une traîne, qui brillait et accrochait la lumière.

Mais aucune partie de la robe ne brillait autant qu'elle. Toutes mes craintes qu'elle ne veuille pas aller jusqu'au bout d'un tel événement s'envolèrent.

Je vis à quel point elle en avait envie. À quel point elle me désirait.

Aussitôt, une image surgit dans son esprit. Elle et

moi, nous tenant par la main et nous embrassant pendant la ligature.

Je souris lorsqu'elle me rejoignit et je saisis aussitôt ses doigts tendus.

— Tu es superbe.

— Toi aussi, murmura-t-elle.

Svangrior se plaça entre nous, et les invités prirent place.

Je scrutai leurs visages. Je ne perçus que de l'admiration.

— Nous sommes ici pour sceller les fiançailles entre le Prince Mazrith Andask et Reyna Thorvald.

Reyna me sourit et je lui serrai la main.

— Levez vos poignets, dit-il, ce que nous fîmes tous les deux, ainsi que nos bâtons.

Le hibou de cristal de Reyna brilla à la lumière, et mon corbeau noir vibra de magie.

— Vous acceptez-vous pour l'éternité ?

— Pour l'éternité, dîmes-nous tous les deux.

De la magie jaillit des bâtons, s'enroulant autour de nos mains entrelacées, puis descendant le long de nos bras.

Lorsque les chuchotements s'estompèrent, la marque de la ligature était chaude et brillante sur mon poignet. Noire, bordée d'or. Je regardai Reyna, puis son visage, alors qu'elle s'approchait d'un pas.

— Je t'aime.

— Et je t'aime.

Je l'embrassai, et quand je reculai, elle me regarda dans les yeux. *Nous avions choisi notre propre voie.*

Comme nous le ferions toujours.

Son visage changea soudain, l'inquiétude traversant ses traits.

— Qu'est-ce qu'il y a ? lui demandai-je à haute voix.

Les émotions affluèrent en moi. Ses sentiments.

La vie. Il y avait un souffle de vie... *dans son ventre.*

Mon cœur bégaya dans ma poitrine.

— Reyna...

Son visage s'illumina du plus beau et du plus vrai sourire que j'aie jamais vu. Toutes les peurs, tous les doutes, tout ce qui n'était pas son sourire, s'évanouirent.

— J'ai retrouvé ma famille, Maz, dit-elle, les yeux remplis de larmes. Et je ne m'enfuirai plus jamais.

FIN

MERCI DE VOTRE LECTURE !

Merci beaucoup de m'avoir accompagnée dans le voyage de Mazrith et Reyna.

Cette série a été incroyablement agréable à écrire. Je n'avais jamais exploré un univers de mythologie nordique auparavant, donc les recherches nécessaires ont été un plaisir, mais je n'avais pas non plus créé une telle distribution de personnages ou une intrigue aussi compliquée depuis longtemps, et j'ai adoré ça.

Je sais que cette série m'a pris plus de temps que les précédentes – en partie à cause de la foule d'intrigues et de recherches nécessaires, mais aussi à cause de certaines choses personnelles ! Je vous suis tellement reconnaissante d'avoir été patients et d'être restés avec ces personnages. Ils ont vraiment volé mon cœur.

J'ai rendu l'histoire de Mazrith plus sombre que prévu, mais j'ai eu l'impression que je n'avais pas le choix. Il est ce qu'il est à cause de ce qui lui est arrivé, et je suis devenue un peu obsédée par son parcours. Je l'aime tellement ! Et Reyna est exactement ce dont ils ont besoin, tous les deux. Qu'on lui donne une arme, et elle frappe ! Elle a passé sa vie à fuir une chose à laquelle elle ne pouvait pas échapper. À mes yeux, elle représente le fait d'affronter ses peurs, et l'idée que ce qui est visible à l'extérieur ne correspond pas toujours à ce qui se passe à l'intérieur.

Je n'aurais pas pu écrire cette série au cours de l'année écoulée sans le soutien constant que j'ai autour de moi. Mon mari (qui n'a encore lu aucun de mes livres, mais qui m'assure que je suis douée, haha), ma mère et mes amis auteurs (Simone et Sacha en particulier) sont tous très importants pour moi, et je leur en suis très reconnaissante. JE VOUS REMERCIE.

Et merci à mon éditrice, qui ne se contente pas d'améliorer les phrases : elle rend mes intrigues plus solides. Et elle gère mon incapacité choquante à faire ce que j'ai dit que je ferais.

ET SURTOUT, MERCI À VOUS, CHERS LECTEURS !

Sérieusement. Je fais cela à plein temps, et je peux continuer à le faire parce que vous continuez à me lire. Je vous aime.

Eliza xxxx

Oh, et j'avais une autre image d'eux en train de s'envoyer en l'air ! Celle-ci est un peu plus osée que la précédente. (On le voit. Des pieds à la tête. Si vous voyez ce que je veux dire.) Vous pouvez vous inscrire sur elizaraine.com !